LA COLLINE DE FANTA

DU MÊME AUTEUR
AUX ÉDITIONS BELFOND

Un Russe à Saigon, 1986

DUYÊN ANH

LA COLLINE DE FANTA

Traduit du vietnamien par
Pierre Tran Van Nghiêm
et Ghislain Ripault

PIERRE BELFOND
216, boulevard Saint-Germain
75007 Paris

Si vous souhaitez recevoir notre catalogue
et être tenu au courant de nos publications,
envoyez vos nom et adresse, en citant ce livre,
aux Éditions Pierre Belfond,
216, bd Saint-Germain, 75007 Paris.
Et pour le Canada, à
Edipresse Inc.
945, avenue Beaumont
Montréal, Québec H3N 1W3.

ISBN 2.7144.2280.2

A la SPA,
Aux propriétaires et aux éleveurs de chiens,
Au Tribunal Bertrand Russell,
A l'UNICEF,
Aux pays partisans de
l'aide humanitaire au Viêt-nam.

1

A minuit, ordre nous est donné de nous asseoir au milieu de la cour. Les fusils sont braqués sur nous. Suit un avertissement bref et brutal : « Celui qui sortira des rangs sera abattu. » Le brouhaha s'arrête net. « Les voisins seront tenus pour responsables de sa fuite », conclut la même voix sifflante.

Méfiance donc, une rafale est vite partie : les *bô doi*[1] ne plaisantent pas.

La nuit venue, on a ratissé les quartiers désertés, on a ramassé tous les jeunes sans abri, réfugiés dans les encoignures : cireurs de chaussures, gardiens de bicyclettes, pickpockets, voleurs à l'arraché, mendiants, chanteurs ambulants, orphelins « libérés » quelques jours plus tôt... On les a tous entassés dans des camions et on les a acheminés vers plusieurs points mal éclairés de la capitale. D'autres enfants, par malheur dans les rues lors de la rafle, sont tombés eux aussi dans les filets. Inutile de s'expliquer, de dire qu'on a de la famille, qu'on n'a rien fait : on serait roué de coups. « La Révolution a toujours raison. Les *can bô*[1] ne se trompent jamais. »

Et me voici au nombre des malchanceux pris dans la nasse.

Arrivés au stade Hoa Lu, nous sautons à terre et il nous est permis de bouger, mais dans certaines limites et surveillés par nos gardes. Chacun parle, jure, pleure, chacun se plaint.

---

1. *Bô doi* : soldats du Nord. *Can bô* : cadres révolutionnaires. L'usage emploie l'un pour l'autre. (Les notes sont du traducteur.)

— Ce n'était donc pas pour nous protéger des Sœurs qu'on a ouvert les orphelinats ? Eh bien, la liberté... elle n'a pas duré longtemps !

Le garçon qui s'exclame ainsi ne semble pourtant pas du genre à faire les cent coups.

— A peine né, on m'a jeté sur le trottoir, raconte-t-il. Les Sœurs m'ont recueilli. Puis la Révolution a fermé l'orphelinat « oppresseur et exploiteur », à ce qu'on dit. On m'a rendu à la liberté, à la rue en fait, et maintenant on me récupère... Je n'y comprends rien. Qu'est-ce que je vais devenir ?

Il parle à la cantonade, l'air goguenard. Je pense qu'il est plus âgé que moi. Fatigué de s'adresser à tout le monde et à personne, il se met à fredonner en regardant le *bô doi* qui serre son arme : « Sous la gueule de l'AK[1], la patrie frémit. Devant les baïonnettes, un peuple entier est à genoux. » Ceux qui l'entourent ont un rire complice.

— Vous ne trouvez pas que c'est drôle ? leur dit-il. A tous les coups, se faire cueillir... Est-ce mal de cirer les souliers ?

Sa boîte sous le bras, il répond lui-même à la question :

— Dormir sur le trottoir, c'est un crime !

Puis :

— Qu'ils crèvent avec leurs lois et leurs règlements !

Proférer cette malédiction le soulage. Sans doute en veut-il aux surveillants de l'Asile des Indigents. Finalement, il soupire :

— Tout ça, c'est de la merde ! Résultat, je suis plus misérable qu'un chien. Je n'avais pas l'intention de passer la nuit là, moi ! Je savais bien qu'ils allaient ratisser, encore et encore... Allez ! La race des dormeurs des rues n'est pas près de s'éteindre !

---

1. Fusil à canon court de fabrication soviétique.

Il n'a pas l'air vraiment troublé par cette rafle. Il me heurte du coude.

— Et toi, tu es là pourquoi ?

Je ne bronche pas.

— Une erreur, hein ? Foi de ta mère, erreur ou pas erreur, Bouddha lui-même coucherait avec nous six mois au moins avant qu'on le reconnaisse... Personne n'aura pitié. Tu pleures ? Tu protestes ? Ils te pilonneront la gueule, tu verras.

Un nouveau coup de coude et il s'en va.

J'aimerais courir après ce cireur si futé, lui demander s'il est déjà arrivé qu'un enfant arrêté par erreur soit rapidement relâché... Mais j'ai horreur de lui, horreur de tous ceux qui subissent le même sort que moi. Ils me paraissent tous mal embouchés, grossiers. Le cireur ne m'aiderait pas ; il serait même capable de tourner en ridicule ma naïveté, de m'humilier. J'ai lu des choses sur ces bandes de vagabonds, d'orphelins fugueurs, et les châtiments qui leur sont infligés à l'Asile des Indigents font d'eux des révoltés à vie. Ma mère m'a recommandé d'être prudent. « De nos jours, une indiscrétion et c'est la prison, on risque la mort, mon enfant ! » C'est pour cela que je n'ai pas osé clamer mon innocence.

Tous les garçons continuent de maudire le destin et les *bô doi*. Mais tant que personne ne cherche à s'enfuir, les soldats demeurent impassibles. Un mendiant s'écrie :

— C'est normal, non, de coucher dehors quand on est comme nous ? Pourquoi nous arrêter ? Qu'est-ce que la Révolution a de plus à nous offrir ? Soyez chic, filez-nous un appartement, et vous verrez si on ne va pas hurler : « Vive la Révolution ! »

— Et moi, je ferai encore les poches des Américains pour sauver la Révolution, renchérit un pickpocket.

On s'enhardit, on forme des petits groupes. S'inspirant des chants révolutionnaires, certains brocardent la balourdise des soldats nordistes égarés dans le Sud comme des ânes dans un salon. Un musicien ambulant souffle dans sa trompette.

— Qui a créé la prison de Chi Hoa pour que moi, ton père, j'en sois locataire?

La troupe applaudit à tout rompre.

De leur côté, le visage tout près des genoux pliés, les malchanceux sanglotent. Moi, j'attends le jour, dans l'espoir qu'un interrogatoire me permettra d'exposer mon cas. Mais la nuit n'en finit pas et d'autres Molotovas[1] viennent décharger leur cargaison.

Vers minuit, un orage éclate. On nous fait asseoir, en rangs, au milieu du stade. Le vent brasse les feuillages. Les éclairs zèbrent les nuages, on dirait des feux d'artifice. A la faveur des brèves illuminations, je distingue confusément la masse de mes compagnons. Recroquevillé sur ma douleur, je pense à ma mère dont j'imagine l'angoisse...

Je m'appelle Nguyên Huu Vu, j'ai treize ans et demi, je suis élève de cinquième à l'Institution Taberd, rue Nguyên Du. Mes sœurs ont quatre et neuf ans. Mon père est professeur. Mobilisé, il a été envoyé à l'École des officiers de réserve. A sa sortie, le décret prévoyant le détachement des officiers membres du corps enseignant auprès du ministère de l'Éducation nationale n'est pas paru et, comme il n'est pas assez riche pour obtenir un poste sédentaire, il est affecté à une unité combattante. Ma mère s'occupe d'un petit commerce pour arrondir notre budget.

A la fin d'avril 1975, le Sud-Viêt-nam tombe, l'unité de mon père est dissoute. Il rentre en vaincu lamentable, il n'a plus que sa culotte. Il vit caché dans

---

1. Molotovas: camions de fabrication soviétique.

notre appartement, terrorisé, tressaillant au moindre bruit insolite, au point de gêner ma mère. Souvent blotti dans son coin, il remâche en silence la honte de la défaite, les yeux embués de larmes. Le 30 avril, notre famille prend le deuil de la patrie. Le 1er mai, toutes larmes bues, requis comme l'ensemble de la population saigonnaise, nous allons acclamer les vainqueurs.

Le 14 juin, un ordre est diffusé sur les ondes : les officiers et fonctionnaires de l'ancien régime doivent se faire inscrire pour une période de rééducation politique, une période de dix jours, précise-t-on. Mais les dix jours écoulés, mon père n'est pas revenu. Ni aucun autre.

Deux mois plus tard, les épouses et les mères décident de se rendre au bureau des inscriptions pour exiger des nouvelles. Ma mère est partie à midi, emmenant mes sœurs. Le soir, elles ne sont toujours pas rentrées. La rumeur se répand que le cortège s'est transformé en manifestation et qu'il a essuyé des coups de feu. Très inquiet, je ferme la maison à clé et je cours à leur recherche. C'est ainsi que je tombe dans les filets de la « campagne d'assainissement moral »...

— Attention à vous, rappelle le *bô doi*. Celui qui essaiera de fuir sera abattu et ses voisins seront tenus pour responsables ! Si vous avez un besoin, demandez l'autorisation... ou plutôt non, rectifie-t-il, faites ça sur place !

Nous venons à peine de nous mettre en rang que les nuages crèvent. Nous restons sous le déluge. Les gardes se précipitent vers les tribunes couvertes. Ils profitent des éclairs pour nous surveiller ; parfois, une torche électrique balaie le rideau épais de l'eau. Mais quel défi dérisoire à l'obscurité... Méfiants, nous nous épions les uns les autres. L'avertissement rôde dans nos têtes.

— Qui est le plus âgé de vous tous? vocifère quelqu'un depuis la tribune. Je suis le chef! Il doit m'informer de la situation à chaque minute!

Le cireur s'égosille:

— Je peux faire ce travail!

— A la bonne heure! Voici un gamin respectueux de la Révolution!

— Pour ce qui est d'informer, j'informerai, nous explique le cireur, en baissant la voix. Quant à détaler, à chacun d'aviser... Avec une averse pareille, bien malin qui verrait seulement son cul... Vous piquez sur le mur qui borde la rue de la Croix-Rouge, ensuite droit sur la Fac de Lettres. Vous y passez tranquillement le reste de la nuit. Vous verrez la suite demain... (Puis il hurle:) Je signale aux gardes que tout va bien!

L'orage ne se calme pas. Chaque fois que le cireur crie, une ombre se détache de la masse. Avec une facilité qui me tente. Mais j'hésite: inutile de me risquer puisque, j'en suis sûr, je serai bientôt relâché, il suffira que je fasse des déclarations détaillées... L'informateur chuchote:

— Hé, vous me laissez me tirer, mais ne manquez surtout pas de faire du tapage après mon départ, sinon vous serez pincés, d'accord?

Une cinquantaine de citoyens du trottoir ayant déjà réintégré leurs bases, le cireur juge le moment venu. Posément, clairement, il continue de crier. Et soudain il bondit, sans oublier sa boîte.

— Nous informons qu'ils sont tous partis! lance alors une voix.

Mais le fuyard n'a pas atteint le mur du stade. Des salves claquent dans l'air. Les soldats se ruent à travers le vent et la pluie.

— Qui a crié?

Un enfant se lève. Malgré la tempête, je le vois figé au garde-à-vous.

— C'est toi qui as informé ?

— Oui.

— Qui s'est sauvé ?

— Je ne les connais pas. Je ne connais que celui qui était chargé de...

— Mais c'est toi !

— Non, non, c'était l'autre qui...

— Tiens-toi là.

Furieux, le chef des gardes tourne autour du troupeau dépenaillé ; les autres se jettent à la poursuite des fuyards. Derrière moi, on murmure, on bougonne : « Qu'est-ce qui lui a pris ? Il n'a pas attendu, le salaud... Qu'est-ce que tu as voulu gagner comme ça... Attends, fiston, tu vas tâter de la crosse... »

Une rafale crépite.

Des pinceaux de lumière fouillent le bas du mur longeant la rue de la Croix-Rouge. Nous retenons notre souffle. On n'entend plus que la pluie. Mon cœur bat, bat. Au bout d'un moment, interminable, les soldats reviennent. L'averse a diminué de force, on peut mieux voir. Le cireur est traîné sur l'herbe trempée. Il gémit comme un chien, il supplie. En vain. On le met debout. On le lâche. Il s'écroule comme un tronc de bananier qu'un sabre tranche net. Il gesticule dans son sang et dans l'eau. On lui flanque des coups de pied. On le piétine. Dans un suprême effort, il hoquette : « ... suis blessé... été touché... s'il vous plaît... » Pas de pitié. Les représailles se déchaînent. Les gardes lui font payer leur course sous la pluie. Puis, tout haletants, ils nous dévisagent. Les gémissements ont cessé. L'orage aussi. Brusquement.

— Qui était près de ce misérable ? gronde l'un d'eux, désignant du menton le petit cadavre.

— Moi, avoue celui qui a averti.

Je suis loin de lui mais je le vois trembler de tous ses membres.

— Toi ?

— Oui.

— Tu l'as aidé à fuir ?

— Non, non, j'ai informé très exactement.

— Après, seulement après. Tu as favorisé sa fuite, c'est plus grave que tout. Alors, tu es encore capable de ruser avec nous, sale réactionnaire ?

— Je vous en prie...

— Sors des rangs !

— Je vous...

— Tu as entendu ?

— Oui, oui.

Il obéit, lentement. Tout à coup, il pivote, il galope comme un fou. Dès qu'il est à bonne distance, une rafale le cueille. Il s'affaisse.

— Qui savait aussi et n'a pas informé ? Qu'il sorte ! Allons, qu'il soit conscient de sa responsabilité...

Personne ne bouge.

— On ne peut rien cacher aux *can bô*. Si vous avouez, nous nous montrerons indulgents. Ceux qui dissimulent et ceux qui résistent seront châtiés. J'attends deux minutes, pas plus. J'abattrai tous les réfractaires.

Un garçon se lève. Un autre. Un troisième. Satisfait, le garde hoche la tête :

— Voilà qui est mieux. Qu'on ne s'avise plus, désormais, de tromper la Révolution !

Repentis ou pas, les malheureux sont injuriés, giflés, piétinés. L'arrivée d'un camion interrompt la punition. Clopin-clopant, ils regagnent les rangs.

Pour la première fois de ma vie, je viens d'assister à une scène abominable. Tout ce que j'ai lu sur les infortunes des abandonnés, des sans-famille, des sans-abri n'est rien en comparaison.

Par groupes de plusieurs dizaines, on nous entasse dans les Molotovas. Où allons-nous ? Je ne sais pas.

Une chose est sûre : je ne serai pas relâché demain. Mes larmes débordent. On m'arrête, on m'emporte loin de chez moi, sans doute à l'autre bout du pays, du monde, on ne s'occupe pas de ce que je suis réellement. Et ma mère ? Mes sœurs ? Ma maison ? On semble persuadé que chacun de nous a la même adresse : la rue, que chacun appartient à la même catégorie sociale : celle du trottoir !

De nouveau, un ordre, une menace :

— Quiconque saute à terre est abattu. Défense de parler pendant le trajet.

On nous rentre la moindre parole dans la gorge.

Je compte cinq Molotovas quittant le stade Hoa Lu. Derrière eux, sur l'herbe gorgée d'eau, deux cadavres qu'on enfouira sur place ou ailleurs. C'est si simple. C'est si horrible et si simple. L'arrestation, les coups, l'emprisonnement, la mort. Et les camions qui errent dans la ville jusqu'au matin.

Les quartiers sont déserts, les maisons muettes. La vie à Saigon n'est déjà plus la même. Nos vêtements sont mouillés mais nous n'avons pas froid, serrés comme nous sommes. Je rêve d'un miracle : rencontrer quelque connaissance à qui je confierais un message pour ma mère ; je suis prêt à recevoir des coups de crosse pour cela. Mais non. Les miracles n'arrivent donc que dans les livres ?

Les quatre camions qui nous précèdent ont bifurqué. Le nôtre s'engage rue Hiên Vuong jusqu'au carrefour Lê Van Duyet où il tourne à gauche, rue Hoa Hung. Mon voisin, familier des rues depuis sa petite enfance, me dit à l'oreille :

— Chi Hoa, Chi Hoa... (Voyant mon ébahissement, il ajoute :) Nous allons au bourg de Chi Hoa.

Et en effet, le camion s'arrête devant la célèbre prison centrale. Le garçon se réjouit :

— Si c'est ici, c'est pas pour longtemps !

— Combien de mois ?

— Trois mois. Cent jours après la mort, c'est vite passé, dit un dicton chinois.

Il se tait. A l'entrée, une discussion met aux prises livreurs et réceptionnaires de la cargaison.

— Nous n'acceptons pas davantage, camarades. Emmenez-les autre part.

— Où ça ?

— Les *lao cai*[1] ne manquent pas !

— Nous avons l'ordre de les amener ici. Le camarade veut-il en prendre connaissance ? Il est signé du Comité d'administration de la ville.

— Ce n'est pas nécessaire.

— Le camarade s'oppose ?

— Non. Mais ici, c'est plein !

— Faites un effort.

— Attendez...

— Comprenez que nous avons veillé toute la nuit avec ces démons.

— Attendez l'avis de notre Directeur.

Quant à nous, assagis par l'expérience récente, nous sommes cloués au plancher. Mon voisin exprime pourtant distinctement son souhait :

— O ciel, pourvu qu'ils nous admettent ! Je frissonne rien que de penser aux Indigents ! Là-bas, c'est épouvantable...

Je lui souffle :

— C'est quoi, les *lao cai* ?

— Les travaux de rééducation. C'est chouette, tu verras. Si ça marche, je suis volontaire pour toute ma vie.

Du côté de l'entrée, la discussion n'avance pas.

— Le Directeur ne peut en prendre que vingt. Ce n'est pas prévu pour les jeunes, ici.

— Bouclez-les avec des adultes.

— Impossible.

---

1. Néologisme composé à partir de deux expressions de la langue littéraire sino-vietnamienne : *lao dông* (travail, activité) et *cai tao* (réforme).

— Mais si !

— Impossible !

— Soyez raisonnables. Franchement, vous nous créez exprès des difficultés. Ce n'est pas pour quémander aux pieds des gardes-chiourme que nous avons traversé la Cordillère[1] !

— Contrôlez-vous, camarades.

— Des menaces ?

— Que le camarade parle avec dignité !

— Acceptez-vous, oui ou non ?

— Vingt, pas un de plus.

On se dispute encore. On échange des insultes. Les armes cliquettent. Puis ceux qui nous ont arrêtés cèdent. Ils nous saisissent un par un, nous éjectent du camion. C'est ainsi que j'ai « la chance » de connaître Chi Hoa. Mon voisin, lui, est vraiment enchanté. N'en a-t-il pas rêvé ? Il me suggère de le tenir par la main, pour être ensemble dans la même cellule.

On nous pousse dans la petite entrée. Je me souviendrai de cet instant, je le parierais. C'est le matin du 4 juillet 1975. Et toujours pas de formalités. Comme dans la rue. L'identité d'une bande de va-nu-pieds n'a pas besoin d'être consignée ; ça ne vaut ni l'encre ni le papier. Un gosse de treize ans qui a une famille peut donc devenir un sans-logis, un futur condamné ? Est-ce possible ? Et quel destin me lie maintenant à ce garçon qui m'empoigne solidement ?

— N'oublie pas, ne te sépare pas de moi. Tu n'es qu'un novice ici. Il te faut un guide.

Il me fait ses recommandations dans une cour où les pas sonnent sur le cailloutis. Nous mettons longtemps à franchir l'enceinte extérieure. Mais quand le gong annonce, comme je l'apprendrai bientôt, le

---

1. La Cordillère annamitique forme l'épine dorsale de l'Indochine.

début de la nouvelle journée, nous sommes nous aussi avalés par les murs.

Au premier étage, on nous ordonne de ne pas rompre les rangs. Je suis un peu rassuré car le ton des gardes est moins brutal, ils ne sifflent plus les phrases entre les dents. Mais j'ai tout le temps de me rappeler les événements : deux enfants tués, des dizaines roués de coups, d'autres en fuite. Toujours pas de rapport, officiellement rien. Je n'ai pas été assez audacieux, j'aurais pu suivre le grand gars parti dans les premiers, je serais déjà chez moi, sain et sauf, sans cette vision du cireur abattu comme un chien, enfoui dans la boue...

A six heures, après l'appel général, on pense enfin au sort des vingt nouveaux. Six par six, on nous dirige vers les cellules fermées par de lourdes portes grillagées qu'on cadenasse immédiatement. Mon « ami » et moi sommes introduits dans la même.

— J'ai eu du flair, non ? dit-il. Je me présente : Maï. Profession : pickpocket. J'explore les poches et arrache les montres. Appelle-moi Maï Bim [1].

Je le regarde avec effarement car je ne me sens pas de ce monde-là. Dans la cellule, les gens nous fixent à s'en crever les yeux, étonnés de voir nos vêtements mouillés et pas le moindre paquet avec du linge de rechange. Ils nous observent en silence. Le chef de cellule nous désigne deux places voisines. Maï Bim se jette sans hésiter sur l'une d'elles et s'endort aussitôt. Moi, je dévisage tous ces gens l'un après l'autre, réprimant mes sanglots. Le filet est bien retombé sur mon dos. La Révolution m'a pris dans ses mailles, avec tout le menu fretin.

1. Maï le Pickpocket.

2

Quartier FG, 2e étage, salle 10, voilà mon domicile depuis une semaine, et aucun *can bô* n'est venu m'identifier. Maï Bim a pu faire la connaissance des occupants de l'endroit. Selon lui, le Chi Hoa actuel n'a rien de commun avec celui d'autrefois. Avant, chaque salle était sous la coupe d'une sorte de tyranneau. Les quartiers FG et BC étaient célèbres pour les leurs ; ils commandaient, brimaient, exploitaient, s'arrogeaient des droits incroyables. Tout cela est supprimé : le chef est désigné par les prisonniers ; il est assisté d'un sous-chef, d'un responsable de l'ordre et d'un secrétaire. La salle est divisée en cellules pourvues d'un chef et de son adjoint. La nourriture est équitablement distribuée par l'équipe préposée à cette tâche. Plus serviable et juste, puisque choisi par tous, le chef de salle veille au règlement et aux relations entre détenus ; il doit informer les gardiens, surtout en cas de vols et de rixes.

— Un seul truc est moche, dit Maï Bim, c'est qu'on est enfermés jour et nuit alors qu'avant, l'appel du matin fait, on circulait dans la taule pour ses petites affaires jusqu'à la nuit... Avec le tyran, c'était la liberté de circulation, ajoute-t-il en soupirant. Le roi détrôné, adieu ! On se baignait quand on voulait. A présent, nouveauté oblige, on transporte l'eau à l'étage et on ne se lave que deux fois par semaine. On laboure le terrain de foot pour planter du liseron. On empile les gens à faire regretter les bus aux heures de pointe. On n'a plus chacun que quatre gobelets d'eau par jour. Si on se nettoie le derrière, il n'y en a plus pour le couvert ou la figure...

Et d'égrener lamentation sur lamentation. Mais il semble dire la vérité. Un certain nombre de gens lui manifestent de la sympathie. D'autres le prennent en grippe. Certains utilisent son expérience de voyou, ses anciennes fréquentations. Dans les moments de gaieté générale, il donne un aperçu de son habileté et on récompense ses tours : du tabac, des cigarettes, parfois un morceau de sucre, un bout de viande. Ceux qui ne l'aiment pas le chassent quand il rôde trop près ou raconte ses aventures chez les Indigents ou sur les boulevards.

Moi, je n'ai envie de discuter avec personne. Je reste allongé sur ma couche ou bien, fatigué de dormir, je m'assois. Je pleure souvent et je ne fraie pas avec Maï Bim. Un voisin s'en est rendu compte :

— Dis-moi comment tu t'appelles.

— Vu. Nguyên Huu Vu.

— Tu n'es pas un ami de l'autre garçon ?

— Non, monsieur.

— Pourquoi es-tu ici ?

— Je ne sais pas.

Je lui parle de ma famille, des circonstances de mon arrestation. Il claque la langue.

— Oui, ils opèrent au hasard. Tant pis pour la justice. (Puis il se rapproche.) Appelle-moi Oncle Tuong, Vo Thê Tuong, désormais.

Il y a si longtemps qu'on ne s'est pas adressé à moi avec autant de gentillesse... Soudain, je repense à mon père et j'éclate en sanglots. Oncle Tuong me caresse les cheveux.

— Ne pleure pas, Vu. Chacun a son destin.

— Mon père aussi ?

— Oui.

— Et notre pays ?

— Oui. C'est le destin national. Des millions d'enfants sont des victimes, ils souffrent comme toi.

Mais toi, Vu, tu sais souffrir, n'est-ce pas, tu deviendras un homme et tu retrouveras tout ce que tu crois avoir perdu.

— Je reverrai mon père ?

— Certainement.

— Ma mère, mes sœurs ?

— Pourquoi pas ?

L'assurance d'Oncle Tuong me redonne courage. N'est-il pas trop tôt pour désespérer ? Ma mère et mes sœurs doivent être encore en vie, elles n'ont pas pu être touchées par les balles, c'est impossible, elles ne peuvent pas mourir...

— Oncle !

— Oui ?

— Que faisiez-vous dehors ?

— J'étais journaliste, et poète.

— Pourquoi vous a-t-on arrêté ?

— J'ai fait de la résistance à outrance. Ils m'ont accusé de réaction.

— Quand vous libérera-t-on ?

— Je suis un prisonnier non condamné, Vu. Alors, dans deux mois ou dans vingt ans. Personne ne le sait.

— Et moi, Oncle ?

— Quand tu auras déclaré ton identité, ils te lâcheront.

— Mais quand ?

— Sois patient, Vu. Sois patient.

Depuis cette conversation, Oncle Tuong s'occupe de moi comme d'un vrai neveu. Il m'offre un bol et une cuillère en plastique. Je ne mangerai plus à la main le riz contenu dans du nylon. A Chi Hoa, on interdit les objets métalliques. Le papier aussi, même le papier hygiénique. Les flacons et les bocaux sont confisqués dès l'entrée en cellule.

— Vis en bons termes avec Bim, me conseille-t-il. Jusqu'à ta libération, tu auras affaire à lui. Il pourrait te nuire, sinon. En prison communiste, tu as moins à redouter les geôliers que tes compagnons. Si tu touches à leurs intérêts ou s'ils te détestent, ils se livreront aux pires accusations, aux plus sales calomnies. Ils les colporteront partout... Sois sage, efforce-toi de ne déplaire à personne, fais semblant d'être naïf et de tout ignorer. Tu seras tranquille.

Oncle Tuong fume sans cesse du tabac bon marché en plaquette. Il roule des cigarettes grosses comme le pouce et, la bouche ouverte, crache une fumée aussi épaisse que celle d'une locomotive ! Son plaisir, c'est de déclamer des poèmes, principalement celui intitulé « Souvenir de la forêt ». Sa voix devient tragique, on dirait un tigre en cage : « O forêt ! Ma-a-a-a... forêt ! » Une clameur s'élève, éclate et tout d'un coup retombe dans le silence. On s'attendrait à le voir défoncer, d'un seul coup de pied, le mur bétonné. Mais non, il reste là, le regard brouillé par de mystérieuses pensées.

J'ai suivi son avis et je me suis plus ou moins réconcilié avec le Pickpocket, tout de même plus humain que ceux qui m'ont arrêté. Il ne sait rien de moi ou plutôt il affecte l'ignorance. Il partage souvent avec moi le morceau de sucre dont le gratifie un prisonnier. Il m'incite à fumer la pipe à eau. Pour lui, « c'est déjà se libérer ! » Et il applique à la lettre son propre conseil, ramassant les résidus de tabac jetés par les autres. Quand il réussit à en voler une pincée intacte, il se comporte en véritable connaisseur : son aspiration est profonde, interminable ; puis, lâchant le bambou, il se laisse tomber à la renverse, les paupières baissées, le cœur battant, tout agité de spasmes.

— C'est divin, affirme-t-il. C'est le remède idéal quand on est déprimé. Ça vaut un paquet entier de cigarettes !

Nous aimons, lui et moi, regarder à travers les barreaux des fenêtres, gros comme nos bras.

— Compte, Vu, il y a bien huit côtés ?

— C'est ça.

— C'est comme huit monstres maléfiques[1]. On raconte que les Japonais ont dessiné les plans pour les Français. Tu vois le château d'eau ? Ne dirait-on pas l'épée du samouraï, plantée dans le sol, le manche en l'air ? Ils ont fait venir des sorciers tibétains pour jeter le mauvais sort sur notre peuple. Il suffirait d'abattre le château d'eau pour délivrer le Viêt-nam, je te jure... Mais c'est pas demain que la Révolution va le flanquer par terre. Et toi et moi, on est là, c'est pas drôle, ça ?

— Il y a combien de quartiers ?

— Quatre. AH, BC, ED, FG. Tu vois le chemin couvert, au milieu du ED, qui conduit au château d'eau ? On croirait des éléphants alignés. C'est terrible quand c'est éclairé la nuit. La passerelle du deuxième étage, à l'extrémité des AH et BC, c'est une terrasse à ciel ouvert. Autrefois, le dimanche, on y applaudissait Hung Cuong, Tung Lan, Phi Thoan, Ngoc Gian, Maï Lê Huyên qui venaient divertir les détenus. Maintenant, c'est interdit de sortir, même sur la terrasse.

— Les cuisines, elles sont où ?

— A l'extérieur. On ne peut pas les voir. Celles de l'intérieur ne fournissent que l'eau chaude pour toute la prison. Oh ! je pourrais te donner beaucoup d'autres détails... Mais si par malheur tu dois y aller, tu risqueras de prendre ton billet pour le cimetière !

— Aller où par exemple ?

— A la salle de discipline. C'est noir, ça pue l'urine à plein nez. Tout le monde a peur du FG à cause de ça. Mais c'est dans le troisième bâtiment.

— Et le fantôme aux mamelles pendantes ?

— De la blague ! Avant, j'étais dans la salle 2. La

1. L'imagination populaire idéalise l'ancienne stratégie militaire chinoise : le nom de « huit monstres » est donné à tout piège où l'ennemi doit immanquablement tomber. Par extension : tout lieu maudit.

Révolution est venue me montrer la sortie. Tu me crois ?

— Hum...

— Tant pis. Ils m'ont supplié de sortir. Cocasse, non ? C'était pour le meeting, bien sûr. Il y avait des tas de gars... Ce jour-là, j'ai fait trois poches et quatre montres à trois fenêtres[1].

Ce n'est pas toute la science de Maï Bim ! Il faudrait l'entendre raconter comment se comportent les *bô doi* expédiés au Sud, mimer leurs manières balourdes quand ils achètent des montres ou pénètrent dans un café. C'est à se rouler par terre. Il se moque d'eux avec esprit. Il exagère mais il est vrai aussi que les autres sont tellement gourds et embarrassés qu'on les jurerait débarqués en droite ligne du fond des âges. Le Pickpocket, lui, ne s'ennuie jamais ; il croque son sucre, boit du lait en poudre, fume. Un jour, il m'accroche par la jambe :

— Vu, tu m'intéresses sincèrement. Ce qui m'attriste, c'est que tu sembles me dédaigner.

— Qui t'a dit ça ?

— Je le sens bien, va. Je sais que tu n'es pas de la rue.

— Et après ?

— Après ? Hé, tu me conviens quand même !... Ton père était officier, hein ?

— Oui.

— Alors fais attention. Ne déclare surtout pas ça.

— Mais...

— Dis qu'il est commerçant, c'est plus commode. Si tu es fiché comme fils d'officier, ton compte est bon ! Ils ont promis la mort aux officiers et à leurs familles. Je te dis ça, parce que, parce que... j'ai pitié de toi, quoi.

— Merci, Maï.

---

1. Les soldats du Nord appellent ainsi les montres indiquant la date, le jour de la semaine et l'heure.

— Je me connais. Dehors je n'aurais jamais osé t'approcher.

— Ne dis pas ça. Et d'ailleurs, pourquoi tu n'as pas fui, l'autre nuit ?

— Pour aller où ? Au ciel ? Non, merci. Tu sais, les types de notre espèce, ils tournent toujours en rond. Aujourd'hui, on se sauve ; demain, on est pris. Tant qu'à faire, si jamais... Non, je n'ai rien dit.

Il se tait brusquement. On lui briserait en vain les dents. Qu'a-t-il voulu dire ? Je ne sais pas. En tout cas, à partir de ce jour, je n'ai plus les mêmes idées sur lui. De son côté, il cesse de me vanter ses exploits. Il respecte Oncle Tuong et paraît même le redouter. Jamais encore il n'a osé lui réclamer une bouffée de pipe à eau. Pourtant, Oncle Tuong ne la lui refuserait pas, alors qu'il ne me propose jamais de fumer.

— En prison, Vu, il faut apprendre à se priver de beaucoup de choses, à n'avoir envie de rien, à supporter la faim, à manger peu pour habituer son estomac à se satisfaire ainsi. Et si, malheureusement, tu n'es pas relâché tout de suite, si tu dois promener ton existence d'un camp à l'autre, ne désespère pas, sois courageux, subis ton calvaire et fixe-toi un but à toi, un but pour ta vie...

Comment cela ? Je pourrais donc connaître d'autres prisons ? Chi Hoa ne serait pas le terme de mes épreuves ?

Au bout de deux semaines, personne ne s'est inquiété de moi. Le chef de salle a bien noté mes nom, prénoms, âge et adresse, mais il ne sait à qui les transmettre.

Puis, un soir, un *can bô* passe. Il donne une grande feuille au secrétaire afin d'établir la liste — une autre ! — des occupants. La chance va-t-elle enfin me sourire ? Avoir son nom sur cette liste, c'est être bientôt appelé, interrogé... et libéré. J'imagine déjà le chemin du retour à la maison. Irai-je à pied ou en cyclo ? A pied. Je marcherai, je marcherai vite, vite, plus vite, quelle course, oui ! En cyclo, j'indiquerai minutieusement l'itinéraire au pédaleur. Quand j'arriverai chez moi, ma mère en oubliera presque de payer, elle me serrera sur son cœur en pleurant, et moi aussi je pleurerai, mes sœurs éclateront en sanglots. Des larmes, des larmes, notre bonheur baignera dans un torrent de larmes... Que dire d'autre !

Le secrétaire fait donc l'appel et remet la feuille au gardien lorsqu'il repasse. Le lendemain matin, ce dernier surgit à nouveau : il faut préciser le chef d'accusation.

— Pham Quang Khai.

— Propriétaire.

— Nguyên Van Thi.

— Bandit.

— Bui Kim Bang.

— Propriétaire.

— Nguyên Can.

— Cambrioleur.

— Vo Thê Tuong.

— Résistant. Réactionnaire.

— Cao Van Vui.

— Assassin.

— Do Ngoc Tung.

— Imprimeur clandestin.

— Pham Sinh.

— Faux bonze. Fraudeur.

Ainsi défile toute une série de forfaits — ou du moins d'actes considérés comme tels. Quand vient mon tour je sursaute, je bredouille :

— Je ne sais pas...

Le garde roule des yeux, hoche la tête d'un air menaçant. Il ricane :

— Ha ha, pas de crime ! Innocent ?

— Oui.

— Où as-tu été capturé ?
— Dans la rue.
— Ha, ha, un pillard, bien sûr... Tu entends ? Tu es un *pillard.* C'est tout. Pas d'erreur possible. La Révolution est claire comme la lune et le soleil.
— Mais...
— Nous savons tout, nous, les *can bô.* Nous ne nous trompons jamais. On vous connaît ! Tu es un pillard.
Il se détourne, il n'écoute aucune de mes explications. Il n'hésitera pas, il marquera « pillard » sur mon dossier. Quelle honte. Et il continue :
— Bui Diêm.
— Escroc.
— Duong Duc Dung.
— Antirévolutionnaire...
Et ainsi de suite, puis il passera dans la salle suivante. Mon espoir a été piétiné. Je regagne ma place comme un aveugle. Oncle Tuong me console :
— Patience. Tôt ou tard, tu retrouveras tes parents. Vis jusqu'à ce jour. C'est ton but. Vis.
Je finis par m'assoupir entre deux sanglots. A mon réveil, Oncle Tuong est toujours là, assis près de moi. Il ne fume pas, il est en train de recoudre un vieux sac à engrais chimiques. Malgré les interdictions et les perquisitions répétées, les prisonniers arrivent à fabriquer des aiguilles avec des bouts de fil électrique ramassés dans la cour. A partir des pierres, on fait des marteaux ; en limant fin des boîtes à lait, des couteaux ; des fragments de tuile sont utilisés pour écrire et étudier.
— Vu ?
— Je vous écoute, Oncle.
— J'ai l'impression que nous allons être séparés bientôt. L'un de nous partira le premier.
— Oncle !
— C'est inévitable, mon enfant. La vie de détenus,

ce n'est pas la stabilité... Je te confectionne deux culottes, un costume et un sac.

En effet, il a taillé dans sa couverture légère de quoi faire ces culottes. Le costume, c'est un des siens, recoupé et cousu.

— Un détenu, enfant ou adulte, a besoin d'un petit bagage. J'ai encore quelques piastres, de l'aspirine, des gélules d'antibiotiques. Je vais t'en donner une partie. Tu en auras certainement l'usage.

— Vous m'aimez donc tant, Oncle ?

— Disons que c'est ma propre vie que j'aime. Je te la raconterai ce soir. Mais dépêchons-nous, ils peuvent appeler à l'improviste.

Il aplatit entre ses doigts la couture du sac terminé, il l'examine à la lumière.

— Ça va. Ce sera ton souvenir de Chi Hoa, tu le montreras à ta mère... Allons, allons, ne te remets pas à pleurer, nous avons mieux à faire, ne crois-tu pas ?

— C'est votre gentillesse qui...

— Bien, bien. Écoute ce que je dois te dire. Même si tu ne comprends pas aujourd'hui, retiens cela tout de même. Ton père était officier, professeur dans le civil. Toi, tu étais un bon élève, un enfant sage, n'est-ce pas ?

— Je crois, oui, Oncle.

— Bon. En ce cas, sois simplement digne de ton père, un intellectuel, un militaire, sois digne de lui, supporte les épreuves sans pleurer ni te plaindre. Le bonheur reviendra. Relève la tête, même quand on te maltraite, quand on t'humilie. Vis comme tu as vécu jusqu'ici. Si tu dois vivre demain avec des garnements, des voleurs, des chapardeurs, aide-les à retrouver leur dignité. Surtout, sois généreux, ne juge pas... Et si tu rencontres des braves gens, écoute-les. Là où il y a des livres, demande à les lire. Si on autorise l'étude, étudie par toi-même... Tu sais, Vu, la vie n'est pas faite pour jouir mais bien souvent pour vider jusqu'au fond la coupe des souffrances. Vivre, est-ce bien manger, bien s'habiller, réussir aux examens, gagner beaucoup d'argent ? Tout le monde peut faire ça. Si tu m'écoutes, si tu veux bien suivre mes conseils, tu seras parmi ceux qui reconstruiront notre patrie que des misérables ont sacrifiée avant de prendre la fuite...

Je tâche de graver ces paroles dans mon esprit. Je ne sais si je réussirai dans la voie qu'il me recommande mais je sens que je *dois* me rappeler ce qu'il m'a dit. Un jour peut-être, une fois libéré — quand, mon Dieu ! — ou errant d'une prison à une autre — mais où, où donc ? — peut-être réaliserai-je les rêves qu'Oncle Tuong vient d'évoquer... Il roule deux cigarettes, m'en offre une. Je secoue la tête, non merci, qu'il la donne à Maï Bim.

— A la fin du mois, ils t'autoriseront à écrire. Je te fournirai du papier, des enveloppes, des timbres et un crayon à bille. Tu écriras chez toi et on verra.

Il allume sa cigarette, un épais voile de fumée monte.

— Si tu pars avant, j'écrirai moi-même à ta mère.

— Vous n'écrirez pas à Tante ?

— Si, mais plus tard, dit-il en souriant. Elle n'en a pas autant besoin que ta mère. D'ailleurs, elle sait que je suis à Chi Hoa.

Je me jette vers lui, je l'étreins à bras-le-corps, je m'écrie :

— Oncle, vous êtes mon talisman, vous me protégerez contre toutes les infortunes !

Il écrase la cigarette que j'ai failli faire tomber, il me caresse les cheveux. Puis il me raconte son enfance, pauvre et difficile. Je constate alors que mes souffrances ne sont rien, comparées aux siennes quand il était adolescent, jeune homme. Ses phrases coulent, régulières et lointaines, révélant des peines secrètes. J'en oublie ma famille. Cela ne peut servir à rien d'y penser maintenant. Je ne redoute plus l'avenir, ni l'endroit où l'on m'enverra, ni le crime dont on m'accusera. Oncle Tuong m'a appris à faire face, à affronter la vie telle qu'elle est. En serrant les dents, en avalant mes larmes le plus possible. Merci. C'est promis. Je ne pleurerai plus bêtement. Promis.

3

Je n'ai pas dormi de la nuit. Les yeux grands ouverts sur le plafond, j'ai réfléchi sans arrêt. Nous autres, pauvres humains, nous sommes donc ainsi faits que si les liens de l'amitié et de la tendresse sont brisés, nous croyons que tout est perdu.

— Mais c'est inévitable, disait Oncle Tuong. A nous de savoir mettre du baume pour atténuer la tristesse et le désespoir... Tu sais, le monde entier a versé des larmes sur les malheurs des enfants, par exemple dans les œuvres de Charles Dickens, d'Hector Malot, d'Alphonse Daudet ou de Maxime Gorki, et ces enfants étaient dignes de pitié. Mais si un jour quelqu'un écrit sur toi, je suis persuadé que tes malheurs et la leçon de ton courage bouleverseront encore plus l'humanité... Au fond, ce ne sont pas les souffrances qui enrichissent l'humanité mais notre capacité à comprendre quel est le sens de la vie, à tirer parti de ce qui marque notre chair et notre âme.

Et voici qu'il se lève. Il roule une cigarette, craque une allumette. Sur son visage pensif d'adulte qui n'a pas eu d'enfance, je vois danser la lueur de la flamme et celle, couleur safran, de la petite veilleuse. Il aspire profondément, lâche un voluptueux nuage de fumée qui enveloppe un instant sa tête. Il est là, comme au milieu du brouillard, le cœur inondé par un océan de souffrances.

— Tu étais très agité cette nuit, Vu!

— Oui.

— Moi non plus je n'ai pas pu dormir. Mais toi, ne pense pas trop aux tiens, tu te rendras malade.

— C'est vrai qu'on m'enverra dans beaucoup de camps ?

— Ce n'est qu'une possibilité. Mais s'il faut y aller, vas-y courageusement. Une prison, un camp, c'est une forge où l'on trempe l'acier, et toi, tu dois être un acier doux.

Il lance une autre bouffée puis, baissant la voix :

— La vie est pleine d'imprévus. Chaque jour nous en réserve un lot. C'est pourquoi nous tenons tant à elle, même si nous devons parfois vivre sous l'oppression et subir des humiliations... Mais la vraie vie ne vient pas à nous, c'est nous qui devons aller vers elle, et le chemin qui y mène monte sans fin.

Oncle Tuong me tapote l'épaule :

— Parlons d'autre chose, veux-tu ? N'as-tu rien à me demander ?

Je le regarde, longtemps hésitant, puis je lui pose des questions au hasard :

— C'est vrai que les anciennes prisons et les orphelinats ont été vidés ?

— C'est vrai.

— Pourquoi alors les remplit-on à nouveau ?

— C'est la Révolution, Vu ! Toutes les révolutions usent des mêmes bluffs à bon marché.

Le Pickpocket ne m'a donc pas menti : il a bien été libéré quand on a vidé les prisons. Puis on l'a réincarcéré, et cette fois ce sera sans doute plus dur.

— J'ai ajouté dans ton sac un morceau de savon et un petit pot d'onguent médicinal.

Il me donne un crayon à bille presque neuf.

— Conserve-le soigneusement. Tu en auras besoin.

Le gong vient de retentir. Tout le monde doit se lever. On décroche les moustiquaires individuelles, on les replie, on les range à la tête de son lit. Ce matin, j'ai l'impression qu'un événement se prépare. Le Pickpocket s'agite, il cherche une prise. Le chef de salle, Pham Quang Khai, n'a pas terminé sa prière. Le fameux milliardaire fait toujours confiance aux signes astrologiques ; il est sûr que son étoile retrouvera un jour toute sa clarté.

— Tu vois ce vieux, qui a été dépouillé de ses biens, il croit dur comme fer qu'il rentrera en possession de sa fortune... Mais toi qui es jeune, qu'as-tu à craindre ? dit Oncle Tuong.

La matinée passe, monotone. A l'heure du déjeuner — heure fatidique ! — un *can bô* se présente, une feuille à la main.

— Lê Van Maï !

Le Pickpocket bondit tel un ressort.

— Présent !

— Nguyên Huu Vu !

— Présent !

— Rassemblez vos affaires, vous changez de salle. Dépêchez-vous.

Et il s'en va. J'entends les autres respirer. En général, les prisonniers ont peur de changer de salle ou de prison, ils redoutent les déménagements, les surprises, ils préfèrent rester au même endroit jusqu'à la fin de leur peine ou de leur vie. Mais maintenant, chaque détenu est sur le qui-vive, le régime carcéral n'est plus le même. Il faut toujours être prêt à reprendre son barda, et la route.

Oncle Tuong met entre mes mains le sac de l'amitié. Je retiens mes larmes en cillant.

— Pardonnez-moi.

— Non, je ne te pardonnerai pas.

Du coup, je n'ose plus pleurer. Ému, il me presse l'épaule de la main.

— Nous nous reverrons. J'ai ton adresse. Rappelle-toi ce que je t'ai dit. Sois courageux... Et bon voyage.

Le *can bô* est de retour. Un battant de la porte est poussé, juste assez pour le passage d'une personne. Maï Bim et moi, nous quittons les lieux. Je regarde encore une fois Oncle Tuong par la porte entrouverte. Il agite la main et murmure : « Bonne chance, mon enfant. » Ses yeux s'embrument. Le battant se referme brutalement.

On nous conduit à l'extrémité du quartier BC. La salle O a un robinet et un bassin mais pas de fenêtre donnant sur la cour. Pour voir les salles du quartier FG, en face, on doit faire la courte échelle jusqu'aux barreaux scellés dans le mur, juste sous le plafond. Très grande, la salle ne compte qu'une vingtaine d'occupants, des garçons que reconnaît le Pickpocket. Ce sont tous les compagnons de la funeste nuit de Hoa Lu. Entre « aventuriers », questions et réponses fusent comme pétards au Têt. On ne s'embarrasse pas de manières car on n'a que faire du beau monde. Je comprends, moi, que c'est seulement aujourd'hui qu'on a pu libérer une salle pour nous regrouper tous. Je suis déçu d'être toujours le seul dans mon cas. Oncle Tuong m'a prédit que je serais longtemps avec cette bande de vagabonds, de chapardeurs et voleurs de toutes sortes. Le Pickpocket est le plus âgé de tous. Il me présente comme si je lui appartenais :

— Vu est mon ami. Celui qui le touche, je lui aplatis la gueule.

Personne ne réagit, l'entente est ainsi conclue, chacun ayant un grand espace pour lui. On nous distribue une natte, un bol et une cuillère. En commun, on a deux seaux et deux bassines, pour l'eau et la nourriture. Le gardien nomme Maï Bim chef de salle et lui interdit de maltraiter ses camarades. Le Pickpocket semble satisfait d'être choisi. Sa suffisance m'agace.

La première nuit, le silence est effrayant. Mon sommeil est troublé ; je pense à mes parents, à mes sœurs, à Oncle Tuong. Par nuées, les moustiques nous assaillent sans répit mais ça n'empêche pas ces familiers de la belle étoile de dormir comme des souches. Seules leurs mains bougent ; instinctivement, elles écartent ou écrasent les bestioles. Moi, les piqûres me tiennent éveillé.

Le matin, en guise de petit déjeuner, nous nous lavons. Pas de linge de rechange : on nettoie sa chemise le jour, sa culotte la nuit. A l'eau, puisqu'on ne nous a pas fourni de savon. Mais avec les piqûres de moustiques, gare au paludisme et à la gale ! Tant pis, nous ne sommes que des hôtes de passage et notre peau est vouée aux éruptions : qui prêterait attention à des êtres aussi misérables que nous ? Sept jours déjà, si l'on en croit les traits sur le mur : Maï Bim tient ainsi notre calendrier en se servant d'une pointe qu'il a ramassée et qu'il cache.

— J'ai du tabac, dit-il, clignant ses yeux rusés. L'ennui, c'est que je n'ai pas encore fabriqué la pipe...

Il me confie qu'il a senti, au quartier FG que nous venons de quitter, qu'il serait bientôt expédié ailleurs, vers une terre inhospitalière, dépourvue de cette herbe précieuse. En prévision, il a « réquisitionné » une boîte d'allumettes et, après plusieurs tours, « récupéré » peu à peu une demi-plaquette de tabac.

— En flânant du côté des fumeurs et en furetant dans leurs sacs, je les ai encore soulagés d'une brosse à dents, d'un tube de dentifrice, d'un caleçon et de serviettes de toilette...

Tous ces trésors, ainsi qu'un bric-à-brac d'objets de rebut, par exemple des morceaux de nylon récupérés dans les poubelles, qu'il a lavés, séchés et pliés, il les range dans un sac, qui lui a sans doute été offert — car s'il s'agissait d'un objet volé, son propriétaire ne manquerait pas de le reconnaître, tellement il est mal en point. Sa préférence va à une belle bouteille pour le jus de soja, un litre en plastique muni de deux anses.

— Sacrée merde, il me manque juste de quoi faire un tuyau !

Tout bougonnant, il se frotte la tête, cherchant une solution. Soudain, on entend des bruits de seaux et de jets d'eau dans la cour. Les yeux du Pickpocket s'illuminent. Il attrape le premier venu et l'oblige à lui faire la courte échelle. Il s'accroche des deux mains aux barreaux, un vrai singe! Sa face se fend d'un sourire.

— C'est le AH qui prend sa douche, annonce-t-il.

Il déploie ses talents de séducteur ; les prisonniers adultes lui ont promis tant de choses! Tous les gamins se relaient pour assister au spectacle et plaisanter.

— Pourquoi le FG ne se douche-t-il pas ici, Maï?

— Ils ont un bassin chez eux, tu ne t'en souviens pas?

Je l'ai oublié : je ne pensais qu'à Oncle Tuong, resté dans ce quartier.

Chaque fois que des détenus se douchent dans la cour, on bavarde avec eux, on quémande de la nourriture et du tabac. Même en sachant que, par peur de se voir supprimer la douche, la plupart ne donneront rien, on réclame, histoire de parler à quelqu'un. Quant à moi, apercevoir des adultes me console, c'est comme si je voyais Oncle Tuong ou mon père.

Cette distraction inspire une idée ingénieuse au Pickpocket. Il fouille dans son sac, retrouve un morceau d'inox qu'il se met à limer. Avec ce couteau improvisé, il troue le milieu de la capsule de sa bouteille et perce le plastique un peu plus bas. Il aplatit bien un morceau de tube dentifrice pour en faire un minuscule entonnoir qu'il fixe sur la capsule. Un entonnoir juste assez grand pour recevoir une boulette de tabac et dont l'extrémité suffisamment longue plonge à l'intérieur comme une petite queue de rat. Un bout de nylon brûlé sert à calfeutrer.

— Terminé! triomphe le Pickpocket. (Puis, me regardant :) Je sais que tu as un crayon à bille. Ça ferait un tuyau de choix mais, comme c'est un cadeau, je ne te le demande pas... J'ai des yeux de lynx, tu sais. Le contenu de ton sac, je le connais !

Je lui propose tout de même le crayon à bille. Il se frotte les mains mais refuse :

— Gaspillage ! Monsieur l'État va me payer ça...

Il rassemble son petit matériel, sauf le morceau d'inox, outil à tout faire pour le peuple des prisons. Il ordonne à un gamin de lui apporter un seau. Il en détache l'anse et fait glisser le plastique qui l'enveloppe, dénudant le métal. Railleur, il s'exclame :

— Merci, Monsieur l'État, de nous offrir un tuyau de pipe aussi magnifique !

Les mesures prises, il coupe le plastique en deux parties dont la plus courte est fixée au bout de l'entonnoir. L'autre est insérée dans le trou près de la capsule. Il verse de l'eau dans la bouteille, aspire. Non. Mauvaise canalisation ! Il vide le tout et recommence. Ça y est, ça gargouille, c'est parfait. Un petit chef-d'œuvre !

Il rejoint sa place, fouille dans son sac, l'explore longtemps en jurant comme un démon pour tromper les gamins qui l'entourent. Enfin, il prend un air triomphant.

— Voilà la pincée que je croyais perdue ! C'est que nous nous sommes démantibulé les mâchoires pour avoir ça !

Avec le tabac, il confectionne une boulette qu'il place soigneusement dans l'entonnoir. En langage de prison, ça s'appelle « charger ». A distance respectueuse, et bavant d'envie, huit à dix garnements contemplent Maï Bim. Il sait bien ce qu'ils espèrent en leur for intérieur. Lui aussi, en d'autres circonstances et à d'autres époques, a dû « faire la cour » aux heureux mortels admis à fumer la pipe à eau pour simplement avoir le droit de récolter les brins restants, après la première, la deuxième, voire la troisième bouffée... « Il faut apprendre à ne rien désirer », a recommandé Oncle Tuong. Un précepte dont je vérifie déjà la justesse.

Le Pickpocket est le plus envié parmi nous, plus puissant que les cadres qui nous gardent, que le chef de camp dans son bureau et même que le Très Haut sur son trône. Assis, jambes croisées, devant la « charge » toute prête, il observe un silence majestueux qu'il impose à ses subordonnés. Savourant son effet, il déclame deux vers au mètre classique : « A toi je pense comme à ma pipe à eau. Hier je l'enterrais. Aujourd'hui je la déterre. » Très content, il hoche la tête.

— Attention, je n'ai qu'une allumette.

Il ment, mais les gamins s'empressent :

— J'ai du papier.

— J'ai une couverture de livre, ne t'inquiète pas.

— Tu as fait une pipe unique au monde ! ajoute un troisième, flagorneur.

— Tout le pays connaît ta réputation de bricoleur, renchérit un autre.

Indifférent aux louanges du bas peuple, Maï Bim réfléchit à voix haute :

— Rien que ça ! Le monde entier me rendrait hommage que cela ne me toucherait pas plus... Avoir « ça », en prison, c'est tout avoir, nourriture, vitamine, rafraîchissement, tout, tout, tout. La rue, les Indigents, Chi Hoa me l'ont appris. Moi, j'ai l'art de courtiser bien plus que vous, jusqu'à m'en décrocher les mâchoires... Et pourtant personne ne m'a gratifié d'une bouffée. Ils savaient que s'ils m'en accordaient une ou me laissaient des restes, je les insulterais une fois la bouffée tirée pour me venger d'avoir dû les flatter... C'est ça, la vie !

— Mais nous, on est différents, nous...

— Tous pareils, tous issus de la même marmite oui, pas un qui soit mieux que l'autre !

Il craque son allumette, se baisse légèrement, ouvre la bouche avec gravité pour saisir le tuyau, amorce l'opération en clappant deux ou trois fois de la langue puis aspire, longuement, profondément. Il garde la fumée quelques instants. Il s'en imprègne. Puis il la lâche, tombe à la renverse, les yeux mi-clos, le cœur battant, les bras et les jambes en transe, littéralement anéanti. Une bouffée comme ça, après une semaine d'abstinence et devant une foule d'admirateurs frustrés, est une véritable extase. L'assistance, pétrifiée, n'ose se précipiter sur les bribes de tabac, craignant les coups si le Pickpocket vient à se réveiller. D'ailleurs, il n'y a plus d'allumettes et il cache les siennes. Mais le voilà qui se redresse, et il décrète son tarif. Droit de ramasser les débris après la première bouffée: deux mille frictions. Après la deuxième bouffée, il reste toujours des fibres utilisables: il faudra éventer cinq mille fois le propriétaire de la pipe si l'on veut bénéficier de la troisième. Un gamin propose une cigarette entière contre une portion quotidienne de riz. Le Pickpocket fait la moue: il y a abondance en ce moment.

S'offrant dix fois par jour le plaisir de la pipe à eau, il aura à sa disposition dix masseurs (20000 frictions) et dix manieurs d'éventail (50000 caresses bienfaisantes). De quoi lui assurer toute la nuit un sommeil royal. Quelqu'un troque sa culotte pour une première prise mais la majorité des gamins ne pourra jouir que des bouffées suivantes.

— Tu as vu ? me dit Maï.

— Quoi donc ?

— La puissance de la pipe à eau !

— Je ne vois que ta tyrannie.

— Tu as raison, je ne suis pas très généreux. Mais qui a été bon avec moi ? Oncle Tuong t'a donné toutes sortes de choses. Qu'est-ce qu'il m'a donné, à moi ? La vie n'a pas été tendre, je fais pareil... Sauf avec toi. Avec toi, je n'arrive pas à être méchant.

— Pourquoi ?

— Je n'en sais rien.

— Tu n'as pas peur que, moi, je devienne méchant avec toi ?

— Toi ? Tu pleures comme une Madeleine à la moindre grimace qu'on te fait. Tu es une frêle fourmi... Mais je jure que je ne sais pas pourquoi je suis gentil avec toi.

— Parce que je ne sais pas fumer !

— Ne blague pas ! Tu me demanderais du tabac pour le jeter dans le caniveau que je t'en céderais quand même... A propos, Vu ?

— Oui ?

— Tu es trop bête. Ne te mêle pas de mes affaires, tu entends ? Sois gentil si ça te chante, ça te regarde. La prison te corrigera. Moi, je serai toujours un dur. Tant pis pour moi. Il me suffit de ne pas l'être avec toi. Celui qui est méchant avec toi, je l'étrangle aussitôt, va savoir pourquoi.

C'est un type incompréhensible, le Pickpocket. Il traite plus mal des garçons aussi malheureux que lui. C'est peut-être sa logique. Il a appris à être impitoyable, égoïste, une canaille. Est-ce parce que je n'ai pas assez tâté de la prison que je le condamne ? Qu'il vive à sa guise, je ne perdrai pas mon temps à m'en mêler.

Pour le moment il règne, armé de sa pipe. Ses sujets en ont plus envie que de liberté. Il sélectionne quelques-uns des plus intraitables et il les gratifie chacun d'une prise gratuite. En même temps, bon prince, il désigne les bénéficiaires des bouffées successives. Contre une pincée de tabac, toute la chambrée est son obligée.

— Tu as vu ça ?

— Quoi encore ?

— Le pouvoir de...

— Je ne vois que ta...

— ... tyrannie ? Expérience du sang, fils... La pipe concilie toutes les amitiés. Grâce à elle, nous dormirons en paix, nous ne serons pas volés. Celui qui veut une bouffée entière doit m'être fidèle, veiller à la tranquillité de mon sommeil et être toujours de mon bord. Je gouvernerai cette salle rien qu'avec ma pipe. Dormir d'un œil comme les poules, ce n'est pas pour nous deux. Il faut avoir des valets pour protéger son sommeil !

— Mais c'est défendu d'agir comme ça...

— Oh oui... par les gardiens ! Pas par la pipe à eau !

Impossible de discuter avec lui. Il a un an de plus que moi et il est mon guide ici. Son tabac est souverain. Dûment massé et éventé par ses esclaves, il dort toutes les nuits. Il est prêt à partager ses droits avec moi. Je refuse le massage ? Il augmente les coups d'éventail !

— Pour que tu ne sois pas dévoré par les moustiques, explique-t-il. C'est ma volonté.

Cinquante mille gestes bienfaisants m'assurent donc un sommeil des plus réparateurs. Je sais que c'est cruel mais pas moyen de contredire Maï qui menace :

— Si tu ne m'obéis pas, tu sabotes la discipline et ils ne feront qu'une bouchée de nous !

Après quelques nuits, les scrupules me poussent à rendre tous ses droits au Pickpocket. Il ne veut rien entendre. S'il est accommodant sur tout le reste, sur ce chapitre, rien à faire, et il veille à ce que chaque gamin agite son éventail autant de fois qu'il l'a prescrit, même si je suis prêt à leur faire grâce. Et lorsque j'ai l'idée de demander du tabac pour eux :

— Tu peux en prendre et le balancer dans les tinettes, répond-il. Je m'en fiche ! Mais pour ce qui est de leur faire des cadeaux, pas question, je ne donnerai rien.

Je n'insiste pas.

Un jour, il casse un tube de dentifrice vide. Décidément, il ne collectionne pas que les bouts de nylon. Il a imaginé de façonner un jeu de dominos. Une demi-journée à s'appliquer, et les vingt-huit pions sont prêts. Le lendemain, à l'aide d'une pointe chauffée, il grave les petits ronds noirs sur chaque pièce. D'un trait net, il divise la surface, puis il utilise les teintures contre la gale, bleue et rouge, que l'infirmerie distribue tous les matins, pour colorier les restes de pâte dentifrice blanche dont il enduit la surface des dominos. Une fois nettoyé, on a un jeu en trois nuances.

— Un de ces quatre matins, me dit-il, je feindrai d'avoir un accès de paludisme pour avoir de la quinine, alors on ajoutera le jaune !

Il donne un superbe brillant aux pièces en les frottant contre ses joues et son front. Il me tend tout le jeu.

— Voilà ton cadeau, en souvenir de Chi Hoa. Contempler ta figure de papier mâché, ça me fend le cœur. Distrais-toi avec ça.

— Mais toute ta peine...

— Oh ! là ! là ! J'en ai coulé des centaines ! Demain, je ferai un jeu d'échecs. Et quand j'aurai un bout de fil électrique, je fabriquerai un poinçon pour faire une médaille de Bouddha.

— Mais je suis chrétien...

— Eh bien, ça sera une médaille de ton Bon Dieu.

— Tu connais Dieu ?

— Bien sûr. Celui qui est cloué et suspendu dans les églises, n'est-ce pas ? Je connais sa tête. Je suis spécialiste de ce genre de gravures. Il n'y a que Madame la Mère que je ne connais que vaguement parce que je n'ai pas eu l'occasion de la graver. Mais Bouddha et Dieu, j'en ai fait des dizaines !

— Pour les donner ?

— Tu parles ! Je les échangeais contre du tabac... Tu sais, ton Dieu m'aime plus que Bouddha !

— Comment ça ?

— Parce que Dieu, je l'échangeais contre dix prises, tandis que Bouddha, huit au mieux !

J'éclate de rire, Maï aussi, qui s'étonne cependant :

— Pourquoi ris-tu autant ?

— Tu es si gentil, dis-je en le serrant dans mes bras.

Il se dégage doucement.

— Je suis capable de me dévouer pour toi, vraiment. Je ne crains qu'une chose, c'est que tu ne sois plus mon ami.

Les dominos et les échecs mettent de l'animation dans notre salle. Les perdants doivent masser les gagnants ou ingurgiter de l'eau. Certains maladroits, gonflés comme des outres, ne peuvent plus rien manger. Pris toute la journée par le jeu, je ne me préoccupe plus de ma libération. D'ailleurs, qui s'en soucie ? Deux fois par jour, la porte s'ouvre pour laisser passer trois bassines, une de riz, une de bouillon au sel et une autre d'eau chaude. C'est comme si on nourrissait les cochons.

La gale mise à part, pas d'autre épidémie, mais certains gamins sont couverts de croûtes jusqu'à la base des doigts et leurs camarades doivent les aider à avaler leur riz. Ils ne tiennent ni sur le dos, ni sur le ventre, ni sur les côtés, pas même sur leur derrière. Ils se résignent à dormir à croupetons. Et chaque fois qu'ils satisfont leurs besoins naturels, ils restent là à pleurer près du seau, les doigts douloureux et purulents, incapables de se nettoyer. L'air empeste. Pour tout soin, les fameuses teintures... Nous nous entraînons à enlever les croûtes des escarres. Les douches, ce sont des gobelets d'eau du bassin, sans savon. Après quoi, on réenfile les mêmes vêtements, empesés par le pus et le sang coagulés.

Pendant ce temps, la salle a continué à se remplir de garçons cueillis aux coins des rues, cinq à sept par jour. Le Pickpocket s'égosille ; il doit organiser des équipes, attribuer des places, distribuer la nourriture. Il nomme Hoa le Grêlé sous-chef, et Ba Bouche tordue responsable de la discipline. Il octroie une prise de tabac aux dix-huit anciens pour se les attacher face aux nouveaux venus. Aucun incident ne se produira, nous en sommes convaincus. Au bout d'une semaine, la vie a repris son cours habituel.

Moi-même, j'ai attrapé la gale, sous une forme bénigne. La nuit, période d'activité du parasite, je ne réussis pas à fermer l'œil. L'idée de la mort m'effleure parfois. « Ne perds jamais espoir », a dit Oncle Tuong. Mais il est au FG alors que je traîne dans ce trou infect. Le Pickpocket me badigeonne tout le corps en bleu. Il m'encourage : à l'entendre, nous allons quitter bientôt Chi Hoa, c'est sûr.

4

Une nuit, nous sommes réveillés en sursant. Au-dessus de nous, toutes les cellules collectives du BC semblent en état d'alerte. On dirait un soulèvement général. Les deux blocs pleins de femmes et de filles qui avoisinent le nôtre s'agitent également. Un pareil tumulte nous terrifie. Maï se tranquillise en tirant très fort sur sa pipe tandis que le Grêlé, son sous-chef, se permet de glaner par deux fois tous les restes. Tout à coup, une voix s'élève :

— Adieu, ma sœur, adieu, je m'en vais. Nous nous reverrons chez toi !

— Va en paix, frère, réplique une voix de femme. Travaille ferme. Ne t'évade pas, ils t'arracheraient les tripes !

Le Pickpocket, qui a compris, sourit :

— Les tourtereaux se font leurs adieux à travers les barreaux ! Ils vont faire du tourisme chacun de son côté !

C'est comme ça : on tire les détenus de leur profond sommeil pour les évacuer sur un autre centre ou un camp. Sans même se connaître, certains ne peuvent s'empêcher de blaguer : « Si dans vingt ans je ne suis pas revenu, continue de te prostituer pour nourrir nos gosses ! » Réponse de la belle : « Sois rassuré. Et crève en paix. Je t'obéirai ! » Vif et poivré, le dialogue se prolonge et quand on n'entend plus rien, c'est que les nouveaux vagabonds sont hors de l'enceinte.

— Direction le *lao cai*, dit un gamin.

— C'est quoi ?

— Crétin, va ! Comment ? Tu manges le riz de la Révolution et tu ne sais pas ce que c'est ? Laisse ta place à un autre... Le *lao cai*, c'est la Rééducation par le Travail. On défriche la forêt, on démine, on pioche la terre, on abat des arbres, on se crève à cultiver des patates... Après ça, on est rééduqué ! Pigé ?

L'interpellé a compris, moi aussi, de même que le Pickpocket. Il s'installe à son aise, comme chaque fois après une légère prise, et claque des doigts.

— Hé, le savant, viens par ici.

Le gamin s'approche et accepte sans façon la pipe qui lui est proposée.

— Tu es bien informé ?

— Bah, comme tout le monde.

— Le *lao cai*, c'est donc les travaux forcés ?

— A peu près.

— Et ça se trouve où ?

— En forêt.

— Comme les Nouvelles Régions économiques ?

— Oh non ! C'est pire, ça fait froid dans le dos. Mais on s'évade plus facilement. C'est en pleine forêt, tu vois ? Je prie tous les jours pour y être envoyé. On ferait la queue pour y entrer ! Mais pas pour y rester, tu t'en doutes... Mes mains sont faites pour arracher les colliers, pas les patates !

— Ton nom ?

— Teo Tép : la Crevette, plus rapide que dix crevettes. Insaisissable pour la nouvelle police ! N'empêche, on m'a mis la main au collet rue Lê Loi.

— Ça suffit, Teo la Crevette !

L'amateur de colliers s'éloigne. Le Pickpocket dit à toute la chambrée de se rendormir. Quant à lui, toujours assis, il caresse sa pipe, la mine désolée.

— Tu n'as plus de tabac ?

— Des tas !

— Pourquoi tu es triste alors ?

— Je me fais du souci pour toi. Pourras-tu supporter le *lao cai* ? C'est dur de piocher la terre, tu sais.

— Tant pis.
— Fataliste ?
— Obligé, mon vieux. Tu as bien assez à faire avec toi-même. Que peux-tu pour moi ?
— Tu as raison. Tant pis. S'il est facile de s'évader, on filera ensemble. Aller au *lao cai*, ce n'est tout de même pas monter à l'échafaud, pas vrai ?
— Sans doute !
— Et si tu n'as pas la frousse, pourquoi m'inquiéterais-je ?
Il rit aux éclats, puis chantonne, sur l'air de *Quê Em*[1] :
— Mon père est un rebelle. Ma maison est confisquée. Nous allons dans les nouvelles zones. Tu cultives le maïs et les patates pour vivre au jour le jour. Dès l'aube, je me lève pour ramasser les bouses de vache...
C'est un peu ma propre vie qu'il dépeint. Mais moi, j'irai dans quelle région ? Sa dernière pipe terminée, il s'immobilise. Je m'attends à ce qu'il s'endorme. Au contraire, il engage la conversation :
— Vu, au fond, l'ancien régime, c'était mieux.
— Mieux ? En quoi ?
— Tous les dimanches, les détenus chrétiens allaient joyeusement à la messe. Les 1er et 15 du mois, c'étaient les bouddhistes. La prison d'ici avait une église et une pagode. La pagode était près du coin des exécutions capitales. C'est pour ça que je connais les figures de Bouddha et de Dieu. Autrement, je n'ai aucune religion, moi. Maintenant, « ils » suppriment tout. Paraît qu'« ils » ont saccagé l'église et la pagode. Et tu voudrais que je ne sois pas méchant ?
— Allez, tu es gentil !
— Non et non. Sauf avec toi. Quand « ils » sont tombés sur moi, « ils » ne se sont pas trompés. Mais

1. « Mon patelin » : chanson populaire.

dans ton cas, ce sont des imbéciles. « Ils » peuvent m'arrêter. Je ne crie pas à l'injustice. Quand on est un chapardeur, tant pis si on est attrapé... Mais toi, qu'est-ce que t'as fait ? « Ils » ont emprisonné ton père, ce n'était donc pas suffisant ?

Il est en colère. Il se relève, prépare une autre dernière pipe qu'il amorce :

— Non, ça ne marche plus, bougonne-t-il. Oui, on sortira d'ici. (Et, me tapant sur l'épaule :) Et alors, je te promets de te conduire directement chez toi.

Je garde le silence. Maï n'a plus envie de parler. Ils se rembrunit tout comme moi, sous la lueur pâlotte de la veilleuse éclairant cette cellule surpeuplée. Je n'ose pas compter les traits sur le mur. Je me demande toujours avec inquiétude — mais heureusement par intermittence — quel sera mon sort et ce que sont devenues ma mère et mes sœurs. Ce n'est plus comme au début : j'ai appris à supporter cette vie inhumaine — et l'injustice.

C'est en fin de nuit que le silence de Chi Hoa est lugubre. Tout le monde est plongé dans un sommeil de plomb après les premières heures agitées. Que de menaces montent alors de partout. Je suis horrifié ! Lamentations de prisonnières dans quelque cachot obscur et isolé, tels des ululements de démons ou de fantômes. Grincements de portes qui tournent sur leurs gonds rouillés pour livrer passage à un condamné à mort ou un détenu réputé dur qu'on transfère. Appels désespérés pour informer les gardes qu'un prisonnier est à l'agonie ou déjà décédé. Appels sans réponse, comme toujours, appels qui s'éteignent d'eux-mêmes, avec le malheureux. Toutes les nuits, Chi Hoa retentit de ces clameurs poignantes, échos de toutes les souffrances, les rancunes et les haines accumulées le jour entre les murs humides des cachots disciplinaires et auxquelles se mêle parfois la complainte d'adieu que joue sur sa flûte un condamné attendant d'être exécuté...

Pour parler comme Oncle Tuong, si la vie a une signification et que ce soit seulement en prison qu'on peut la connaître, je suis sur la bonne voie à Chi Hoa, en compagnie du Pickpocket et de ces voyous sans feu ni lieu. Chaque nuit, la prison me dévoile un nouveau mystère, y compris celui des vagissements de bébés[1]. Mais à quoi peut me servir cette douloureuse expérience acquise au prix de ma liberté et de tant de larmes ?

— Assez rêvé, gronde le Pickpocket.

— Dors donc toi-même !

Mais il ne dort pas. Il fume. Il aimerait se soûler. Selon lui, il n'y a que l'alcool qui dissipe les mauvais souvenirs et les énigmes de l'existence.

Nous sommes restés assis à croupetons jusqu'au gong du réveil, aigre, rageur, que je déteste. Il n'est pas brutal, il est inexorable. Cependant, les autres continuent de ronfler à poings fermés. Pour des sans-logis, Chi Hoa ou toute autre prison remplace le foyer, le restaurant, l'hôtel. Ils ont raison de s'abrutir de sommeil : ici au moins, on ne risque pas d'être réveillé violemment par la police. Sans passé, sans famille, sans avenir, tout entiers dans le présent, gavés de rebuffades et d'humiliations, ils ne redoutent plus rien, ne se soucient de rien. Pourtant, ils commencent eux aussi à se méfier de Chi Hoa, de ce calme effrayant qui ne présage guère une libération prochaine.

— Tu ne sens rien, Vu ?

— Si. La gale qui pue, les oreilles qui puent, le musc...

— Non. Je parle de l'odeur du *lao cai*. Je la sens venir. Tenons-nous prêts. On ne tardera pas à prendre la route. J'ai hâte d'être expédié ailleurs. Le plus

1. Nés en prison ou nourrissons de prisonnières.

tôt sera le mieux. Au moins on saura à quoi s'en tenir. Ici, on est dans la nasse.

— Moi aussi, je veux partir, partir loin, très loin.

— Pas d'idioties ! Sois tranquille, je te reconduirai chez toi. C'est juré.

A présent, c'est l'heure de l'eau chaude matinale, moment très attendu chez les prisonniers adultes approvisionnés par leurs familles en soupe-minute, farine lactée, soja, sucre, café. Quant à nous, les abandonnés, nous consacrons nos deux seaux au nettoyage des galeux. Instant de jouissance suprême lorsqu'ils appliquent sur leurs plaies des compresses d'eau chaude faites à partir de chiffons ou de lambeaux de leurs vêtements tombés en haillons. S'il est de bonne humeur, le Pickpocket aime entonner son hymne à l'épidémie : « Sans la gale, pas de prison véritable. Car se gratter, c'est la félicité. Quand la quéquette démange, plonge-la dans l'eau chaude. C'est l'extase sans pareille... »

Un jour, il vient de se lancer dans une tirade de ce genre, quand le *can bô* entre dans notre salle :

— Qui est-ce qui sait écrire ?

Silence général.

— Qui est le chef ici ?

— Moi.

Le *can.bô* donne une grande feuille de papier à Maï, un crayon à bille et recommande :

— Trouves-en un qui sache écrire. Dis-lui d'inscrire les noms, prénoms et âges des gars, de tous les gars. Puis tu me remettras la liste. Sans oublier le crayon à bille.

— Et les crimes, les délits, faut les noter aussi ?

— Pas nécessaire. Vous êtes tous coupables du même délit.

Le Pickpocket me charge donc de remplir les colonnes. Effectivement, pas de place prévue pour les délits, les adresses ou les noms des parents. On a décrété que tous sont orphelins et on leur reproche une seule et même faute. Certains me supplient :

— Mets-moi le nom de Hô, tu entends ? Je n'ai ni père ni mère. Oncle Hô est le père de tout le pays, comme on dit. Je porte son nom.

— Je ne connais pas mon âge, avouent d'autres. Donne-moi quatorze ans.

Presque tous ignorent leur nom. Ils n'ont que leur sobriquet ou à la rigueur le nom donné par l'orphelinat. Sinon, je suis sûr qu'ils inventent. Quand l'un d'eux n'est pas capable d'en fournir un, je marque son prénom et son surnom. Je laisse en blanc la plupart des emplacements réservés à l'âge.

Maï remet la liste au *can bô* qui la lit et relit en pouffant de rire puis s'en va sans dire un mot. Deux minutes après, il est de retour. Il réclame le crayon à bille et donne une gifle sonore au Pickpocket.

— Putain, marmonne celui-ci en se frottant la joue, c'est raté, encore une fois.

A minuit, voici qu'on frappe à la porte, qu'on nous réveille. Le Pickpocket me prend la main.

— Ne te sépare pas de moi, dit-il, troublé. On y va, c'est sûr.

Les *can bô* sont là, une dizaine. Un des cadres ordonne :

— Un peu de silence. Que je travaille. Quand j'appelle quelqu'un, il répond présent, bien fort.

Il déploie solennellement la liste :

— Lê Van Maï.

— Présent.

— Nguyên Huu Vu.

— Présent.

— Nam.

— Présent.

— Teo Tép.

— Présent.

— Hoa Rô.

— Présent.

— Bec de canard... Bouche tordue... Bon. On a oublié quelqu'un ? interroge finalement le *can bô*. (Silence. Il ajoute :) Personne ne manque donc. Dans ce cas vous vous préparez à changer de salle. Pas de désordre. Pas de cris.

Il referme la porte. Nous rassemblons nos affaires. Maï fume encore une pipe. Il vide ensuite la bouteille, détache le tuyau de plastique qu'il enroule. Tout son trésor n'emplit pas un petit sac. Malgré ça, lui et moi, nous possédons quelque chose. Les autres n'ont rien.

Teo la Crevette annonce :

— Je suis décidé à m'enfuir. Qui m'aime me suive !

— Tais-toi, interrompt Hoa le Grêlé. Quelqu'un ne manquera pas de te dénoncer.

— On a aiguisé un poignard, menace Teo. Je crève les yeux du dénonciateur !

— Putain de ta mère, l'injurie Ba Meo, Bouche tordue. Ferme-la, tu vas tout faire rater.

Les *can bô* reviennent. Nous nous alignons deux par deux en nous tenant par la main, comme si on avait des menottes, et en avant, sans faire de bruit, sans alerter qui que ce soit. Nous voici hors de l'enceinte maléfique. On nous fait asseoir sur l'herbe mouillée de pluie. Le vent est frais. Nous le respirons à pleins poumons en contemplant le ciel que nous n'avons pas revu depuis trois mois.

Je regarde une étoile solitaire qui scintille. « Tout ira bien », a dit Oncle Tuong.

Au bout d'une heure, on nous autorise à nous lever et à circuler, surveillés par les canons des AK. Au loin, le gong du réveil égrène ses cinq coups. On nous met sur deux rangs, le Pickpocket et moi toujours ensemble. Bientôt, un gros camion civil apparaît. Le chauffeur a des intonations de sudiste. L'air inquiet, son aide s'accroche à la portière de la cabine sans oser mettre pied à terre. Une bâche solide recouvre tout le véhicule. L'arrière est fermé par une porte à barreaux ainsi qu'une sorte de râtelier. C'est sans doute par là que nous allons embarquer. Le camion une fois plein, surchargé même, tout sera cadenassé, une toile bouchera l'ouverture. On embraiera. Les vapeurs du gasoil envahiront l'espace, elles provoqueront nausées et vomissements. C'est comme ça que j'imagine le long voyage. Car ce sera un long voyage : sur le toit de la cabine, il y a un grand fût pour le carburant.

On distribue à chacun deux grosses boules de riz, et on nous propose de l'eau. Mais on n'a pas de récipient pour la prendre ni pour la conserver. Les *can bô* comptent : soixante têtes exactement. Une voix nous prévient :

— Chaque boule, c'est pour une journée. Aux arrêts, on ne descend que si c'est permis. Défense de crier, de chanter, d'appeler les passants quand on traverse les agglomérations. S'il y a un gars qui se sauve, tout le monde sera fusillé. Compris ?

— Compris ! répondons-nous en chœur.

On rabat la porte arrière à l'horizontale. Nous nous disputons pour monter. Les premiers tirent les autres. « En vitesse » — comme on nous l'a ordonné — nous nous entassons sur ce plateau à bestiaux. On ferme, on met le loquet, on cadenasse. Et la bâche par-dessus. Nous respirons par les déchirures de la toile. Soixante petits cochons entrechoquent leurs têtes, se serrent les coudes, s'écrasent les pattes, braillent et jurent comme des diables. Roublard comme pas un, le Pickpocket est monté le dernier, il a pris place à l'arrière, avec moi. On peut ainsi écarter la toile, regarder en douce dehors et ne pas étouffer. D'autant que le moteur a été lancé, que la fumée s'infiltre à l'intérieur. Plusieurs garçons commencent à tousser, à suffoquer. Heureusement, le camion s'ébranle.

Nous franchissons très vite la dernière enceinte. Maï soulève la bâche pour explorer les environs. Il nous apprend qu'un second camion va nous suivre, tout à fait semblable au nôtre. Avec deux *can bô* armés assis sur la cabine, et d'autres, également armés, à l'intérieur. Comme on passe le portail, le Pickpocket me dit :

— Fais un geste, un geste d'adieu à ce cimetière cantonais[1].

Comme je ne comprends pas, il m'explique :

— Demande donc à ton Dieu de supprimer ce cimetière de Chi Hoa !

Je ne bronche pas. Il se tait. Les gamins qui hoquettent crient comme des pies borgnes. Les *can bô* frappent de la crosse le toit du camion. Tous en ont le bec cloué. Par une fente, je reconnais le quartier de Hoa Hung. Mais c'est d'une tristesse infinie, il n'y a plus la foule joyeuse d'autrefois. Quelques passants regardent les camions bâchés en secouant la tête. On bifurque à droite, rue Lê Van Duyet. Ah ! si je pouvais apercevoir ma mère ! L'entrevoir seulement me rassurerait. Nous croisons beaucoup de femmes et d'enfants. Hélas ! ni ma mère, ni mes sœurs. On traverse Nga Sau, on tourne à gauche. Je vois la clinique Saint-Paul, le lycée Gialong. La rue Phan Thanh Gian est sillonnée de bicyclettes. Au carrefour avec la rue Công Ly, j'écarquille les yeux dans l'espoir de repérer mes sœurs sur le trottoir qui mène à l'école de Regina Mundi. En vain. Je laisse retomber la toile.

— Vu, on se dirige vers le Centre Viêt-nam.

— Comment le sais-tu ?

— Nous roulons sur l'autoroute.

— Mais on peut tout aussi bien aller à Vung Tâu[2].

— Deux boules de riz, c'est pas pour aller là, je crois. Dis-moi pourquoi tu ne pries pas ces temps-ci.

— Dieu ne fait pas ce que tu penses.

---

1. La prison centrale est voisine du cimetière chinois.
2. Anciennement Cap Saint-Jacques.

— Qu'est-ce qu'il fait alors ?
— Il aide les gens à avoir le cœur en paix.
— Alors c'est le moment de prier car ton cœur est tout chamboulé.

Le Pickpocket a raison. Je me signe et murmure une prière. Je me sens aussitôt apaisé : je vois ma mère et mes sœurs hors de danger, la première vaque à son ménage, les deux autres se rendent à l'école. A Regina Mundi, on a conservé les mêmes religieuses, douces et vénérées. Naturellement, ma mère est affligée, elle se tourmente pour mon père et moi. Tiens, pourquoi mes sœurs sont-elles si tristes en ce début d'année scolaire ? Ont-elles perdu quelque chose ? Mais nous avons tous perdu quelque chose, nous et tous nos compatriotes. Et pour quoi ? Pour découvrir le sens de l'existence ? Je ne comprends pas.

— Je regrette beaucoup, Vu.
— Quoi ?
— Qu'on ne nous ait pas permis de sortir dans la cour. J'aurais bien déniché un bout de cuivre pour sculpter Monsieur ton Dieu.
— Tu le feras plus tard.
— Si tu l'avais maintenant, sur ta poitrine, ça soulagerait ta peine. Et il serait capable de t'aider à rentrer chez toi. J'ai vu des gens tenir son image dans leurs mains et lui confier des choses... C'est décidé, je te l'offrirai le plus tôt possible.

Enfumés, les enfants hurlent. On n'y fait pas attention. Le Pickpocket soulève la toile... là, encore davantage. Un souffle frais s'engouffre dans le camion — non ! dans la cage aux porcs. Les cris cessent. Ce qui « les » dispense d'assener des coups de crosse sur le toit en guise d'avertissement. Maintenant éventé, le troupeau entreprend de se chamailler. Ceux qui sont assis et piétinés par ceux qui sont debout protestent et jurent. Personne ne cède à personne. Tous s'insurgent en dépit des coups qui pleuvent sur le toit. La meute se déchaîne à plaisir. Maï, qui n'est plus le chef, s'en moque complètement. On ne l'a pas chargé de la discipline, il serait bien bête de s'en mêler. Tranquille à l'arrière, dans son coin, il respire à pleine bouche. Peut-être serait-il moins indifférent s'il était près de la cabine du chauffeur...

Après le pont du Dong Nai, l'autoroute invite à la vitesse. Les *can bô* du second camion font signe de relever la capote. Nous retrouvons le ciel et l'air. Tous se dressent et regardent en arrière, les boules de riz sous un bras, l'autre main agrippée au châssis. Chaque fois que le camion déboîte ou freine brusquement, le chargement d'enfants bringuebale ; certains lâchent leurs boules qui tombent sur le plancher où elles sont écrasées, souillées par des pieds crottés.

Depuis mon arrestation, j'ai été emmené trois fois en camion : de la rue au stade Hoa Lu, du stade à la prison et aujourd'hui de Chi Hoa à je ne sais en quel point de cette terre malheureuse. Ce que je sais, c'est que le voyage sera atroce. Si bien que des habitués, tel le Pickpocket, ne cessent pas de soupirer : « C'est trop raide, vraiment trop raide ! » Jamais on ne transporte plus de vingt cochons dans un camion de ce genre. Et pourtant, trois fois plus de fils d'hommes sont charriés comme des ordures. Aurait-on même transporté cent ou cinq cents bêtes, qu'elles auraient été moins mal loties que nous : on n'aurait pas menacé à tout bout de champ de les massacrer *avant* d'arriver à l'abattoir.

5

Nous traversons Tam Hiêp. La bâche a été rabattue, mais les passants semblent bien se douter de la nature de ce gros véhicule hermétiquement clos. Par un trou de la toile, je remarque des visages apitoyés, des regards, des yeux qui se baissent. Ce n'est plus un secret pour personne: ces camions civils constamment réquisitionnés depuis avril 1975 dispersent à travers tout le pays les gens qui ont eu des liens avec l'ancien régime, haï et déchu, ou ceux qui, contraints de gagner de gré ou de force les prétendues Nouvelles Régions Économiques, doivent laisser leurs maisons aux « colons » du Nord, médiocrement logés et sous-alimentés.

A l'intérieur, nous suffoquons. Comble de malchance, on ne peut rouler vite. Le klaxon n'arrête pas, le moteur a des ratés, nous sommes submergés par les gaz.

— Je vais crever! crie une voix.

— Pousse la capote! hurle une autre.

— Ils vont tous nous tuer!

— Mieux vaut mourir d'une balle qu'étouffé, dit Maï.

— Informons qu'un gars est asphyxié!

Coups de crosse sur le toit.

— Informons qu'un gars va crever!

Quelle importance? Un troisième s'enhardit:

— Informons qu'un gars est mort!

Aucun résultat.

Le klaxon redouble, le moteur gronde plus fort. Une fois que nous sommes sortis de l'agglomération, la bâche est enfin relevée. Les bêtes se gorgent d'air. On roule plus vite. Le vent passe en rafales. Maintenant, les gamins qui n'ont jamais voyagé en voiture commencent à souiller le plancher. Une odeur aigre se répand.

— Avis aux *bô doi*, on ne peut plus continuer !

— Avis aux *bô doi*, on préfère être abattus !

Tout le monde braille et piétine en cadence. Le camion ralentit, se rabat sur la droite, monte à moitié sur le trottoir, s'immobilise. Un soldat surgit :

— Quoi ? Qu'est-ce qu'il y a ?

— On étouffe. On vomit.

— Bon, bon. Permission de soulever la bâche. Mais dans la traversée des villes et des villages, défense d'interpeller les gens et de leur parler.

— Merci ! Merci !

On repart. La toile ne retombera plus. Mais les vomissements continuent, en entraînant d'autres. Le plancher se couvre de flaques puantes. J'ouvre mon sac, sors le petit pot de *cula*[1]. Je m'enduis les narines, la gorge et la langue. Le Pickpocket en fait autant. Il intervient quand je m'apprête à en offrir aux autres :

— Ils n'en crèveront pas, va.

Et il garde le pot. Je suis trop fatigué pour me disputer.

A Honai[2], quelle joie de revoir des églises, tous les deux ou trois cents mètres : je me signe et je prie de toute mon âme. Je n'ai plus peur de mourir. J'ai l'impression que Dieu m'accompagne sur la route de l'exil. Arrivé au marché, le camion ralentit. Hommes, femmes, vieillards et enfants observent notre grouillement :

— Prisonniers ?

---

1. Baume très utilisé au Viêt-nam.

2. Centre très important de réfugiés catholiques du Nord (partition de 1954). Regroupés par paroisses originelles, tous ont voulu rebâtir leurs églises : d'où l'extraordinaire profusion.

— Oui, répond Maï sans hésiter.

La dame esquisse un signe de croix. Une autre vieille me fixe :

— Quelle faute, mon petit ?

— Fils d'officier rebelle[1].

— Fils d'officier rebelle emprisonné ! s'écrie-t-elle.

La population nous adresse alors des gestes amicaux. On nous jette des friandises : bananes, oranges, gâteaux, et même de l'argent. Mais l'empoignade provoquée par cette manne n'est guère digne de fils d'officiers ! Les boules de riz soudain négligées roulent en tout sens, chacun s'affairant au ramassage des friandises au milieu des vomissures. On dévore à belles dents fruits et gâteaux, le Pickpocket plus activement que tous. Le camion poursuit son chemin, et la meute son répugnant festin. Manger, vomir. Vomir, manger. Cela semble naturel.

Quelques cars nous ayant dépassés ont répandu la nouvelle. A Gia Kiêm, on nous jette davantage de gâteries. Des sachets en nylon pleins de jus de canne à sucre glacé s'envolent vers nous. Malgré les menaces des gardes, les gens courent derrière le camion, nous submergent de toutes sortes de choses. Chacun en a plus que sa part et personne ne se querelle plus. Le Pickpocket n'a qu'un regret : il manquera bientôt de tabac pour sa pipe.

— A quoi ça te servirait ?

— Ça servirait en prison ! Tu crois peut-être qu'on part en vacances ?

A la sortie de Gia Kiêm, j'ouvre un sachet. J'ai le gosier tellement brûlant que le jus de canne coule comme un nectar. J'en ai pourtant consommé souvent mais ce n'est qu'aujourd'hui que je découvre combien ce parfum et cette fraîcheur sont agréables. Encore une leçon, n'est-ce pas, Oncle Tuong, une

1. Les militaires et fonctionnaires du Sud sont ainsi qualifiés par les communistes du Nord.

réponse à un mystère de ma pitoyable vie ? Et il y en aura beaucoup d'autres, j'en suis sûr.

Vers midi, les deux camions s'arrêtent près de la forêt de La Buong. La nuit a été orageuse et le soleil tape dur. On dirait que l'asphalte de la route s'évapore. Les *can bô* et les conducteurs descendent se restaurer dans une gargote. Nous, on doit manger notre riz sans faire de tapage. On n'a pas fini les gâteries ; inutile de parler des boules. J'ai mis les miennes dans mon sac. Celui du Pickpocket est bourré de fruits, de gâteaux et de sachets. Il aurait bien jeté son riz pour prendre d'autres friandises mais, expérience oblige, il flaire des jours moins cléments. Les plus jeunes sont harassés, ils s'adossent aux parois ou les uns aux autres, et somnolent, insensibles aux odeurs, assis sur les déchets éparpillés. Maï claque de la langue :

— Si on pouvait fumer une pipe...

— Qui t'en empêche ?

— Je l'ai vidée de son eau, dit-il en tapant sur son sac.

La plupart des garçons ronflent déjà. Pour eux, seul compte l'instant présent. A quoi leur servirait de réfléchir sur leur éternelle misère ? A notre âge, il ne faut pas tant penser. Ce qui ne m'empêche pas de me demander sans cesse ce que nous allons devenir.

— Vu ?

— Oui ?

— Tu as sommeil ?

— Non.

— Tu ne trouves pas qu'on aime beaucoup les enfants d'officiers rebelles ?

— On a pitié des enfants prisonniers et malheureux...

— Tu parles ! Si tu avais dit qu'on était des voleurs, je parie qu'on nous aurait balancé des pierres, oui ! Et puis...

— Quoi encore ?

— Ton Dieu aime-t-il les voleurs comme moi ?

Je n'ai pas le temps de répondre. *Can bô* et chauffeurs sortent de la gargote. Nous reprenons la route. Le moteur bruyant ne réveille pas les dormeurs ruisselants de sueur et cahotés comme des paquets. En enfer, les damnés doivent griller de la même façon. Les flaques ont séché mais l'odeur est épouvantable. Je frictionne mes narines avec le baume, puis, debout et cramponné aux montants du châssis, je mets le nez dehors. J'en profite pour graver des paysages dans ma mémoire, pour m'emplir les yeux de couleurs vives mais, à la fin, je m'écroule moi aussi dans la puanteur.

C'est une bouffée de fraîcheur qui me tire du sommeil. Sur la droite, le long de la route, la mer ! Immense et d'un bleu si profond. Des vaguelettes se chevauchent gentiment. La mer de Cana ! Elle folâtre, toute lumineuse. La brise vient nous caresser, elle dissipe l'air fétide. Je voudrais encore embrasser du regard tout cet espace. Notre bolide ronronne sur l'asphalte mou et nous emporte loin de la mer. Par bonheur, elle réapparaît derrière ces champs de cocotiers au tronc nu et terreux. Les panaches sont pleins de grappes de fruits gros comme des têtes humaines. Au loin, le soleil plonge déjà dans la nappe étincelante. Une dernière lueur bientôt, le ciel va brunir, la nuit arriver.

Les phares du second camion m'aveuglent et me forcent à regarder vers l'avant. Mes compagnons se secouent, se frottent les paupières, ronchonnent. Cependant, on n'allume que par intermittence, ce qui nous permet de reposer un peu nos yeux. Les chaumières sont éclairées par de pauvres lampes à pétrole et pour moi, habitué au spectacle des rues illuminées, c'est un autre monde qui s'offre, et je suis troublé jusqu'aux larmes par ce crépuscule mélancolique.

Nous franchissons le pont de Ba Ngôi. Trois rivières mêlent leurs eaux avant de se jeter dans la baie de Cam Ranh, mondialement connue.

— Où sommes-nous donc, Vu ? dit le Pickpocket.

— A Ba Ngôi.

— Tu es bien renseigné !

— L'an dernier, mon oncle m'a conduit en voiture de Saigon à Danang. On est passés par là.

— Où est-il, cet oncle ?

— Évacué en avril.

— Aux États-Unis ?

— Je ne sais pas.

— Pourquoi ta famille n'est-elle pas partie ?

— Je ne sais pas non plus.

A Cam Ranh, les Américains avaient installé une puissante base aéronavale. Au pied des montagnes qui cernent la baie magnifique, la route alignait sur un demi-kilomètre ses bars misérables où marins et aviateurs venaient tromper leur ennui. On sortait de la torpeur de la journée, on oubliait les dangers en s'étourdissant de musique discordante.

Aujourd'hui, plus de clignotements multicolores. Privés de leurs enseignes, les bars ont l'air d'abris abandonnés. Et ce n'est pas spécial à ce bout de route. Jusqu'à Nha Trang, les constructions présentent ce même aspect délabré.

— C'est quoi, cette ville, Vu ?

Je le lui dis.

— On va coucher là.

— On peut aussi rouler toute la nuit. Tu te rappelles ? Deux boules de riz, deux journées de voyage.

— Je me rappelle.

On s'engage avenue de l'Indépendance, en plein centre. Puis on se dirige vers la plage qui, en cette saison, est vide. Les kiosques sont fermés. Les *can bô* ordonnent de baisser la bâche et de se taire.

L'obscurité est complète. Après un moment plutôt long, la toile est relevée, la porte arrière ouverte.

— Descendez un par un. Vous vous mettez en rang par deux. Défense de faire du raffut. Défense de se disputer. En cas de désobéissance, vous serez abattus sur place.

Pour nous permettre de sauter à terre, le marchepied mobile est un peu redressé. Quelques pas titubants et on forme les rangs. On nous conduit sur la plage, on nous divise en groupes de dix.

— Assis !

Les six rangs s'exécutent comme un seul homme.

— Si vous voulez dormir, étendez-vous. Défense de quitter son rang. Vous ferez vos besoins sur place. Mangez votre riz. Demain, on continue. Gare à la moindre incartade !

Les *can bô* s'installent à trente mètres, sous les cocotiers. Nous sommes épuisés. Personne n'a envie de manger. On s'affale sur le sable, assoiffés. Personne ne réclame à boire. On essaie malgré tout de s'endormir. Tout doucement, Maï Bim me glisse un sachet de jus de canne tiède. Je l'aspire lentement. Il me passe un gâteau sec. Je l'enfouis dans mon sac, n'osant le grignoter. Ah ! si on pouvait plonger dans l'eau ! Un très modeste souhait, avec la mer toute proche... « Gare à vous ! »... Toujours cette menace, sifflée entre les dents, obsédante et haïe depuis Hoa Lu.

Le deuxième camion campe à proximité. Sa cargaison surveillée par quatre *can bô* a dû elle aussi s'allonger sur le sable et tâcher de s'assoupir. Je pose ma tête sur mon petit sac. Le Pickpocket sort sa pipe et prépare son tabac. Il lampe du jus de canne, tire sur sa pipe, crache le liquide. Il se renverse, comblé.

— Content ?

— Plus que tu ne crois, dit-il en haletant.

Il serre sa pipe dans son sac qu'il loge sous sa tête.

— Tu sais quoi, Vu ? J'ai envie de pisser.

— Vas-y. Pisse haut et loin.

— Les salauds. Faire ses besoins sur place. Tas d'imbéciles !

— Ne te plains pas. C'est mieux que de dormir dans le camion.

Il se lève, baisse sa culotte et y va de toutes ses forces, sans cesser de pester contre des ordres indignes.

— Tu veux parier ?

— Parier quoi ?

— Il y aura cette nuit une répétition de la scène du stade.

— Possible.

— Et cette fois, pas de fusillade. Ils partiront en douce. Prie ton Bon Dieu pour eux.

Je ne réponds pas. Il est couché, bras et jambes étalés. L'hôtel de la plage n'est pas plus confortable que l'hôtel des trottoirs.

— T'as froid, Vu ?

— Pas encore.

— Sale engeance. Ils nous rôtissent le jour comme des porcs. Ils nous frigorifient la nuit comme des homards.

— Cesse de bougonner et dors.

Il se tourne et se recroqueville. La brise pousse les vaguelettes vers nous. Pas de lune, des étoiles tristes, un ciel sombre. Je me mets sur un coude. Le *can bô* de garde sommeille, le fusil entre les jambes. Il branle la tête toujours du même côté. Dans nos rangs, quelques remous vite étouffés. Maï m'alerte doucement :

— Je pense que Teo Tép...

— Je croyais que tu dormais.

— Fait trop froid. Ce sont vraiment des barbares. Des prisons, j'en ai connu. Ça n'a jamais été aussi dur que cette fois.

— Tu râles tout le temps, ça sert à quoi ?

— Teo...

— Quoi ?
— Je parie qu'il file cette nuit.
— Dans ce cas, qu'il réussisse !
— Le Grêlé et Bouche tordue aussi. C'est manigancé depuis Chi Hoa.
— Et toi ? Toi non ?
— Qu'est-ce que tu veux dire ?
— Tu ne vas pas les imiter ?

Il se tait, dresse la tête, regarde de tout côté. Puis il reprend sa position d'écrevisse.

Plus la nuit avance, plus il fait froid. Tout le monde est réveillé chez nous. On se serre pour se réchauffer. La fatigue du voyage a disparu. Mais la température baisse. Le Pickpocket se lève et s'accroupit en attendant le matin. Le vent agite la mer, souffle le froid vers nous. Maintenant, je connais chaque visage et chaque nom de mon groupe. Dans l'autre camion, est-ce qu'ils sont plus âgés, plus jeunes que nous ? Pour l'instant, c'est une masse indistincte. Nous nous serrons, serrons, le plus naturellement du monde, encore et encore, nous sommes le socle d'un monument inexistant. Nous nous tenons les pieds, nous claquons des dents. Le garde finit par changer de place. Il s'abrite, lui et son fusil-mitrailleur, des éclaboussures des vagues derrière un cocotier. Ce n'est plus la mer charmeuse et belle que je contemplais à Cana, si bleue dans l'or du couchant. Celle-ci est noire comme le ciel. Elle accourt à la rescousse des hommes pour nous maltraiter sans pitié.

— Est-ce que quelqu'un ose aller chercher de l'eau ?
— Pour quoi faire ?
— Pour la pipe.
— Moi, dit la Crevette.
— Fais bien gaffe, hein ?
— T'en fais pas. Une balle d'AK, ça serait tant

mieux. Mais il roupille, il se fiche de nous. C'était juste pour nous effrayer.

L'arracheur de colliers s'éloigne avec la bouteille. Le Pickpocket demande à tous de se lever pour le dissimuler. En trois sauts aller-retour, la Crevette accomplit sa mission sans incident. Maï me tire vers le centre du groupe et se dispose à opérer. Il distribue une dizaine de boulettes de tabac à ses partisans. Ils ont mille peines pour allumer la pipe. Certains vont jusqu'à déchirer une manche de leur chemisette afin d'alimenter la flamme. Dix prises, et les deuxièmes, et les troisièmes suffisent pour que lui et moi bénéficions de la protection du groupe. Contre le vent. Contre le froid. Je viens de comprendre la valeur de la pipe à eau.

— T'as bien réfléchi, la Crevette ?

— Ouais !

— Quand ça ?

— Arrivés au *lao cai*.

— Et l'occasion de cette nuit, elle n'est pas en or ?

— Ouais. Mais c'est trop loin de Saigon. On serait repris en un rien de temps.

— Qu'est-ce que tu crois pouvoir faire au *lao cai* ?

— Si c'est vivable, j'y reste un peu pour me retaper. Si c'est chic, je m'y fixe même. Tôt ou tard, ils donneront bien le laissez-passer pour Saigon...

— Hier, tu étais plus décidé.

— J'étais éreinté, et désespéré.

Personne ne parle plus d'escapade. Reposé, chacun essaie simplement de se réchauffer, pieds et jambes sous soi, la tête entre les genoux. Au loin, quelques barques de pêcheurs de seiches, s'éclairant à l'acétylène, accompagnent ma rêverie maussade. Mer muette et sourde. Mer insensible à nos souffrances. Mer indifférente et cruelle comme la vie... L'idée de m'évader s'évanouit aussi rapidement qu'une flammèche. Pourquoi m'enfuir ? Seuls les coupables s'enfuient. Et moi, je suis innocent.

6

Vers cinq heures du matin, on reforme nos rangs. Au même instant, sans doute dans un établissement public voisin, un gong résonne. Cigarette aux lèvres, un *can bô* nous dénombre. Il marmonne, un deux trois quatre, il compte et recompte en faisant le tour du groupe. La cigarette tombe. Un gamin se baisse pour la ramasser. Un pied chaussé de *dép râu*[1] aplatit la main et la cigarette dans le sable.

— Personne ne s'est évadé?

Silence.

— Personne n'est mort?

Silence. Mouvement du AK:

— En avant.

Nous remontons nous engouffrer dans le camion. Nous quittons Nha Trang, et sa plage de rêve et la douceur des jours et des nuits d'été d'autrefois. Qui se doute qu'on a établi là un campement nocturne du genre du nôtre?

A l'est de la ville, depuis le pont de Cau Bong, je revois la flottille de pêche dans la brume. A gauche de la nationale 1, la Tour de la Grande Dame[2], avec ses pierres ocre séculaires, fait face à l'île des Rochers Empilés.

Nous roulons longtemps sur une route déserte. A Ninh Hoa, le soleil s'élance de la mer, boule de feu grossissant à chaque minute, promesse d'une jour-

1. Sandales taillées dans un pneu de camion, en usage dans l'armée du Nord. Littéralement : « sandales à moustaches ».
2. Temple Cham (minorité ethnique) dédié à la Grande Déesse.

née torride. La bâche n'est pas encore chauffée mais nous avons déjà la gorge sèche. Lutter contre le froid a coupé la soif. Maintenant :

— Informons que nous n'avons pas bu hier !

Les camions stoppent. On nous ouvre, on nous sermonne un moment avant de lâcher :

— Buvez en vitesse !

Nous nous vautrons au bord d'un étang à nénuphars et avalons à plat ventre l'eau stagnante. Tout à fait ranimés et même enhardis, nous plongeons et cueillons feuilles et fleurs. Les *can bô* se contentent de nous presser sans hurler. Ensuite, nous remontons, la porte-râtelier est cadenassée, la capote de nouveau baissée. Nos vêtements sont trempés mais on se sent le corps léger et frais, comme l'herbe sous la rosée. A l'aide de feuilles de nénuphars, nous raclons et balayons les vomissures ramollies par l'eau dégoulinante. Nous jetons le tout dehors. Aujourd'hui, on roule derrière l'autre camion : rien à craindre du regard des *can bô.*

Ce tronçon de route a été occupé par les soldats sud-coréens, rentrés chez eux depuis plusieurs années. Les panneaux à l'emblème du Cheval Blanc, celui de leur régiment, ont été arrachés et gisent sur le bas-côté. A présent, c'est « l'Armée populaire du Viêt-nam » qui est cantonnée ici. Des prisonniers politiques y sont peut-être enfermés, mais personne n'en est sûr.

Le soleil est haut quand nous arrivons à Dai Lanh, la Côte d'Azur de chez nous, toujours bercée par la chanson aérienne des filaos. Le camion grimpe prudemment au Cap Varella et emprunte le pont du Darang, le deuxième en longueur et le plus beau du Viêt-nam. Le courant est torrentiel et rougeâtre car c'est encore la saison des pluies. Et bientôt, nous sommes à Tuy Hoa. Nos habits et nos cheveux sont secs, mais nous souffrons moins qu'hier. Une fois absorbée la pitance du jour, du riz fade, même pas salé, nous nous adossons les uns aux autres pour dormir.

A Song Cau, la foule des piétons oblige à rouler plus doucement. Comme à Honai et Gia Kiêm, les gens nous jettent des friandises. Si les *can bô* les menacent de leurs fusils, ils les injurient. Un enfant nous lance tout son panier de cannes à sucre, débitées en petits morceaux et enfilées sur des brochettes. Une jeune femme, tout son étal de cigarettes et de tabac. Toujours adroit comme un singe, Maï Bim attrape le tabac, les yeux brillants, la bouche grimaçant des remerciements. Depuis la réunion du Sud au Nord, les gens sont habitués à voir passer des camions de prisonniers et savent qui nous sommes. Pas besoin de s'informer au préalable ! Et ceux qui n'ont pas eu le temps de nous envoyer leurs dons trépignent de contrariété.

Le Pickpocket me tapote l'épaule :

— Tu as raison. On a pitié des gosses comme nous.

Mes yeux se voilent. En géographie, j'ai appris que la population de cette province était pauvre. Pourtant, un enfant nous a donné tout son avoir, capital et bénéfices. Comment va-t-il expliquer cela à sa mère ? Une jeune femme a sacrifié son éventaire. Que dira-t-elle à son mari ?

Song Cau passé, *can bô* et chauffeurs vont manger après les recommandations d'usage. Nous faisons honneur à la nouvelle manne. J'allume une cigarette sans marque. Le Pickpocket sourit. Oui, c'est la première fois de ma vie que j'aspire une bouffée de tabac. Sans suffoquer ! Et c'est bon. La douceur du jus de canne à sucre et l'arôme du tabac, encore une découverte... Maï me prédit que je serai conquis par la pipe à eau. Non, non, je n'aime que les cigarettes de Song Cau.

La halte de midi, cette fois, est plus longue. La chaleur plus pénible. Heureusement, les vilaines odeurs ont disparu. Et nous nous couvrons la tête de feuilles de nénuphars. Nous nous régalons : thé glacé, gâteaux, bananes, bonbons, cigarettes. Nous sommes heureux. Des gens nous ont manifesté de la sympathie, des gens qui ont même apostrophé ceux qui nous ont arrêtés, maltraités, frappés. Plus trace d'ennui ni de tristesse. Nous avons besoin d'exprimer bruyamment notre joie. Quant au Pickpocket, il a soigneusement serré son tabac dans son sac et s'exerce à gruger ceux qui en ont. Cette fumée-là nous rend euphoriques !

Peu à peu, le vert des feuilles vire au jaune fané. Nous approchons alors du col de Cu Mong. La cargaison d'enfants s'apaise, ils referment les paupières, retrouvent leur somnolence d'exilés.

— Quelle est cette route, Vu ?

— La nationale 1.

— Elle va jusqu'où ?

— Jusqu'à la frontière chinoise.

— Quoi ? Elle va au Nord ?

Je souris. Vexé, il se renfrogne.

— Qu'est-ce qu'il y a ?

— Rien, j'ai envie de sourire.

— Tu n'as pas répondu.

— Tranquillise-toi. Elle va jusqu'au Nord, oui.

Il écrase sa cigarette :

— Putain de sort ! Pourvu qu'ils ne nous emmènent pas jusque-là !

— Ne t'en fais pas : on n'a que deux boules de riz, non ?

Nous traversons Qui Nhon, Sa Huynh et ses salines. La mer est resplendissante, elle suscite mille désirs. A Mô Dûc, le soleil décline à l'horizon. Après quelques ordres secs, on peut aller se baigner, satisfaire ses besoins. C'est un délice : se jeter dans les eaux les plus profondes de la rizière, laver le linge qui pendant deux jours a ramassé toute la poussière de la route. Reconnaissons que nos gardiens nous font une faveur inouïe. La trempette terminée, nous retournons tout ragaillardis et rafraîchis dans le camion. Soyons sages cependant, sinon demain, plus rien, ni eau, ni baignade, ni rizière. Tels sont bien sûr les ordres. En attendant, *can bô* et conducteurs disparaissent dans une auberge. Au bout d'un moment, un soldat revient inspecter les deux véhicules. On va probablement dormir à l'intérieur. Cela vaudra mieux que la plage. En tout cas, chose incroyable, alors qu'à Chi Hoa la gale nous tourmentait jour et nuit, que nous passions notre temps à nous gratter et à nous disputer les fioles de teintures, pendant ce long voyage nous oublions nos maux. Et même les besoins naturels qu'on nous a autorisés à effectuer sur place. Pour la plupart d'entre nous, le seul plaisir consiste à fumer la pipe à eau et à jurer.

Je renonce à imaginer une troisième nuit. Ce serait le désespoir.

Le lendemain, dès le lever du soleil, la route. Tant pis pour elle : les gamins s'en désintéressent. Après Mô Dûc, le pont du Song Vê, sans aucune poésie. On quitte Quang Ngai lorsque Maï, se frottant les paupières, demande où nous sommes. Je le renseigne. Et après ? Ce sera Chu Lai. Il ouvre grand les yeux. Chu Lai ! Même lui se souvient de la grande base américaine... qui n'est plus qu'un fouillis de rues piquetées d'herbes folles et sillonnées d'hommes dépenaillés, hirsutes et mal chaussés. Vêtus des défroques militaires de l'ancien régime, ils démolissent des constructions en béton. Autour d'eux, des *bô doi* armés. Le Pickpocket a l'audace de questionner les prisonniers les plus proches. A quelle catégorie appartiennent-ils ? Celle des anciens officiers en rééducation. Je sursaute. Mais le camion poursuit sa course. Si j'avais pu... Mon père est peut-être parmi eux... C'est ce que remarque aussi Maï. Je suis trop ému pour parler. Je ferme les yeux.

Nous passons Tom Ky et, à deux heures de l'après-midi, nous arrivons à Danang. La toile à l'arrière est baissée. Aucune consigne n'est donnée pour le repas. Malgré la chaleur étouffante, personne n'ose murmurer, croyant que c'est la fin du voyage : on se contente de laisser la langue pendre, comme font les chiens. On nous ballotte d'un endroit à l'autre de la ville avant d'échouer devant l'entrée d'une prison. Et nous restons là, comme à Chi Hoa, quelques mois auparavant, où nous n'avons été écroués qu'après d'interminables tractations. Aujourd'hui, cela risque d'être pareil. La prison refuse ? Transportez l'indésirable cargaison ailleurs, oui, n'importe où. Toutes les prisons se valent. Ce que nous redoutons, c'est de reprendre la route de Saigon, la route de la mort.

Dans le camion, tout le monde est muet d'appréhension. Affamés, nous ne pensons pas à réclamer. Même la pipe à eau est négligée. Il n'y a que la bâche qui fume. Nous sommes tassés dans un four ambulant, les habits trempés de sueur. Des bribes de discussions nous parviennent : toujours les mêmes demandes et les mêmes réponses.

— Pourquoi ne les acceptez-vous pas ?

— Parce que ce n'est pas dans les normes.

— Quelles normes ? Ils sont là, il y en a cent vingt.

— Non. Nous avons dit cent vingt prisonniers capables de travailler et pas des gosses. C'était très explicite.

— Nous ne sommes chargés que du transport des prisonniers. Pas de nous occuper des détails.

— Ramenez-les à Saigon.

— Facile à dire ! Si vous ne les acceptez pas ici, laissez-les provisoirement à la prison des enfants...

— Nous en avons trop. Nous manquons de camp.

— C'est du formalisme !

— Non, c'est la vérité ! Qui les a ramassés doit les garder.

— Prenez-les au moins pour cette nuit.

— Ce n'est pas régulier. Nous ne sommes pas assez bêtes pour garder à Danang des enfants ramassés à Saigon.

— Rien qu'une nuit !

— Impossible.

— Nous allons les laisser dans les camions.

— Ça vous regarde... Naturellement, nous pourrons vous fournir du carburant pour le retour et vous inviter à dîner.

— Et de quoi nourrir ces cent vingt prisonniers ?

— Débrouillez-vous.

Les discussions sont terminées. Notre sort est décidé : on nous ramène. D'abord, on se dirige vers l'autre bout de la ville, vers la station des cars Danang-Qui Nhon, beaucoup moins animée qu'avant. Le *bô doi* en chef nous dit de nous résigner : nous ne mangerons pas. Ce n'est pas leur faute, ce sont les autres qui nous jouent ce tour. Il promet de nous faire descendre dans quelques minutes.

— On a la gorge desséchée, se plaint le Pickpocket.

— On ne peut pas faire autrement.

Eux vont se restaurer. Ensuite, ils nous autorisent à mettre pied à terre, mais par groupes, pour faciliter la surveillance. J'ai enfin l'occasion de découvrir les nouveaux « copains », tous familiers des rues. Le plus vieux a l'âge de Maï, le plus jeune six ou sept ans, et il y en a une trentaine d'autres comme lui. Tous, nous sommes affamés, assoiffés et inquiets. On supporte à la rigueur la faim. La soif, non, c'est une torture. La chaleur cuisante de la journée a pompé toutes nos réserves en liquide. A demi hébétés, nous défions les soldats et leurs AK. La vue de l'eau si proche nous fascine. Nous nous regardons et nous regardons la rivière tentatrice, irrésistible. D'un coup, c'est la débandade, comme un seul homme tout un groupe d'enfants se précipite. Je vais m'élancer moi aussi. Deux mains vigoureuses me retiennent. Celles du Pickpocket. Je me débats. Pas moyen. Il est plus fort que moi. Je hurle. Qu'il me lâche. Je meurs de soif... Une rafale éclate. Je suis plaqué à terre, je me relève aussitôt mais Maï n'a pas lâché prise. Une seconde rafale. Mes compagnons sont à mi-parcours. Plusieurs continuent sur leur lancée, ils se vautrent sur la rive et embrassent l'eau à pleine bouche, s'abreuvent follement. Certains sont abattus tout gonflés d'eau, d'autres tombent avant d'avoir pu boire. Une véritable mitraillade... Ceux qui sont encore en rang profitent de la pagaille pour se débander à leur tour. Ils courent dans la direction opposée, celle de la ville. Les balles pleuvent de tous les côtés. Alertés, des *bô doi* de la station rappliquent. On voit même des curieux s'attrouper. Et la poursuite s'engage.

Quelques garçons seulement sont demeurés à leur place. Le Pickpocket relâche son étreinte.

— J'ai promis de te ramener chez toi. Pourquoi as-tu voulu faire l'imbécile?

Je n'ai que ma soif pour excuse.

— J'ai dix fois plus soif que toi!

Je pose ma main sur son épaule:

— Tu m'as sauvé la vie.

— Quand tu as envie de faire l'idiot, pense donc à ton père, à ta mère et à tes sœurs... et prie ton Dieu!

Sans plus traîner, on regroupe tous les fuyards. On ne se préoccupe ni des blessés ni des morts. Ceux qui n'ont pas rompu les rangs sont parqués à part. Sur les autres s'abattent coups de pied, de poing et de crosse. Ils sont piétinés, fouettés avec des fils électriques. Aucune gêne ni retenue devant les badauds. Inutile d'implorer pitié, les torgnoles pleuvent, à vous disloquer les os. La correction ne s'arrête que lorsque les bourreaux sont fatigués. Mes compagnons gisent au sol, pantelants, certains inertes.

— Pourquoi se sont-ils sauvés? Que ceux qui savent parlent!

— Depuis la nuit dernière ils n'ont rien eu à boire. C'est la soif qui leur a fait faire des bêtises.

— Et vous, vous n'avez pas soif, vous ?

— Si, mais... on s'est assagis...

— Très bien. Pour récompenser votre esprit de discipline, on va vous donner à boire.

Deux seaux pleins sont apportés. Comme pour des bêtes. Nous faisons la queue et nous désaltérons goulûment devant ceux qui gémissent, tout ensanglantés. Le Pickpocket vide sa bouteille de son eau salée, la rince soigneusement puis la remplit. Le restant sera jeté. Aucun rapport ne rendra compte du massacre. Tout ce qui nous concerne est normal.

Je ne sais pas exactement combien d'enfants sont tombés sous les balles et les coups, combien sont blessés, combien agonisent. Mais nous ne sommes que sept à n'avoir pas suivi. Je ne sais ce que sont devenus Teo la Crevette, Ba Bouche tordue, Hoa le Grêlé. Si Maï ne m'avait pas retenu, j'aurais partagé le sort de la plupart.

— Il te faut vite un Bon Dieu à porter, me dit-il.

— Oui.

— Je t'en promets un superbe pour t'empêcher de faire des sottises. Mais tu devras, toi, me promettre une chose.

— Quoi ?

— De ne t'évader que lorsque je serai hors d'ici.

— Pickpocket ?

— Ouais ?

— Pourquoi tu t'occupes autant de moi ?

— J'en sais rien, je te dis !

C'est son refrain. La vérité, c'est qu'il en connaît, des choses. Peut-être même des « choses » de la vie ?

On ne se soucie toujours pas des blessés. Morts ou vifs, ils ne doivent jamais poser de problèmes à leurs gardiens, c'est tout. J'allonge le cou vers cette maudite rivière. Quel est son nom ? Je l'ignore. Mais elle semble rose. Des corps sont accrochés au bord, la tête immergée. Certains ont les jambes et les bras brisés, les entrailles répandues. D'autres sont couverts de stries rouges, plaies sanguinolentes dues aux fouets ou aux contusions.

A minuit, on nous rassemble, camion par camion. Je compte les nôtres : trente ! La moitié de l'effectif de départ. La Crevette n'est pas mort. Le Grêlé et Bouche tordue ont dit adieu au monde — et à toutes les prisons. Que le Seigneur s'en souvienne. Le Pickpocket passe sa bouteille-pipe à la Crevette et à tous les blessés qui ont pu remonter. Il leur recommande de ne prendre qu'une gorgée pour qu'il y en ait assez. Cette fois, c'est un don qu'il leur fait, le premier. Il me conseille d'utiliser mon baume végétal pour masser les plus gravement atteints. Lui-même procède en spécialiste et transpire à grosses gouttes. Dans l'obscurité de notre cage, il a peut-être même versé quelques larmes sur nos compagnons.

7

Le lendemain, les camions reprennent la route. Nous sommes tous massés à l'arrière. Tant pis si nous étouffons. Ne parlons plus des boules de riz. Nous n'avons plus rien. Rien de rien. Maï et moi avons économisé sur notre part et sur les friandises miraculeuses. Cela permet de partager avec chacun des trente rescapés. Un petit morceau, sans plus. Et nous sommes toujours altérés. Bouche ouverte, membres déjetés, les blessés ont l'air très mal en point. Le Pickpocket recourt à un moyen extrême. Hélas ! en dépit d'efforts répétés, aucun de nous ne parvient à fournir la moindre goutte d'urine. Certains ferment définitivement les yeux, la langue tirée, en râlant. Nous prévenons des dizaines de fois les *can bô.* Ou bien ils font la sourde oreille, ou bien notre voix trop grêle n'arrive pas à couvrir les ronflements du moteur. Nous nous résignons donc. Nous devons attendre que les camions s'arrêtent, vers le soir. La toile est relevée sur nos barreaux. Les gardes vont puiser de l'eau dans une rivière. Ils nous en jettent cinq seaux. Nous nous aplatissons sur le plancher et nous lapons. La toile est rabattue. Et de nouveau, la route...

Pour gagner du temps, on roule la nuit. Les véhicules restant hermétiquement clos, nous ne pouvons même pas bénéficier de la générosité populaire. Tous étalés, nous sommes au seuil de la mort, trop épuisés pour crier notre détresse et, à vrai dire, matés. L'eau seule, balancée à pleins seaux, nous ranime. Nous

nous efforçons de lamper avant que le plancher surchauffé absorbe tout.

Deux jours et une nuit de ce régime et nous revoici à Chi Hoa. Les formalités sont rapides. Les camions pénètrent dans la première puis dans la deuxième cour. La bâche est relevée, les cadenas ouverts, le râtelier baissé. On nous ordonne de sauter à terre. Nous obéissons, sauf les cinq qui n'entendent plus rien. Nous nous affaissons tous en touchant le sol. Mais cela n'émeut personne. Rien à signaler ! On ne va pas s'émouvoir du destin lamentable de quelques garnements. Encore moins des dizaines d'autres, massacrés pour n'avoir pas voulu crever de soif. On nous met sur deux rangs et on nous reconduit comme des spectres aux enfers. Nous retrouvons « notre » cellule collective d'avant. D'avant le drame. Nous ne sommes plus que vingt-cinq sur les soixante qui l'ont occupée. L'autre camion a dû, de son côté, rejoindre son ancien camp. La porte de la cellule à peine entrebâillée, nous nous précipitons sur le bassin. Nous buvons à nous faire éclater le ventre puis, tout gonflés d'eau, nous nous couchons.

Le matin, je suis éveillé avant le coup de gong. A la lueur roussâtre de la veilleuse, je n'ai pas l'impression d'être parmi des vivants. Je secoue le Pickpocket qui bat des paupières :

— On repart ?

— Non, mais tu ferais bien de te lever !

— Pour quoi faire...

— Pour bavarder et me rassurer.

Il s'adosse au mur.

— On a eu de la chance. A présent, on ne craint plus rien. Les fils de chienne ! Ils nous ont traités plus mal que des singes du zoo !

— J'ai peur qu'il y ait encore des morts.

Il grince des dents.

— Les salauds. Plus rien à craindre. Nous sommes tous crevés. Encore une balade comme ça et les derniers y passent. (Il me regarde et ajoute :) J'ai fait dix taules. J'en ai jamais vu des pareilles. Les gens traitent mieux leurs chiens et leurs cochons ! Nous, on nous a laissés langue pendante comme des corniauds errants. Et on nous demande de nous soumettre, en plus !

Je lui prends les mains :

— Ne grogne pas.

Il se dégage :

— Fils de putes ! Ils n'avaient qu'à les rouer de coups. C'était déjà trop. Mais les massacrer ? Pourquoi ?

Et les jurons fusent, intarissables, jusqu'au gong du réveil. Les enfants font la queue aux toilettes. Ils se soulagent violemment, copieusement, comme des chevaux.

— Pourquoi tu ne pipailles plus ?

— Quand on n'a rien dans les boyaux c'est dangereux de fumer.

Si on compte bien, on n'a rien mangé depuis trois jours. Tant pis pour nous. Pas d'exceptions au règlement. Nous recevrons notre pâture à l'heure fixée. Et sans supplément. Les uns après les autres, nos compagnons s'éveillent. Le ventre creux. Heureusement, il n'y a plus de morts à déplorer. Le silence de la cellule n'est troublé que par l'agaçante sarabande des moustiques.

A dix heures, on distribue tasses, cuillères, bols et seaux. Puis du riz et du bouillon d'herbes au sel. Le Pickpocket répartit le riz, je m'occupe du reste. Il faut renouveler plusieurs fois l'appel pour arracher les enfants à leurs couches, leur faire prendre leur ration qu'ils mangent avec lassitude. Certains même se rallongent sans la finir. Mais à quatre heures, au repas du soir, le spectacle change. Tout est ingurgité en un clin d'œil. Et ils vont se laver, nettoyer leurs vêtements encrassés par la poussière et la sueur. Ils jurent et sacrent sans cesse. Quand la lampe s'allume, ils s'attroupent autour de la pipe à eau. Ils se sentent à présent bien vivants et se racontent leur aventure commune, exhibant fièrement les traces rouges des fouets, les bleus laissés par les crosses, comme s'il s'agissait de prouesses glorieuses. La fumée du tabac stimule et suscite les vantardises.

Nous restons là deux semaines, à reprendre nos forces mais en appréhendant toujours une nouvelle odyssée. Si cuirassés qu'ils soient, ces « chevaliers » errants sont terrorisés par la perspective d'un autre voyage, cette fois pour le *lao cai*. La Crevette se dit corrigé à vie après qu'une balle l'a épargné pour frapper un type couché à cinquante centimètres de lui. Ce qui ne l'empêche pas de proclamer qu'il aurait été ravi d'aller rejoindre ses ancêtres.

A la fin d'octobre 1975, une vingtaine d'enfants de sept et huit ans sont amenés. Maï soupire : encore une liste à établir ! Et Teo Tép pense tout haut : des voyages, avec la faim, la soif, la crève ! Une feuille est remise sans tarder à Maï ainsi qu'un crayon à bille. C'est moi qui fais son travail. Quarante-cinq noms...

Un jour, on ouvre la porte et on nous fait sortir deux par deux. C'est pour nos tignasses. On a enfin pensé à s'occuper de nos têtes broussailleuses. Une chance que les poux ne s'y soient pas installés : notre cuir chevelu aurait alors subi le même sort que notre peau rongée par la gale. Les coiffeurs se servent de tondeuses provenant de Chine populaire et prévues pour la toison des moutons ou la crinière des chevaux. On ne nous laisse qu'une huppe sur le sommet du crâne. Je demande qu'on me la supprime. Le coiffeur refuse, les instructions le lui interdisent. Se raser la tête, c'est une manifestation de rébellion. Cocasse, l'esprit de la Révolution ! Se laisser pousser la barbe et les cheveux, c'est témoigner d'un mauvais esprit. Se raser la tête, c'est se rebeller. Mais se faire grignoter la nuque, tailler sur les tempes des échancrures ressemblant aux côtes des îles de Côn Dao[1] et tirer une ligne nette sur le front, c'est prouver qu'on est sur la voie de la rééducation politique. D'ailleurs, le langage d'ici abonde en expressions hypocrites. Pour « être emprisonné », on dit : se « rééduquer ». Les « travaux forcés » deviennent le « travail libérateur ». « Subir un interrogatoire » : « se soumettre à la Justice ». « Faire des dépositions » : « travailler »...

Je n'ai pas de miroir pour contempler ma tête. Mais à voir celle des autres, je peux choisir mon modèle dans la riche panoplie des préhominiens. Ce qui m'afflige beaucoup. Pour achever ce rapprochement, on nous gratifie d'un bleu de chauffe déteint et on nous recommande de bien nous frotter afin d'accueillir, le lendemain, une délégation d'inspecteurs. On nous fait répéter un chant que nous savons par cœur pour avoir plaqué sur la mélodie des paroles contre-révolutionnaires de notre cru.

Le lendemain donc, cinq personnages arrivent, tous coiffés du casque-mortier, chaussés de *dép râu*, les sandales à moustaches[2], et portant sacoche. Le *can bô* chef crie : « Fixe ! » Et nous nous figeons, en rang. En réalité, nous nageons dans nos costumes neufs destinés à des adultes. Le Pickpocket, qui a appris sa leçon, élève la voix :

— Bienvenue à la délégation bien-aimée !

La délégation bien-aimée applaudit. Nous applaudissons. Toute l'assistance bien-aimée applaudit. Le Pickpocket entonne le chant :

— « Avec l'Oncle Hô », un, deux !

Le chœur des enfants enchaîne :

— « Avec l'Oncle Hô, nous vivons ce grand jour victorieux.

1. Poulo Condor, en mer de Chine : pénitencier sous tous les régimes.
2. Casque-mortier : casque porté par les cadres communistes. Les moustaches : les brides relevées en pointe.

Ses paroles sont devenues notre gloire.

Trente années de lutte pour la libération de la Patrie,

Trente années de lutte ont amené la République démocratique à la plénitude du triomphe.

Vive le Viêt-nam !

Vive Hô Chi Minh ! »

Nous ressassons trois fois ce fier couplet sentimental. Lentement d'abord, puis plus vite, enfin en le rythmant avec les mains. La délégation apprécie. L'un des inspecteurs sort une feuille et nous lit ces lignes en forme de harangue :

— Mes enfants, vous êtes des coupables et des criminels aux yeux de la patrie et du peuple. Mais vous avez été rassemblés ici grâce à la bienveillance de la République. Efforcez-vous de vous rééduquer pour devenir de bons citoyens d'un régime socialiste. Il ne dépend que de vous que votre séjour ici soit de longue ou de courte durée. Plus tôt vous vous serez amendés et plus tôt vous serez libérés. Dans le cas contraire, vous resterez plus longtemps. Nous souhaitons que vos efforts vous fassent triompher de toutes les difficultés afin de rejoindre au plus tôt vos familles.

Le délégué pose la feuille et applaudit. Nous l'imitons. Puis il demande :

— Quelqu'un a-t-il une question à poser ?

La Crevette lève la main :

— Je n'ai pas de famille. Je peux espérer retourner sur le trottoir ?

— Tu iras au Centre des travaux agricoles et tu y travailleras pour la prospérité de la patrie. Un autre souhait ?

— S'il vous plaît, dit Maï. Je voudrais des allumettes pour fumer ma pipe à eau.

Pas de réponse. Toute la délégation quitte la salle. La porte claque. Nous applaudissons par simple gaminerie. Les langues se délient, chacun y va selon son humeur :

— Il faudrait l'Oncle Hô pour égayer la cellule...

— Drôle de victoire que de nous arrêter !

— Le trottoir, ça c'est le paradis. Qu'est-ce qu'on va bien fabriquer dans ce Centre ?

— Vive la pipe à eau !

Ils brocardent à qui mieux mieux l'Oncle. Ils déforment effrontément les paroles chantées à l'instant. Virtuose en la matière, le Pickpocket est particulièrement amer de son échec : on n'a pas prêté la moindre attention à sa requête.

— Les salauds ! Même pas d'allumettes et ils nous parlent de progrès. Nous voulons des al-lu-met-tes ! Pas retourner dans nos familles !

Mais, au fond, malgré leurs railleries ils ne sont pas mécontents de la visite. Grâce aux inspecteurs, on a eu au repas du porc au caramel et du vrai bouillon au chou. Ils devraient même revenir tous les jours ! Du coup, avant chaque repas, les prisonniers accompagnent à coups de cuillère sur leur bol le chant dédié à l'Oncle. Ils le braillent en cadence lorsqu'ils se grattent ou se rassemblent autour de la pipe à eau. Ils en oublient leur peur du *lao cai.* Pourtant, la liste est prête.

Chacun joue au fakir, au prophète. Les uns affirment qu'on ira au camp parce que l'inspecteur a loué le travail dans son discours. Les autres soutiennent le contraire, sous prétexte que nulle part on n'accepte les prisonniers enfants. Moi, j'ai pris en grippe cette lugubre cellule sans fenêtre sur l'avenir. Je n'ai qu'un rêve : rentrer à la maison. Mais c'est un espoir aussi fragile qu'un éclair très lointain, à l'horizon. Car comment saurai-je si j'ai progressé ou non dans la voie de l'amendement et de la purification ? Comment pourrai-je faire comprendre que je n'ai pas besoin de progresser puisque je n'ai jamais fait de tort à personne ? Comment...

— Vu ?
— Qu'est-ce que tu veux ?
— Tu penses à ta famille ?
— Non.
— Parfait. Si tu y penses trop, tu ne pourras pas vivre et tu n'auras pas la joie de la retrouver.
— Dis-moi ?
— Quoi encore ?
— Je te demande pardon de t'avoir accusé de cruauté.
— Je m'en suis défendu ? Mais je suis cruel, je le reconnais.
— Tu ne l'es pas du tout.
— Je suis cruel, je te dis.
— Non !
— Et puis, je m'en fiche. Ce qui importe, c'est d'apprendre à fumer la pipe à eau pour penser moins souvent aux tiens !... Sur les ailes de la fumée, la nostalgie se dissipe, fredonne-t-il doucement. (Il me tape sur l'épaule.) La pipe est souveraine contre tous les sortilèges... A propos, Vu ?
— Qu'est-ce qu'il y a encore ?
— Ton Dieu sera triste.
— De quoi parles-tu ?
— Du Dieu que je te ferai. Tous ceux que j'ai sculptés étaient tristes. On m'en a félicité. Je n'ai encore trouvé aucun bout de fil de cuivre, pas même un bout de rayon de vélo, dommage...
— Ça ne presse pas.
— Oh si ! Tu dois l'avoir le plus tôt possible. Tu pourras te distraire avec. Tu ne fréquentes personne. C'est pour ça que tu es toujours malheureux.

Bien observé, Pickpocket ! En dehors de lui, je n'ai pas d'ami. Il a quelque chose que les autres n'ont pas. C'est ma consolation que de l'avoir à mes côtés. Il l'a senti, je crois. Et puis, ne se flatte-t-il pas de me défendre et de me protéger, se découvrant une âme de chevalier ?

— Vu, ce n'est pas une dent que j'ai contre eux, c'est toute une mâchoire ! Quand je retrouverai ma liberté, je ferai toutes leurs poches, et à fond... Je jure de ne plus toucher aux gens du peuple. Ils nous ont tellement comblés de friandises que j'en ai honte.

— Maï, tu ne retourneras pas sur le trottoir ?

— Où, alors ?

— Chez moi.

Il détourne aussitôt la conversation :

— Au prochain voyage, il faudra penser à faire des réserves d'eau.

J'acquiesce de la tête et il s'éloigne.

Vers la mi-décembre, on vient faire l'appel. Les enfants s'agitent. Tout est surprise en prison. Le *lao cai*, c'est l'inconnu. Personne n'en a l'expérience. Mais la route du *lao cai*, rien que d'y penser, ça donne froid dans le dos. Tous ont peur de périr de soif. Qui plus est, personne n'a le moindre récipient. Même pas un bidon. Le Pickpocket rince soigneusement sa fameuse bouteille, qu'il remplit. Comme il a l'habitude de ramasser tous les sacs en nylon qui traînent dans les cours, il en fournit aux autres. Une fois remplis, on les ferme avec des élastiques. C'est nouveau : des gens réputés sans foi ni loi, sans famille, sans toit, pensent au lendemain. Ils ont des souvenirs qui les font frissonner d'épouvante.

Un beau matin, nous quittons la cellule. Le Pickpocket me rappelle de prier pour notre voyage. Nous gagnons la cour. Un camion nous y attend. Chacun reçoit une boule de riz. Une seule. Voyage d'un jour donc, à moins que ? Les *bô doi* nous dénombrent et nous font grimper. On connaît la musique. Tout se fait prestement. Comme toujours, Maï et moi, on reste à l'arrière.

— Tâchez d'être disciplinés pendant le trajet, nous dit-on.

Sous cette forme, la recommandation n'est pas habituelle. Aussi le Pickpocket se risque :

— Nous irons loin, *bô doi* ?

— On y sera ce soir.

— Mais où ça ?

— A Phuoc Long.

— On reviendra encore à Chi Hoa ?

— Non. Vous resterez là-bas jusqu'à ce que vous méritiez la clémence du gouvernement.

Le rideau tombe, le moteur est lancé. Le camion écrase les cailloux de la cour. Puis-je dire définitivement adieu à ce four ? Le Pickpocket écarte discrètement la toile. Je glisse un œil, espérant apercevoir un visage de connaissance, peut-être même celui de ma mère, de mes sœurs. En vain, bien sûr. Oncle Tuong a dû écrire à ma mère. Si elle est encore en vie, elle aura reçu la lettre. Elle se sera mise à ma recherche. Mais où peux-tu me chercher, maman ? Tu ne sais où l'on m'envoie. Comment peux-tu me faire libérer ? Du moins, sois persuadée que je suis vivant et que je serai courageux. Nous nous retrouverons, n'est-ce pas ?

— Dis-moi, Vu, tu connais cette route de Phuoc Long ?

— Un peu. C'est près de la frontière cambodgienne.

— Par où passe-t-elle ?

— Binh Duong, Dong Xoai, Bu Nho, Phuoc Binh.

— Après la mer, c'est donc la montagne ?

— Ce soir, on y sera.

Au carrefour de l'autoroute de Hang Xanh, le camion vire à gauche, franchit le pont de Binh Trieu et se dirige sur Binh Duong. Regarder le paysage par les fentes de la toile ne me tente guère. Je m'allonge tant bien que mal. Il semble que notre camion soit seul à aller à ce *lao cai*. Phuoc Long est la première ville du Sud-Viêt-nam tombée aux mains des communistes. C'est un événement dont je me souviens : le drapeau national a été mis en berne trois jours durant. Qui aurait pensé que deux années plus tard tout le Sud basculerait dans la Révolution, et moi avec !

Je suis étendu, la tête sur mon sac, un avant-bras sur le front. Il ne fait pas trop chaud. On n'étouffe pas. Mais on ne roule pas vite à cause du mauvais état de la route. Je pense à Oncle Tuong. N'a-t-il pas exagéré ? Si mon histoire était racontée un jour, qui pleurerait vraiment ?

Vers midi, une halte. Chauffeurs et *bô doi* se rendent dans une gargote. Nous, nous avons notre boule de riz insipide. Qui nous accorderait la moindre attention ? La toile qui nous isole du monde ne sait pas parler.

Au bout d'une heure environ, on se remet en marche. Un peu de fraîcheur nous avertit d'un changement de climat. Le soleil tropical nous fait la grâce d'être plus doux et moins humide. Mon âme en éprouve de l'apaisement.

— Où est-on maintenant, Vu ?

— On arrive bientôt, dis-je à tout hasard.

— Cette fois, grâce à ton Dieu, le voyage aura été sans histoire.

— C'est le Dieu de tout le monde.

Il soulève un peu la bâche. Je peux lire le nom d'un pont sur un panneau : Dak Lung. Il enjambe le Song Bê. Une dizaine de kilomètres plus loin, nous nous arrêtons à l'entrée d'un camp. Phu Van. Nous attendons la fin des formalités, impatients de poser le pied sur la terre du *lao cai*. Sans l'avouer, tous espèrent qu'elle sera moins dure que celle de Chi Hoa. Le camion pénètre enfin sur la terre promise ! Nous descendons nous mettre sur deux rangs. Les gardiens du camp nous comptent. Les anciens nous regardent et nous adressent des signes de sympathie. Rien que des enfants. Ils paraissent si bronzés et si musclés qu'on voudrait déjà être à leur place...

— J'ai repéré des connaissances, me souffle le Pickpocket. Des gars du boulevard Dong Khanh.

— Pas si fort.

— C'est pas comme à Danang.

— N'empêche...

Les *bô doi* qui nous ont convoyés repartent avec le camion. Les *can bô* du camp font l'appel puis nous conduisent dans une cellule collective construite en *lô ô* [1], couverte de feuilles de latanier, au sol de terre battue. Les ordres sont brefs.

— Interdits, les petits trafics. On va vous distribuer la nourriture. Vous mangez et vous dormez. Demain, après l'inscription, vous vous mettez à la production.

Et ils s'en vont. Maï se frotte les mains, ravi :

— Après l'enfer, il fallait bien le paradis, tout de même !

1. Variété de très gros bambous.

8

Installé sur un immense terrain, le camp est entouré d'une haie de *lô ô* de deux mètres de haut et d'une densité à décourager un furet. De part et d'autre, des troncs d'arbres aussi gros que des cuisses d'adultes sont plantés à distances régulières, reliés par des treillis de barbelés. Un vrai mur que renforcent des troncs plus énormes encore, enfoncés dans le sol et fixés par des pierres et des briques. Du côté du camp, une seconde rangée de barbelés fixés à des piquets de bois. Il est défendu aux prisonniers de s'approcher à moins de dix mètres de cette sorte de muraille vive. Se risquer trop près, c'est chercher à s'évader. Selon l'humeur des *can bô*, la sanction est plus ou moins sévère. S'ils sont de bonne composition, on peut n'encaisser qu'un coup de poing ou de pied, une gifle. Sinon c'est le fouet : des fils électriques torsadés qui s'abattent sur votre dos.

Hoa le Noiraud, une connaissance du Pickpocket, un familier du trottoir, fait partie des deux cents premiers internés. Il raconte qu'à son arrivée il n'y avait qu'une forêt d'arbres géants et de *lô ô*, hantée par les fauves. N'ayant pour outils que des pioches de pionniers et des couteaux ébréchés, et pour réconfort et soutien que le slogan : « Avec les seules forces humaines, même les galets donnent du riz », ils ont dû, en compagnie des *can bô*, défricher et niveler, jeter des fondations, élever des hangars dans une zone infestée de sangsues, scorpions, serpents, tigres et autres panthères. Certains en sont morts, terrassés par le paludisme, écrasés sous les arbres, mordus par des reptiles. On les a enterrés sur une colline, à cinq cents mètres de là.

— On était une colonie de minuscules insectes des bois. On a transporté grain après grain, je veux dire pierre à pierre, feuille à feuille, motte après motte, tous les matériaux utilisés pour les abris... (Il hausse fièrement les épaules.) Souplesse et effort ! Pas assez bête pour choisir le cachot. Il suffit de se montrer un peu flemmard et on y a droit. Alors la résistance...

Ce sont les *bô doi* qui ont peiné le plus, selon lui. Il les admire pour leur acharnement, leur efficacité, leur rapidité.

Le camp est divisé en deux : le secteur des « rééduqués » et celui des *can bô.* Nous appelons ainsi les *bô doi* qui se chargent de nous, trois par équipe. Le responsable de notre « rééducation », l'instructeur, porte le pistolet, les deux autres, nos gardiens, le fusil. Nous ne sommes pas des prisonniers, nous répète-t-on. L'ancien régime rabaissait notre dignité. La Révolution, elle, nous honore : nous sommes des membres du Camp de rééducation. « Dans le monde socialiste, il n'y a pas de prisons, il n'y a que des écoles. » Celui qui, par habitude, se dit encore prisonnier est traité comme tel, sans pitié. Au début, continue le Noiraud, tous dormaient à la belle étoile. Dès qu'un hangar était construit, les *can bô* s'y logeaient, les autres restant dehors, mais à proximité. Le secteur des *can bô* terminé, on a envoyé les « sujets en rééducation » aménager le leur un peu plus loin. Huit mètres d'un chemin bordé de bambous hérissés de barbelés séparaient désormais ceux qui pouvaient vaquer en liberté de ceux qui ne le pouvaient pas.

Le quartier des *can bô* comprend deux hangars limitant un terrain de volley et une cour réservée à la gymnastique. Ils forment un U avec le bâtiment de la direction. Un mât a été dressé. Chaque lundi matin, le personnel de tous grades vient assister au salut des couleurs et recevoir les instructions pour la semaine. Les prisonniers — pardon, les « sujets en rééducation » — occupent quant à eux six hangars. Sur deux rangées parallèles reliées par les cuisines, ils accueillent chacun cent cinquante personnes réparties en trois groupes. Un puits, à proximité, fournit l'eau nécessaire au service.

On accède à notre quartier par une grande entrée. A droite, une guérite en bois couverte de tôle abrite le *can bô* qui préside aux allées et venues des travailleurs. En dehors des heures de corvée, la responsabilité des détenus incombe aux *permanents.* Chaque groupe de prisonniers a son chef, son sous-chef et son secrétaire. Le chef doit déclarer au permanent le nombre des travailleurs sortis puis rentrés. Le groupe est subdivisé en équipes d'une dizaine de membres ayant aussi chef et sous-chef. Les permanents sont secondés par six prisonniers requis pour assurer le maintien de l'ordre en leur absence et participer, en général, à la surveillance qui s'exerce depuis les huttes érigées aux quatre coins du camp afin d'empêcher toute tentative d'évasion.

J'ignore en quoi consiste le mobilier des *can bô,* mais le nôtre est simplifié. Les lits ont deux étages, respectivement à quarante et cent quarante centimètres du sol. Pas de planches mais des *lo ô* disposés les uns à côté des autres. Sur ces lits raboteux, le dormeur s'évertue à respecter la place tacitement accordée au voisin. Cinquante personnes constituent une « cellule collective » qui dispose de plusieurs travées donnant sur une allée. Installées dans un endroit précis mais exposées au vu et au su de toute la salle, les tinettes ne sont qu'une caisse en bois entourée par deux ou trois coffres à munitions en métal. Inutile d'insister sur la situation inconfortable des gens proches de ces lieux dits d'aisance. Vider chaque matin le contenu de ces récipients est « l'une des tâches » de l'équipe chargée des « travaux divers»: propreté intérieure, désherbage et nettoyage de la cour, consolidation des haies, etc.

A l'entrée du camp, au-dessus de la porte, un panneau de bois affiche deux citations de l'Oncle Hô. Face extérieure: «Rien n'est plus précieux que l'indépendance et la liberté». Face intérieure: «Le travail, c'est la gloire». Mais, devises ou slogans, ces propos sont tellement contredits par la réalité qu'on a jugé nécessaire d'encourager les détenus, et on a apposé sur les arbres ombrageant la cour des commentaires qui sont autant de recommandations enflammées à mémoriser jour et nuit. «Le travail est la toise qui mesure la valeur humaine!» «Braver le soleil, affronter la pluie, c'est progresser dans la voie de la rééducation!» «En avant vers les performances, en hommage à la Direction du Camp!» «La course d'obstacles mène à la véritable conversion!» «Se vaincre toute l'année, se hâter en toute saison!» «Hô le Grand vivra à jamais dans nos travaux!» «Soumission totale aux directives des *can bô*!»

Faute d'électricité, une lampe tempête est affectée à chaque groupe. Le chef en est responsable. Une de ses principales attributions est d'indiquer, matin et soir, au moment où les *can bô* sont relayés par les gardiens, le nombre d'occupants de sa «maison». Ce que j'apprécie vraiment, c'est que les portes ne sont pas fermées à clé. On a la complète liberté d'aller d'une «maison» à l'autre pour jouer aux cartes, fumer ou tout simplement prendre l'air. Les murs, des rangées serrées de *lô ô*, ne terrorisent pas autant que les murs bétonnés de Chi Hoa. Et la nuit, on s'active, on prépare les petites douceurs envoyées par les familles qui se saignent afin d'approvisionner leurs chers affamés. Nous, les «sans-famille», nous n'avons qu'un seul avantage: n'étant ravitaillés ni en soupe-minute ni en farine, pas même en sucre ou en thé, nous savons à quoi nous en tenir. On peut se fabriquer ou se procurer un quart en fer, une casserole en alu, un gril en fil de fer. « Je m'en ferai, se promet le Pickpocket, pour avoir l'air *lao cai.* » Il en rêve, tout comme d'être affecté aux travaux de l'extérieur ; il espère ainsi pouvoir « améliorer l'ordinaire ». Le Noiraud se prétend très informé sur la région ; il lui fait miroiter bien des perspectives. Il raconte qu'autour de notre camp il y en a des milliers d'autres. L'hyperbole, c'est son genre. Nous ne sommes éloignés de la frontière cambodgienne que d'une centaine de kilomètres.

— Vous avez entendu parler du village de Bambo ? Fameux pour ses pilons de mortier ! Il est à soixante bornes d'ici, c'est infesté de montagnards gagnés corps et âme à la Révolution. Un fuyard qui s'égarerait là, il est sûr et certain d'être repris, ligoté et rendu aux *can bô.* Dans le secteur se trouvent des dizaines de camps d'anciens officiers en rééducation. Celui de Bu Gia Mop est le pire, à peine à deux kilomètres de la frontière. Il y a Bu Gia Phuc, Bu Loi, Bu Kho, Bu Dang, Bu Dop, rien que des Bu ! Aux cartes, si tu dis *Bu* [1] à chaque instant, tu es vite ruiné ! Le plus près de nous, c'est le camp des prostituées, des taxi-girls, des serveuses de snack-bar. Plus loin, il y a des invalides de guerre, des aveugles, des drogués...

Le Noiraud nous donne la chair de poule. Quels crimes ont commis ces handicapés ? Les prisons et les camps surgissent comme des îles et mon pays entier est un archipel ! Dans combien d'entre elles irai-je pour expier je ne sais quoi, subir toutes sortes de châtiments incompréhensibles ?

On est samedi matin, encore au repos donc. On préférerait aller travailler car ce n'est qu'en forêt qu'on pourrait se baigner et laver son linge. Restant au camp, on perd cette faveur. Heureusement, notre dernière journée de voyage a été supportable. La sai-

1. Faire l'appoint.

son fraîche qui arrive et notre liberté du moment limitent les accès de démangeaisons chez les galeux.

Cet après-midi, paraît-il, on nous rassemblera pour « étudier » le règlement et former des équipes. Au dire du Noiraud, il y en a actuellement dix. La une est affectée au défrichement, la deux à l'exploitation forestière, les trois, quatre et cinq à l'agriculture, les six et sept aux plantations maraîchères, les huit et neuf à la répartition des produits, la dix enfin est chargée de divers autres travaux dans le camp.

Au début, tout le monde s'occupait du défrichement de la forêt, de la mise en culture des terres et de la construction du camp. Maintenant, les tâches sont réparties et un seul groupe défriche pour permettre l'extension des activités. Le Noiraud cumule les fonctions de chef d'équipe et de chef du hangar, il souhaite nous avoir avec lui, le Pickpocket et moi.

L'après-midi, les anciens ayant quitté le camp, les nouveaux sont réunis dans la grande cour. La première séance théorique va commencer. En fait, il s'agit de nous expliquer les quatre principes de la « rééducation », les vingt-huit points du règlement intérieur et les vingt autres de la « morale nouvelle ». Les *can bô* nous conseillent d'écouter attentivement la leçon, ils nous disent que le texte complet nous sera distribué sous peu afin que chacun puisse le lire et le méditer. On avait promis la même chose à nos prédécesseurs. Ils attendent toujours. Du moins ceux qui savent lire.

Le ton de la première leçon est caressant. Notre bonheur est le seul but recherché. Laissons-nous former avec docilité. Il faut travailler de tout son cœur, obéir en tout aux directives à l'intérieur comme à l'extérieur du camp, ne pas essayer de se sauver, ne pas tirer au flanc, en simulant par exemple des maladies, nous abstenir de rabaisser les mérites de la Révolution, ne pas comploter ni dénigrer les *can bô,* ne pas écouter ou chanter en cachette des airs décadents, éviter entre nous querelles, rixes, batailles et jurons. Respecter ces recommandations doit devenir une habitude quotidienne. Chaque lundi a lieu la réunion du bâtiment, chaque vendredi, celle de l'équipe. Dans les activités collectives, il faut combattre toute attitude négative ou d'opposition en dénonçant le vol des biens du camp, les projets d'évasion et les propos anti-*can bô*. Si l'on veut que la Révolution se montre indulgente et obtenir une libération, sachons pratiquer efficacement la critique constructive et l'autocritique.

Le monologue moralisateur dure plusieurs heures, dans un silence total, écrasant. Ensuite, on nous reconduit, on nous distribue à chacun deux bols, une cuillère, deux costumes, une couverture, une moustiquaire et une natte. « Pour les chapeaux et les sandales, on verra lorsque le camp en aura les moyens. » Avant de partir de Chi Hoa, nous avons rendu nos bleus de chauffe déteints, conformément à la règle : tout laisser, neuf ou vieux, intact ou en loques. Les uniformes de Phu Van, avec le sigle CRPV[1] marqué en noir au milieu du dos et sur les deux jambes du pantalon, sont à notre taille. On nous demande d'y faire attention, de bien les garder. S'ils se déchirent ou se perdent, chacun en supportera les conséquences jusqu'à la prochaine distribution, dans un an. Couvertures et moustiquaires, elles, doivent durer jusqu'à la fin de notre séjour. Pour moi, cet uniforme, c'est comme si on m'arrachait ma personnalité, l'impression que ma dignité d'enfant sage est bafouée ; de nouveau un flot de larmes me submerge. Quelle amère contradiction avec toutes ces paroles sur la vertu républicaine et révolutionnaire dont mon crâne résonne encore...

Le lendemain, c'est dimanche, jour de repos. Pendant que les anciens chauffent l'eau pour la tisane de

1. Centre de Rééducation de Phu Van.

feuilles rapportées de la forêt, qui sert de café ou de thé, nous sommes appelés dans la cour. Nous allons recevoir notre affectation. Les *can bô* ont en main la liste que j'ai établie à Chi Hoa. Le Pickpocket, la Crevette, trois gamins de dix ans et moi, on est désignés pour le défrichement. Les autres rallient les équipes agricoles et maraîchères. Celles du défrichement et de l'exploitation forestière restent au hangar 1. Je serai donc avec le Noiraud. Nous devons maintenant nous présenter au chef qui nous indiquera nos places. Dông Thoi, Dông le Voleur de bicyclettes, c'est son nom. Comme il connaît le Pickpocket « dans le civil », on bénéficie d'une faveur : nos couchettes sont voisines. Le Noiraud est ravi de notre chance. L'équipe 1 a l'estime des *can bô* à cause de ses nombreuses performances, nous pourrons travailler sans trop d'appréhensions. Ce n'est pas le cas des équipes 6 et 7, car toute l'année elles doivent ramasser le fumier humain à la main et engraisser la terre en le dispersant de la même façon dans les champs.

Notre affectation est provisoire. Le Noiraud nous avertit, par précaution. Il y aura encore des changements. Mais le Pickpocket croit son sort définitif ; tranquillisé par cette confortable perspective, il arrange sa couchette, sort sa pipe et en régale Dông Thoi le chef de maison, le Noiraud et Ty Ngâu, le Bourru, sous-chef. Mais Hoa, dédaignant la pipe du Pickpocket, en apporte une ouvragée. Sidéré, l'autre manque perdre son assurance habituelle. Il charge ce véritable bazooka et en tire une bouffée d'une telle force qu'il en tombe à la renverse. De mémoire de boulevardier professionnel, il n'en a jamais connu de pareille. A son tour, le « menu peuple » est admis à vérifier la puissance de cette nouvelle arme et tous affirment sa supériorité. Pour compléter ce premier succès, Dông offre une infusion de plantes sauvages. Nous bavardons, réunis autour de la fameuse pipe et du pot à tisane. Le Pickopcket raconte la nuit terrifiante du stade Hoa Lu. L'assistance secoue la tête et tire la langue. La Crevette narre le voyage aller-retour de Danang pendant lequel la mort n'a pas chômé. Les auditeurs sont tout pâles. Puis Dông veut savoir où j'exerçais mes « activités ». Plus vif que moi, le Pickpocket m'assigne Xa Cang, la station des cars de l'ouest.

Le Noiraud nous conseille d'éviter les six membres du service d'ordre, de ne pas leur chercher noise. « On réglera ça dans le civil ! » Selon lui, ce sont des mouchards, des antennes. Les *can bô* les croient toujours sur parole. S'ils nous prennent en grippe, ils ont le droit de nous frapper. Inutile de protester auprès de qui que ce soit. Le Pickpocket grince farouchement des dents. Le Noiraud préfère feindre la bonne entente avec eux, cela garantit la tranquillité.

— J'ai déjà prévu le châtiment de ces chiens, déclare Dông, mais ici je cale.

Il ajoute qu'il vaut mieux ne se confier à personne. Le plus jeune est capable de nous nuire sans espoir pour nous de le remettre à sa place. C'est cela, le paradis rêvé par Maï Bim ? Je l'entends pourtant continuer de dire que le camp n'a rien de redoutable. Il réglera leur sort à ces salauds. Patience ! Il serre les poings.

— Redouter quoi ? Il n'y aura pas pire que la mort...

Le Noiraud lui tape sur l'épaule.

— Mourir pour si peu ? Attends de retrouver le trottoir... Je vous mets en garde, c'est tout. Aucun d'entre eux n'a encore touché un seul cheveu de notre tête !

Nous allons faire un tour, rendre visite aux autres bâtiments, explorer la cour. Dehors, je sens rôder quelque chose de lourd et d'inquiétant, comme si toutes sortes de bêtes se préparaient à me déchiqueter sans attendre que pleuvent les châtiments. Je pense à Oncle Tuong. « Un camp, c'est une forge où l'on trempe l'acier », a-t-il dit. Il n'a pas appelé ça une école, comme les hypocrites *can bô*. Une forge. Un four. Le plomb, l'argent, l'étain fondent sous la chaleur et la cruauté des épreuves, mais l'acier, l'acier doux ! Aurai-je la chance de durcir et de durer ? Pour le moment, je m'approche du foyer, je suis tout près d'y être jeté. Demain, demain peut-être.

Depuis notre arrivée, je n'ai pas ouvert la bouche, me contentant d'écouter. Présenté par le Pickpocket comme un expert des cars de l'ouest, j'ai rougi et pleuré en silence. La nuit suivante, il s'est excusé :

— Pas la peine de se distinguer des autres, autrement tu es fichu, crois-en mon expérience. Si je dis que tu es fils d'officier et de prof, arrêté par erreur, ils auront tous l'œil sur toi, tu seras la cible de leurs humeurs !

Il a sans doute raison. Je dois me résigner à cette nouvelle identité. Pour tout le monde, je vais être un gosse des rues, un citoyen du boulevard, un chevalier du trottoir, un pillard, un voleur à l'arraché, le champion de la plus grande station du Sud-Viêt-nam ! Je dois tout oublier, je dois ravaler ma honte. Je dois vider mon cerveau, purger mon esprit, me réformer. Comment est-ce possible ? Et il le faut. Sinon, je suis fichu, a dit Maï.

Le Noiraud raconte que deux mois auparavant des gamins qui avaient envie de manger des patates se sont faufilés de nuit vers les champs. Les haies n'étaient pas entièrement en place. Alertés dès le moment où ils avaient atteint les barrières, les *bô doi* n'ont pas réagi. Les petits maraudeurs, rassurés par le silence, ont rampé à toute vitesse hors des brèches. Mais ils venaient juste de déterrer les premiers tubercules lorsqu'une rafale d'AK a claqué. Un bras s'est envolé. Tous les autres enfants ont été cloués sur place. Les gardiens n'ont eu qu'à sortir les ramasser et les raccompagner à coups de crosse. Après ça, une séance de fouet. Le blessé, lui, est demeuré là-bas. Le lendemain, tous les jeunes ont subi leur leçon d'éducation civique devant le cadavre. Le Noiraud a été chargé de le traîner jusqu'à la colline pour l'y enterrer.

— Très facile de crever ici, conclut-il. Suffit de mettre en colère un *bô doi*. Mais ce serait stupide.

L'enfer ou le paradis, Maï ?

9

En décembre, à cinq heures du matin, il fait très frais. Le gong sonne à trois reprises. Toutes les baraques se réveillent en même temps. Les moustiquaires sont décrochées et pliées, les couvertures rangées à la tête du lit, sur la natte elle-même pliée en quatre. Voilà une pratique de la « culture nouvelle » à laquelle veille méticuleusement l'équipe de discipline. Elle ne plaisante pas avec les couches désordonnées, qu'elle éparpille ou confisque. Pour rentrer en possession de son attirail, il faut se soumettre à une autocritique écrite. Faute de savoir écrire, il vous reste à implorer pitié.

Une fois notre place bien nette, nous faisons la queue pour les toilettes. Comme il n'y a qu'une tinette pour cent, imaginez la durée, et souvent l'héroïsme de l'attente. Quelqu'un a des difficultés pour évacuer? On le presse, on l'injurie, jusqu'à l'évacuer lui-même. Le spectacle est public. Il inaugure le programme de la journée. On connaît l'identité des auteurs des coups les plus marquants, à cause des sobriquets aussi truculents qu'explicites: Nam la Rafale, Tu Coup par coup... Les derniers arrivés doivent secouer le seau pour tasser les excréments s'ils ne veulent pas en être souillés. Les délicats se retiennent, ils attendent d'être sur le terrain de corvée. Ceux qui possèdent un récipient ou un flacon peuvent se nettoyer à l'eau. Les autres, les prolétaires, se contentent des feuilles séchées qu'ils ont ramassées en forêt. Les mouches vertes fréquentent les lieux saturés. L'équipe d'hygiène a pour tâche de porter le seau chez les planteurs de légumes : le jardin potager est ainsi « enrichi ». Grâce à cette parfaite organisation, rien ne se perd !

Les activités matinales expédiées, les détenus fument en attendant le gong du premier appel. Devant le hangar, tous s'alignent par rangées de cinq. Arrivent les *can bô* permanents. Au commandement du chef de « maison », tous se lèvent :

— Informons les *can bô.* Maison no 2. Inscrits : 156. Présents : 156. Attendons les ordres.

Formules quotidiennes et banales. Les *can bô* vérifient en dénombrant les prisonniers. Puis, gymnastique : course sur place, mouvements de bras, de jambes, du buste. Le cri « Rompez les rangs » donne le signal de la toilette pendant que le service du ravitaillement apporte de la cuisine le riz et l'eau chaude. Nous mangeons à la hâte. Et de nouveau le gong annonce le rassemblement pour le départ au travail.

Dans la cour, assis avec les autres sous l'emblème rouge frappé de l'étoile jaune, j'examine et répertorie les fantaisies vestimentaires de chacun de nous. Rien qu'en coiffures, quelle variété de modes ! Une dizaine de képis de militaires « rebelles » en bon état, ou déchirés, ou rapiécés. Des bonnets carrés, ronds, ovales ou informes. Des bérets de paras, de soldats néo-zélandais. Des chapeaux plats comme des lentilles d'eau, des casques en toile sans mentonnière. Des coiffures taillées dans des sacs à poubelle ou de sable. Des chapeaux coniques en feuilles de latanier. Des couvre-chefs sans bordure de défenseurs de blockhaus... C'est à se demander où les gars ont pu se procurer tout ça avant d'aller au *lao cai* alors que, dans le « civil », la grande majorité va tête et pieds nus ! Quant aux vêtements, ils sont tous dans des tonalités verdâtres — crottin de cheval comme ceux des *bô doi* —, les gilets troués, les torses nus abondent... Les chaussures sont bien plus rares. Ceux du défrichement ont des sandales à moustaches, sans doute fournies par le camp. Les autres n'ont rien. Les plus chics exhibent des godillots militaires réformés.

Nous sommes maintenant près de la guérite de l'entrée, rassemblés par huit tous les deux mètres, assis devant la pancarte du groupe, le responsable détaché à un mètre de nous. Sont dispensés les membres du service des repas et les « divers » (hygiène, infirmerie, discipline...) Aujourd'hui, le préposé à l'ordre, c'est Cung le Bulbeux. Gonflé d'importance, il se tient prêt à ouvrir la porte tout en surveillant du coin de l'œil ses compagnons, plus de quatre cents garçons à croupetons devant lui et jasant bruyamment.

Après le salut aux couleurs, les permanents arrivent et montent dans la guérite. Les gardes, eux, sont de l'autre côté, à l'extérieur du camp. Le Bulbeux ouvre un battant. Il est d'un ridicule irrésistible, avec ses yeux proéminents et sa chevelure bouclée. Un de la même équipe, Phu le Myope, balade son nez sur toutes les culottes et les chemises en quête de l'estampille officielle. Si elle manque, il sort d'un caisson pour balles de mitrailleuse le sceau du camp qu'il applique sans pitié sur le dos du type.

Dans le silence général, le *can bô* crie :

— Équipe 8 !

Chef en tête, l'équipe appelée, la timbale dans la main gauche, la coiffure à l'autre main, passe devant la guérite.

— Attention ! lance le chef. Sur deux rangs. Têtes levées, menton en avant. Fixe. Informons : Équipe 8. Inscrits 50. Présents 48. Deux malades.

— Partez !

— Compris !

Les garçons franchissent le seuil. Les permanents comptent. Les gardes crient :

— Équipe 8. 48 !

Et ils les emmènent. La Direction n'en est plus responsable. Le chef d'équipe ferme la marche.

Chaque fois, la même ritournelle. Mais si, par malheur, un chef d'équipe oublie de clamer : « Compris ! », un permanent rugit :

— Halte, imbécile ! Tu ne sais pas encore ta leçon après des mois de formation ? Je répète donc : Partez !

— Compris ! répond une voix sonore.

A présent hors du camp, mon équipe peut se recoiffer. Nous bifurquons à droite vers un sentier. Le lieu de travail est à une demi-heure de marche. C'est un coin de forêt en cours de défrichement. Au commandement de Dông Thoi, notre chef, nous nous arrêtons.

— A droite, droite !

Devant nous, trois *can bô*. Le Voleur de bicyclettes nous ordonne de nous découvrir. Puis :

— Fixe ! Équipe 1. Présents : 56.

— Autorisés à prendre les outils.

Nous rompons les rangs et courons obéir.

Des sous-équipes assurent les quatre étapes du défrichement. Débroussailler d'abord, pour nettoyer le terrain en dégageant les arbres séculaires que sont chargés d'abattre d'autres enfants promus bûcherons. Un troisième groupe ébranche les géants tombés. Il entasse les débris qui seront brûlés. Enfin, dernier travail, et non des moindres : l'extraction des souches.

Pour commencer, je dois, avec Maï, abattre un *bang lang*[1] dont quatre bras d'hommes suffiraient à peine à faire le tour. Nous recevons en tout et pour tout deux couteaux ébréchés, une pioche et une pelle. Dông inspecte en long et en large : c'est son rôle. Ty, le sous-chef, contrôle les présences et rend compte aux gardes. Du moins le Voleur de bicyclettes rem-

1. Arbre apprécié en ébénisterie.

plit-il son office: il nous révèle le secret infaillible qui permettra de venir à bout d'un géant de la forêt :

— Autour de l'arbre, vous tracez un assez grand cercle. Puis vous piochez sur vingt centimètres de profondeur en suivant ce cercle et en rejetant la terre. Vous allez rencontrer la première couche de racines. Avec les couteaux, vous couperez celles qui vont vers l'extérieur du cercle, les plus superficielles comme les plus profondes. Vous creuserez encore, en vous rapprochant de l'arbre, et vous ferez de même pour la deuxième série de racines et ainsi de suite. C'est très facile. Le *bang lang* n'a pas de racine pivotante profonde, il se laisse abattre. Ce ne sera pas aussi simple quand vous vous attaquerez au *sao*[1]. De la même façon... Mais rien ne presse.

Le Pickpocket s'empare de la pioche et se met à frapper le sol à coups redoublés en décrivant un cercle. Avec ma pelle, j'enlève la terre et la rejette en dehors. Le soleil ne s'est pas encore montré mais la fraîcheur matinale a déjà disparu et nous transpirons vite. Alors, à bas chemises et pantalons ! Le Pickpocket pioche avec enthousiasme. Aussi actif, je dégage le sillon circulaire. Bientôt apparaît la première couche de racines. Nous saisissons nos couteaux. Ils sont trop ébréchés et trop courts de manche, ils rebondissent, ils nous brisent les poignets. Un arbre de plus de trois mètres de circonférence, jusqu'à sept mètres parfois, a de grosses racines ! Les premières sont coriaces, tendineuses, inextricablement enchevêtrées : on dirait qu'elles refusent que des gamins de treize ans attentent aux jours du patriarche. Et pourtant, il nous faut dominer la situation.

— Maï ! Le *can bô* t'appelle au « travail » ! crie Dông, de loin.

— Mais je travaille, tu ne vois pas ?

1. *Cây sao*: autre bois d'ébénisterie (opea).

— C'est autre chose. Va le trouver.

Il lâche son couteau. Il se rhabille, s'essuie les mains et se dirige vers le *can bô* assis sur une souche. Je le vois au garde-à-vous, les bras le long du corps, à cinq mètres de l'autorité. Il répond, souvent brièvement, à des questions. Ty Ngâu veut m'enseigner à entailler une racine.

— Ton entaille doit être proportionnelle à la grosseur de la racine, explique-t-il. Et si tu ne la fais pas assez profonde, tu n'arriveras à rien.

Mais je ne prête guère attention à ses propos, distrait par ce qui se passe là-bas.

— Ty, quelle faute a commise le Pickpocket ?

— Rien ! Il « travaille », c'est tout. Les nouveaux passent tous par là.

— C'est dur, non ?

— Pas du tout ! Des questions bêtes, des conseils, des menaces. Ils veulent toujours nous bluffer. Laisse-les causer, et réponds toujours oui-oui. Si tu les contredis, gare à toi !

Maï revient, souriant de toutes ses dents. Ça me tranquillise.

Puis Dông m'appelle à mon tour. Je me rhabille aussi et me présente au « maître » qui va me « rééduquer ».

— J'informe le *can bô*: j'arrive.

— Nom ?

— Je m'appelle Vu.

— Vu comment ?

— Nguyên Huu Vu.

— Pillard ou voleur à la tire ?

— Voleur à la tire.

— Tu reconnais tes mauvaises actions ?

— Je les reconnais.

— Ton passé de voleur ?

— Je ne comprends pas.

— Combien de fois as-tu fait les poches ?

— Une fois. La première. Et j'ai été arrêté.

— Sorti de l'orphelinat ?
— Oui. Le 1er mai 1975.
— Tous pareils ! Produits des Américains et des rebelles. Compris ?
— Compris.
— L'impérialisme américain et les rebelles fantoches ont engendré une armée de voleurs. Tu es une victime de la culture décadente et réactionnaire. Cette culture est entrée dans ton âme et t'a fait voleur, saboteur de la société. Heureusement que notre Parti et notre Gouvernement sont cléments et t'envoient réformer ton esprit par le travail et la rééducation. Tu deviendras vite un citoyen irréprochable, un travailleur honnête du socialisme. Tu dois être reconnaissant au Parti de ce bienfait.
— Oui.
— J'ai le devoir de t'éduquer. Je te suivrai tous les jours pour observer ta conduite et voir si tu progresses sincèrement dans la réforme de ton esprit. Tu sais comment doit se comporter un garçon bien rééduqué ?
— Pas encore.
— Eh bien, il doit dénoncer ceux qui parlent mal des *can bô* ou qui complotent leur évasion.
— Oui.
— Bien. Va travailler. Et rappelle-toi mes paroles.
— Oui.

Je retourne, hébété, à mes racines. Je me déshabille et reprends ma lame émoussée. Maï devine ma tristesse. Il ne me pose cependant aucune question. Tous les deux, silencieusement, nous levons nos couteaux et les baissons mécaniquement. Ma main commence à se couvrir d'ampoules. L'ardeur du début a cédé la place à la lassitude et au dégoût. Les six prisonniers nouvellement affectés au défrichement vont à tour de rôle « travailler » auprès du *can bô*. Il entendent sans doute les mêmes phrases, ils font les mêmes réponses et reçoivent les mêmes conseils. Du coup, le jour de ma libération me paraît de plus en plus lointain. Je n'ai plus la force de tenir mon couteau. Mon regard dérive vers un gamin de sept ans environ en train de s'attaquer à un arbre de taille moyenne. Lui aussi lève sa lame jusqu'à hauteur de sa tête et l'abat sans trop d'efforts inutiles. Il est accroupi au pied de l'arbre. Minuscule à côté de ce géant.

— Tu as mal à la main ? me crie le Pickpocket.

— Oui.

— Repose-toi. Je travaillerai seul.

— Ils vont m'attraper...

Mais Dông annonce bientôt la pause. Un quart d'heure. Nous jetons nos outils, nous nous étendons. Ty le Bourru crie le nombre des présents au *can bô* puis amène sa pipe à eau. Le Pickpocket n'en a plus envie, saturé de « rééducation ».

— Pouce, Maï ?

— Pouce.

— Tu t'y feras. Il suffit d'une semaine. Les premiers jours, les ampoules, c'est courant. (Il nous remonte le moral :) Le temps de se faire la main. Les gardes ferment les yeux, au début.

La Crevette, lui, a l'air vraiment épuisé. Il me fixe avec insistance, secouant sa tête pointue d'un air sceptique. On nous a pourtant dit et redit que le « travail rééducatif » ou la rééducation par le travail était la plus grande preuve de clémence et d'humanité de la Révolution. Mais ils ne comprennent pas ça, ils rêvent à l'âge d'or de Chi Hoa...

Les minutes du repos passent vite. Ty répète à haute voix le nombre des présents. Dông appelle à retourner au travail. « Tu t'habitueras. Tu seras plus entraîné... » Ces mots bourdonnent dans mes oreilles. Espérons. Espérons qu'en une semaine les cloques auront fait place aux callosités.

Nous nous remettons au déracinement. Depuis ce matin, nous n'avons guère obtenu de résultats, alors que nos bras et nos mains crient déjà miséricorde. Je voudrais mourir mais je ne suis pas certain de mourir aussi facilement que je le désire. Seule, une balle dans la tête pourrait me délivrer de la pensée de ma mère et de mes sœurs. Tous les autres procédés me semblent difficiles. Pourtant, je sais qu'une vie sans honneur est pire que tout.

Le couteau dans ses petites mains, l'enfant de tout à l'heure considère l'arbre.

— A quoi penses-tu ?

Il se tourne vers moi avec un large sourire. Je cligne des paupières et lui rends son sourire.

Puis, nous attaquons à nouveau... Voici enfin la première racine coupée, aussi grosse qu'une défense d'éléphant. Maï la juche sur son épaule comme un trophée.

— Ramassez les outils ! ordonne le chef d'équipe.

Je réunis couteaux, pioche et pelle et les lui remets. Je me rhabille et me joins au rang.

— Informons : Équipe 1. Inscrits : 56. Présents : 56.

On nous compte. Puis, d'un mouvement de tête :

— A la rivière, en vitesse !

Toutes les équipes convergent vers le ruisseau qui contourne le camp. Je me plonge dans l'eau rafraîchissante. Mes bras et mes mains se décrispent lentement. Plusieurs gamins en caleçon fouillent les bords en quête de coquillages divers. Dès qu'ils trouvent un limaçon ou un escargot, ils le fourrent dans leur ceinture retroussée. Je comprends pourquoi ils ne se sont pas complètement dévêtus.

Au commandement d'un *can bô,* tout le monde sort de l'eau, se rhabille et se met en rang.

— Informons. Équipe 1. Présents : 56.

— Partez.

Arrivés devant l'entrée du camp, nous nous asseyons. Les permanents ne relèvent les gardiens que lorsque le gong annonce la fin de la corvée. A ce moment-là, on peut demander à passer. Le Bulbeux, le type aux cheveux frisés, nous ouvre.

— Informons. Équipe 1. Partis : 56. Revenus : 56.

— Entrez.

— Compris.

On regagne le baraquement. Ceux du ravitaillement courent à la cuisine chercher nos portions de riz, de bouillon d'herbe et d'eau. Ici, la part de riz est moins abondante qu'à Chi Hoa, une écuelle à demi remplie. Le bouillon est mauvais : quelques légumes flottant dans l'eau salée. Nous sommes à la saison des navets. C'est maigre. Mais un ventre à moitié plein vaut déjà mieux qu'un ventre vide. J'absorbe le contenu de ma petite écuelle à toute allure et grimpe de même sur ma couche, pour la sieste. Tracas, fatigue, inquiétude se dissipent un instant.

A treize heures, le gong nous réveille en sursaut. J'ouvre des yeux apeurés, mon cœur bat la chamade. Ce gong-là est cent fois plus sinistre qu'en prison. Il semble possédé du diable. Chaque coup s'enfonce en nous comme une pointe d'aiguille. En prison, on pouvait prolonger notre sommeil de quelques minutes, à condition de répondre à l'appel. Dans ce camp, rien de tel. On dirait qu'un chien enragé aboie. Chaque fois que sonne le gong, c'est l'abattement, le désespoir, c'est l'écrasement de toute volonté.

Les trois coups du réveil ne se sont pas encore estompés dans ma cervelle de bête traquée que trois autres nous réclament pour la corvée. A une heure et quart exactement, nous sommes assis dans la cour, sous le soleil tropical. Celui qui n'est pas là au moment de l'arrivée des gardes est assuré de se faire insulter, de goûter aux poings et aux pieds de Cung le Bulbeux ou de Phu le Myope. Généralement, le service d'ordre préfère allonger le pied. Au départ comme au retour, le rituel du rassemblement se répète, d'un jour à l'autre, d'une semaine à l'autre et sans doute d'un mois, d'une année à l'autre. L'unique changement, c'est la couleur du décor qui varie selon les saisons, ou bien la tenue et son degré de dégradation. Une fois sur le lieu de travail, nous retrouvons les gestes sempiternels du forçat. Pour combien de temps ?

Devons-nous satisfaire un besoin naturel ? Il faut avertir le chef d'équipe puis se figer à cinq mètres d'un garde pour l'informer. Il nous indique alors l'endroit qu'il juge le mieux approprié, parce qu'il demeure dans son champ visuel. L'opération terminée, on revient vers le *can bô* pour, bien sûr, l'en informer. Omettre un détail de ce rituel, c'est encourir une sanction immédiate : bourrades, fouet, au minimum insultes. Outre son fusil, chaque garde dispose d'une torsade de fils électriques longs d'un mètre. Il s'en sert pour corriger les fautifs ou ligoter ceux qui tentent de s'évader.

Le Bourru m'a dit de ne pas crever mes ampoules qui se résorberont d'elles-mêmes. Mais, cet après-midi, impossible de me remettre au travail tant mes mains sont douloureuses. Une idée folle me traverse : avoir une paire de gants en cuir ! A défaut, il faudra « plier » malgré tout, car mieux vaut souffrir volontairement qu'être mortifié par d'autres, pour avoir lambiné. Ce matin, j'ai justement vu des gardes s'acharner de toutes leurs forces sur le dos de certains anciens. Puisqu'on accorde aux nouveaux quelques jours d'apprentissage, remettons-nous-y doucement au lieu d'hésiter. Il est inutile de se faire remarquer dès le début.

D'ailleurs, l'après-midi, le temps de travail est plus court. J'ai à peine coupé une racine à moitié qu'on fait une pause. Autour de la marmite d'eau chaude préparée par Nam la Rafale, une série d'écuelles est rangée. Le mot « écuelle » est la traduction de deux substantifs, *ca* et *cong*, désignant de petits récipients ronds et creux. Les deux termes réunis forment un verbe qui, en langage *lao cai*, signifie faire bouillir des herbes non vénéneuses de la forêt, pour préparer un succédané au thé. Si on a la chance d'être approvisionné par des parents, *ca cong* veut dire aussi préparer avec de l'eau bouillante des soupes-minute, des crevettes séchées, des glutamates, du riz gluant, des haricots, du soja... Pour nous, les sans-famille, *ca cong*, c'est faire cuire dans nos quarts ou nos écuelles, en les approchant le plus possible du feu, des limaçons, des escargots, du fretin ou des crevettes pêchés le matin, des grenouilles, des crapauds, des mille-pattes, des vers de terre, parfois des serpents. On utilise aussi les herbes de la montagne, cuites dans beaucoup d'eau et de sel. Cela compense l'absence totale de protides au menu. C'est pour stocker nos provisions que nous nous baignons en caleçon.

Le Pickpocket suit avec intérêt cette autre cérémonie. Je le devine en train d'imaginer comment améliorer son ordinaire.

Un quart d'heure plus tard, reprise du travail. Cet après-midi, à deux, nous sommes venus à bout d'une grosse racine queue-de-rat, et d'une plus petite. Nous avons ainsi progressé dans la rééducation...

A quatre heures, Dông nous dit de « ramasser les outils ». Trois mots brefs mais chargés de tous les espoirs, de tous les désirs de ce petit peuple. Rassemblement. Dénombrement. Information.

— Équipe 1. Inscrits : 56. Présents : 56.

— A la rivière.

C'est-à-dire, au ruisseau.

— Compris.

L'eau grouille de corps aux trois quarts nus, on nage et on pêche.

De retour au camp et dans notre « maison », nous sommes laissés entièrement à nous-mêmes. Nous mangeons à l'heure qui nous convient le repas servi, lui, à heure fixe : la nuit est toute à nous. Certains gardent soigneusement leur portion qu'ils ne consommeront qu'avant de se coucher, histoire de ne pas être tourmentés par la faim en plein sommeil. Maï et moi, après avoir serré la nôtre en lieu sûr, nous nous promenons dans la cour.

— Quand je serai plus familiarisé, je ferai un tour du côté des cuisines. Je me mettrai en quête de vieilles connaissances. Tu verras. On ratiboisera du sel, du *nuoc mâm*[1], des croûtons de riz, tout ce qui se mange et qui me tombera sous la main. On cuisinera ça somptueusement. J'essaie de trouver un bout de fil de fer pour façonner un hameçon. Alors, nous mangerons du poisson, on laissera les escargots et les crevettes aux goujats !

Le Pickpocket me jure que c'est ce qu'il fera.

A cinq heures et demie, le gong — toujours lui ! — nous regroupe pour l'appel du soir. Les permanents vont passer le relais aux gardes de nuit. Hoa le Noiraud remplira son rôle de chef de baraque. Gardes et permanents arrivent, liste en main, suivis du préposé à la discipline.

— Debout tous ! Les coiffures au sol ! Boutonnez vos chemises !

La troupe s'exécute consciencieusement.

— Attention : fixe ! Informons. Maison 2. Inscrits : 156. Présents : 154. Absents : 2 malades, couchés. Attendons les ordres.

Le préposé à la discipline court au hangar :

— Les malades, criez fort !

On entend deux voix s'égosiller :

— Informons : deux malades !

Gardes et *can bô* recomptent.

— Exact.

Les gardes se dirigent vers une autre baraque.

1. Sauce de poisson très utilisée en cuisine.

Nous, on s'égaille où bon nous semble... à condition de ne pas rôder du côté de la haie, et de regagner nos pénates aussitôt que sonne le gong du couvre-feu, sous peine de subir le fouet.

Une journée s'est écoulée. Rien d'extraordinaire. Mis à part les cloques aux mains.

10

Instrument le plus lugubre du camp, le gong sonne seize fois par jour. Sauf les lundis et vendredis, où il sonne dix-sept fois, et les dimanches, deux fois seulement, au réveil et à l'appel du soir. Aujourd'hui, il retentit une avant-dernière fois, à sept heures. On est lundi : activité de « maison ». Nous nous rassemblons par équipes.

D'entrée, le Noiraud entonne l'hymne intitulé « Accroissement » :

— « Riz et maïs, nous planterons à volonté
Des coteaux aux bords des fleuves.
Nos vêtements ne nous tenant pas assez chaud,
A la place du manioc, plantons du coton.
Mes frères, unissons nos efforts.
Notre pays connaîtra l'abondance et le bonheur ! »

Et il rythme des deux mains en hurlant :

— Plus fort !

Les *can bô* ne nous surveillent pas lors de ces réunions. Le chant monte de toutes les baraques, avec un léger décalage, dans le silence de la forêt. Au terme de la mise en train, le chef de « maison » passe en revue les questions d'hygiène et de discipline concernant la semaine passée. Les responsables d'équipe rendent compte du comportement de leurs compagnons à l'égard du règlement et de la « culture nouvelle ». Ensuite, le chef requiert l'attention générale sur des points précis : la propreté des toilettes, la ponctualité aux repas, au coucher et au lever comme aux divers regroupements, la proscription des disputes et des bagarres. Pour conclure, l'éternel

« Avec l'Oncle Hô ». Et pas de compte rendu à faire pour ce genre de réunion subalterne. Après, comme chaque soir, nous agissons selon notre fantaisie. On joue aux échecs ou aux dominos. On chante. On se raconte des histoires. On se promène. On n'est assujetti à rien. Le Pickpocket, Dong, Ty, le Noiraud, auxquels se joignent à présent Tu Coup par coup, chef de l'équipe de production forestière, et Sau le Lourdaud, le sous-chef, se rassemblent autour de la pipe à eau. Je sais que Maï arrive au bout de sa réserve de tabac. Contrairement à ses habitudes de Chi Hoa, il se montre ici prodigue, lâchant la bride à l'appétit de ses amis.

Ce soir-là, ayant écouté un moment les exploits de ces héros des rues, je sors dans la cour. La température est déjà fraîche car Noël approche. Mais la lune est superbe. Jusque-là, je ne l'ai jamais vue en forêt. Sa clarté argente le vert des feuillages, c'est un voile de mystère. Elle s'avive avec le froid de la nuit sous la haie des bambous qui arrête le regard. Je ne peux découvrir la profondeur de la forêt. En cernant le camp de haies vives renforcées par d'épaisses rangées de barbelés, on a voulu sans doute prévenir des évasions qui nous exposeraient aux griffes des tigres. Il paraît que chez les officiers « rebelles » on n'a pas clôturé de cette manière.

Les premiers temps, des jeunes ont essayé de s'enfuir. Pas un n'a réussi à aller loin. Les montagnards les capturaient et les renvoyaient au camp. Les plus chanceux parvenaient jusqu'à une station de car dans une localité éloignée. Là, ils se faisaient cueillir par des *bô doi* rentrant de mission. L'aventure se terminait toujours de la même façon : figures boursouflées, bras et jambes ankylosés des mois durant, incapacité à se déplacer autrement qu'en se traînant par terre ou en s'arc-boutant contre le mur si on voulait se tenir debout. Et, pour finir, le cachot disciplinaire.

Ces récits du Noiraud me reviennent pendant que je contemple la lune, la face levée dans l'espoir de capter toute sa clarté. Elle aussi me fixe dans les yeux. Me trouve-t-elle déjà hâlé ou même boucané ? Mes pieds reposent sur sa lumière égarée en ce triste lieu.

Le couvre-feu a sonné. Je n'ai pourtant pas envie de regagner mon dortoir. Dix-sept fois depuis le matin ce gong démoniaque a retenti ! Écho des enfers, tintement maléfique et qui vous obsède. Malheur à qui l'a une fois entendu. Malheur à moi.

Une lampe tempête est accrochée près de la tinette. Je grimpe à l'étage par une petite échelle scellée dans le sol. Je m'endors d'un sommeil paisible comme si j'étais protégé par Dieu et tous ses anges. J'oublie totalement mes membres douloureux, mon corps exténué.

Le lendemain, tout recommence. Mes mains sont plus brûlantes. Le Pickpocket et moi, on continue à déraciner du *bang lang*. Nous sommes littéralement domptés. En dessous de la première couche de racines, nous entrons dans une terre molle où la pioche s'enfonce sans rebondir.

— Bien dormi, Vu ?

— J'en ai oublié le monde entier !

— Les types des cultures maraîchères m'ont promis une petite plaque de tôle. S'ils la rapportent ce soir, je fabriquerai une braisière.

— Où l'auront-ils donc ramassée ?

— Oh ! ils s'aventurent partout dans la forêt et sans garde derrière leur dos. Ils rencontrent même des officiers en rééducation dans la forêt de *lô ô*... Trouver une plaque rouillée, ce n'est pas une affaire. Ah ! au fait, quel est le nom de ton père ?

— Nguyên Huu Phuoc.

— Je leur demanderai de se renseigner au cas où il serait dans les parages.

— Tu m'as recommandé la discrétion et voilà que tu vas leur raconter...

— Mais je ne dirai jamais que M. Nguyên Huu Phuoc est ton père ! Qu'est-ce que tu as à craindre ? Quel est son grade ?

— Commandant.

— Prie le ciel qu'il soit là. Ils lui diront que son fils est ici. Il communiquera la nouvelle à ta mère qui pourra effectuer des démarches pour te libérer.

Cette lueur d'espoir, j'y ai tout de même droit, grâce à lui. Pourquoi s'occupe-t-il tant de moi ? Il jurera toujours qu'il n'en sait rien. Il a peur que j'aie faim, que j'aie soif, que je ne puisse pas dormir ou supporter les corvées, que je meure...

— Vu ? Je ne fabriquerai pas tout de suite ton Bon Dieu. Il faut penser à la braisière d'abord.

— Comme tu veux.

— Mais tu l'auras après, je te le jure.

— Ne jure pas. Promets, ça suffit. Mais assez, au boulot !

Nous atteignons la troisième couche de racines. Je regarde du côté du petit bonhomme affairé à remuer la terre. Il a l'air mignon avec ses dents irrégulières. Quand il sourit, ses joues se creusent en deux jolies fossettes. Je lui lance une motte qui le touche dans le dos. Il s'arrête, surpris, examine les alentours. Puis, m'apercevant, il m'envoie un immense sourire. Au repos, je passe chez lui. Il m'invite à boire de l'eau bouillante dont Nam la Rafale vient d'emplir son quart.

— Comment tu t'appelles ?

— Haye. Je l'ai inventé. La Sœur m'appelait Paul. C'est le nom d'un saint. J'ai déclaré Haye au *can bô*.

— Quel âge tu as ?

— La Sœur me disait : sept ans.

— Où est-elle, cette religieuse ?

— Elle a été renvoyée. J'ai été à l'orphelinat.

— Où as-tu été arrêté ?

— Sur le trottoir de Saigon. Les révolutionnaires nous ont chassés de l'orphelinat. J'ai dû mendier. Ils m'ont arrêté et envoyé ici. Ils m'ont dit de changer mes idées. (Il me prend les mains.) Tous ont des ampoules au début. Au bout de quelques jours, elles s'en vont. Regarde les miennes, elles sont déjà calleuses.

— Tu es triste ?

Je lui donne quelques tapes sur l'épaule. Il cligne les yeux.

— Je pense à la Sœur.

Gong ! Le Voleur de bicyclettes donne l'ordre de la reprise. Je quitte le petit et reviens vers mon arbre. De temps à autre, je me tourne du côté de Haye. Une vraie grenouille, accroupie au pied d'un colosse. Et pour le terrasser, un couteau usé. Une nouvelle version du slogan : « Avec les forces humaines, le riz pousse sur les galets ! »

La première semaine passe lentement, suffisamment pour permettre aux cloques de se résorber et à mon corps de s'endurcir. Dông et Ty nous ont bien conseillés. Aussi, lorsqu'un arbre s'abat de tout son long, il n'y a pas d'accident à déplorer. Nous alertons nos voisins avant le coup de grâce assené à la dernière racine. Le *bang lang* s'incline peu à peu, son poids brise toutes ses radicelles, la terre jaillit de toutes parts. Un bruit de mitraille ! J'admire notre œuvre. Jamais je ne me serais cru capable d'une telle prouesse.

Maintenant, il faut ébrancher. L'équipe chargée du nettoyage évacue les branches qu'elle entasse en bûcher. Et nous, toujours avec nos mêmes couteaux, nous découpons l'arbre et empilons les tronçons à l'endroit indiqué avant de nous attaquer à un autre géant. Dông nous a également appris à diriger la chute de l'arbre. Alors, le Pickpocket et moi, on se croit d'assez vrais bûcherons de la grande forêt tropicale !

Ma portion de riz quotidienne devient nettement insuffisante. Il m'en faudrait deux quarts pleins. J'en ai à peine la moitié d'un. La faim me ronge comme un insecte. Certains jours, on a des éblouissements, on se sent tout ramolli. Maï se risque du côté des cuisines pour racler de la croûte de riz au fond des marmites. Mais qu'est-ce qu'une croûte large comme trois doigts — une faveur inouïe ! — quand il faut la partager en deux ? Et pourtant, il y a des gens ici qui sont repus ! D'abord, ceux des cuisines, ensuite, les six du service d'ordre. Dispensés des travaux extérieurs qui affament, ils peuvent en outre sortir du camp, pêcher, poser des collets pour piéger le menu gibier, tuer des serpents. Tout ça pour mieux nous brutaliser...

Je lutte contre la faim en buvant à m'en faire éclater l'estomac. Beaucoup d'entre nous se volent leur ration et se disputent le privilège de racler les marmites. Nous protégeons notre riz mieux que nous-mêmes. Et le Pickpocket se met en quatre pour dénicher du supplément. Mais je refuse ce qu'il m'offre. Je ne veux pas profiter de sa peine ni de sa sollicitude.

Une semaine s'est écoulée et toujours pas de quoi fabriquer une braisière. « L'avoir, ce serait ne plus craindre la faim ! » Effectivement, une plaque de tôle en guise de gamelle ou une boîte à lait, pour nous c'est le bonheur. J'ai déjà pu me rendre compte à quel point le prix d'une poignée de riz est inestimable. Oncle Tuong m'a conseillé de prendre l'habitude de manger peu. J'ai même compris ce qu'il n'a pas eu le temps de m'enseigner : comment, alors qu'on mange peu, on peut d'autant mieux supporter la faim, éviter la tentation de voler, de tricher, et le ridicule de se battre pour un fond de marmite.

Ce vendredi soir, il y aura des activités d'équipe. Dans cette perspective, avant de pouvoir nous baigner dans le ruisseau, notre besogne faite, nous avons droit à un discours des *can bô*. Ils nous disent que le travail de chacun sera jugé chaque semaine selon leurs exigences : plus d'avertissements donc que d'éloges à en attendre. Ils nous annoncent que de nouveaux critères vont être appliqués pour la répartition de la nourriture. La quantité mensuelle de riz pour chaque « maison » sera de huit cent quarante livres, c'est-à-dire quinze livres chacun en principe. Mais, concrètement, la portion individuelle sera fixée par l'ensemble du groupe. Il ne serait pas juste, prétendent nos gardiens, qu'un mauvais travailleur mange autant qu'un travailleur actif. Dông Thoi, notre chef d'équipe, sera chargé de prévoir quatre portions mensuelles de dix-huit livres et huit de treize et demie. Les autres seront de quinze livres, ce qui est la norme. La réunion au bord de l'eau s'achève sur l'annonce de cette mesure. C'est un tollé général. Jurons et grossièretés fusent. Les ventres creux menacés s'indignent. La guerre verbale paraît déclenchée contre les futurs bénéficiaires des dix-huit livres.

Le soir, au coup de gong, après avoir chanté « Accroissement », les quatre équipes sont rassemblées, sous la présidence de Dông. Ty, son adjoint, consignera dans un cahier, pour perpétuelle mémoire, le rapport à présenter aux responsables du camp.

L'équipe 1 ouvre la séance :

— La semaine passée, nous avons bien travaillé et appliqué sérieusement le règlement et les directives des *can bô*. Terminé.

L'équipe 2 enchaîne :

— Nous avons travaillé avec enthousiasme, tout entiers à notre rééducation, et personne n'a enfreint le règlement. Terminé.

L'équipe 3 insiste sur l'esprit d'économie :

— Nous avons particulièrement pris soin des outils. Personne n'a songé à s'évader. Terminé.

L'équipe 4 prétend, elle, « bien s'occuper de sa rééducation et améliorer sa productivité. Terminé ».

Il en ressort que tout le monde est dans la ligne du régime et se plie docilement à l'endoctrinement et au dressage en vigueur. Puis, le but de la réunion se précise. Il s'agit de confirmer les quatre « dix-huit livres » désignés par les *can bô*: ce sont les « dignitaires », à savoir Dông, Ty, Nam la Rafale et Hôi le Louche. Le groupe approuve à main levée. Personne ne tient à avoir des ennuis avec eux. Vient ensuite la tâche délicate qui consiste à désigner les « treize livres et demie ». A l'exception des quatre privilégiés, chacun se lève, se nomme et expose à tour de rôle les raisons pour lesquelles il estime avoir droit à la norme.

— Je suis Bay. J'ai bien travaillé ce mois-ci. Je n'ai enfreint aucun point du règlement. Je demande quinze livres.

— Qui appuie cette demande ?

— Je suis Tam. D'accord avec Bay. Il a bon esprit. Il mérite les quinze livres.

— Qui est contre ?

Silence.

— Personne n'est contre ? Adjugé. Au suivant !

Ils sont cinquante-six à défiler ainsi. La répartition faite, la réunion se clôt sur le rapport, daté du 19 décembre 1975. Le plus grand sérieux est de mise. Les présents approuvent en chantant « Avec l'Oncle Hô ».

Mais quelques minutes après, le climat change. Les huit « treize et demie » attaquent les privilégiés, ils les accusent d'exploitation, de flagornerie, de servilité. La discorde a été semée, le venin de la haine et de la vengeance inoculé. Les bénéficiaires des « quinze », tels que moi, ne sont pas visés par les insultes lancées à la cantonade.

Je regagne mon étage avec le gong. Haye m'y rejoint. Il m'appelle « grand frère ». Il semble espérer trouver en moi ce qui a manqué à son enfance. Il ne parle à personne et ne rôde nulle part. J'ai vite remarqué son isolement. Maintenant, il vient souvent vers moi. Il aime que je mette ma main sur son épaule et que je lui frotte la tête.

— Tu aimes être massé ? me dit-il.

— Non.

— Parce que je pourrais te masser. A Mac Dinh Chi, ils m'obligeaient à les masser. J'ai fini par savoir faire.

— Tu connais des prières ?

— Oui. « Je vous salue Marie ».

— Récite-la-moi.

D'un coup d'œil, il vérifie que nous sommes à bonne distance des autres oreilles, puis dit la prière en entier. Sa physionomie devient angélique.

— Tu pries souvent ?

— Tous les soirs avant de m'endormir.

— Tu as vu le Bon Dieu ?

— Il est toujours avec moi. Il m'a protégé de la mort car les arbres m'ont frôlé plusieurs fois en tombant.

— Tu veux rentrer ?

— Rentrer où ça ?

— Chez toi, voyons.

— Je n'ai pas de chez-moi.

— A l'orphelinat.

— Ils ont tous été occupés. Les Sœurs ont toutes été renvoyées. Où veux-tu que j'aille ? Je resterai ici jusqu'à ce que je devienne grand. Alors on verra.

Haye est vraiment gentil. Les religieuses n'ont pas perdu leur temps en élevant ce petit bonhomme. Il est fier de me confier qu'il sait lire, écrire et calculer et qu'il est effrayé lorsqu'il entend les camarades dire des jurons. Il supporte très bien la faim, il se contente de la misérable portion fournie par le camp. Aucune casserole. Aucun supplément. Aucune relation dans les cuisines.

— Grand frère, si tu pries, prie à voix basse.

— Pourquoi ?

— Ils pourraient te mettre au cachot. C'est interdit. Ne manque pas de regarder autour de toi avant. Des types pourraient te dénoncer.

— Entendu.

— Grand frère, c'est bientôt Noël...

— Eh bien ?

— Toi et moi, nous fêterons l'Enfant Jésus.

— Qu'est-ce que tu feras ?

— Je lui préparerai une soupe aux coquillages.

— Moi, des légumes bouillis.

— Nous chanterons aussi, d'accord ?

Sur ce, heureux de notre petite conversation et rempli d'espoir, il me dit au revoir et descend. Comme l'innocence lui va bien, limpide et fraîche. Cette nouvelle amitié me réjouit et me réconforte autant que l'autre. Haye est gracieux et candide. Le Pickpocket dur et finaud. Ce soir, je dormirai mieux. Je te souhaite de beaux rêves, mon petit ami de sept ans.

Le lendemain, sur le terrain, des querelles éclatent. On n'ose s'en prendre au chef, ni au sous-chef, ni même à Nam la Rafale. Mais on est sans pitié pour Hôi le Louche. Pauvre gars ! Dès qu'il cesse de piocher, on le provoque :

— Hé, travaille donc !...

— Oh, gros ventre, t'as pas le droit d'être fatigué...

Pour trois livres de riz en plus par mois, le Louche est la cible de cent flèches cruelles.

— On va voir si ça lui portera chance, au voleur... Attention, il va trop engraisser !... Méfiez-vous qu'il ne fasse pas un rapport !

Langue avalée, bouche cousue, Hôi. Quant aux huit « treize et demie », ils prennent leur mal en patience et traînassent. Aux observations de Dông, ils répliquent :

— Qui mange peu travaille peu !

Plus rusé, Maï ne s'embarrasse pas des histoires d'autrui :

— Se créer des ennemis en taule, c'est de la bêtise... Ce qui serait fort, ça serait de déboulonner ceux du service d'ordre.

Il n'a de haine que pour eux.

Le soir, ses copains des cultures maraîchères lui apportent un bout de tôle. Ses yeux luisent de plaisir pendant qu'il caresse la plaque rouillée. Le dimanche suivant, il erre du côté des cuisines à la recherche d'outils. A l'heure du dîner, il rapporte triomphalement une casserole avec un couvercle.

— C'est pas fameux, ça ?

Feignant de ne pas comprendre, je lui dis :

— Qu'est-ce qui est fameux ?

— La casserole !

— Sans rien dedans ?

— Et pourquoi pas ?

Il ouvre la gamelle : elle est pleine de riz. Explications :

— C'est le prix de mes efforts. J'ai assez sué pour ça ! Je sais que tu n'aimes pas les combines, aussi j'ai été régulier : j'ai fendu du bois pour les cuistots. Et voilà ce qu'ils m'ont donné. Avec du sel à la citronnelle en prime.

Je ris en lui tapant sur l'épaule :

— Mange tout, je n'ai plus faim.

— On te dit que c'est le prix de *nos* efforts, s'énerve-t-il.

Je lui dis calmement :

— C'est toi qui as transpiré. Tu t'es beaucoup dépensé. Reprends des forces.

Il refuse et m'oblige à en accepter une part. Je lui propose d'inviter Haye. Il accepte. Et, à sa grande joie, nous nous mettons à trois pour vider la casserole.

11

— Ne t'en fais pas, on s'arrangera !

C'est la formule d'encouragement habituelle du Pickpocket quand il me voit triste ou dans une situation difficile. Mais cette existence ingrate, inhumaine, n'est pas faite pour des gosses de mon âge, ou de celui de Haye et de tant d'autres. Nous devons pourtant la prendre à bras-le-corps, même si nous avons plutôt besoin d'une famille et de sa chaleur. Nous n'avons à étreindre que des arbres rugueux, nous ne frayons qu'avec des broussailles épineuses, nous n'empoignons que des seaux d'excréments, nous n'entendons que le gargouillement des ventres creux. Nos épaules ne ploient pas sous des cartables bourrés de livres et de cahiers mais sous le poids des troncs, des bûches et des baquets d'eau. Nos mains qui manquent encore d'adresse pour cueillir des fleurs, attraper des papillons, feuilleter des livres d'images ou d'histoire, doivent s'armer de lames rouillées pour tailler dans des racines, trancher des bambous, raser des termitières et combler des trous d'obus.

Et nous n'avons même pas le temps de pleurer sur nos misères. Sitôt arrivés, on nous met au travail. Alors nous n'avons plus que quelques idées fixes : comment se fatiguer le moins possible, comment tromper la vigilance sourcilleuse des *can bô*, comment arriver à mentir pour éviter les coups, comment calmer sa faim, comment faire face à la brutalité du service d'ordre ou à la malveillance des flagorneurs toujours prêts à nous dénoncer... Tout cela nous trouble et nous désespère. Pour un enfant sans logis, abandonné à lui-même depuis toujours, incapable même de soupçonner de quel bonheur il est privé, c'est déjà affreux d'être poussé définitivement vers la déchéance. Mais moi, moi j'ai des parents, des maîtres et des maîtresses, une école, des amis, je me souviens des jours heureux où je me réjouissais de lire et d'apprendre. Qui peut deviner l'amertume de mes larmes ? Je sais ce que c'est que réfléchir et on me force chaque jour à ne penser qu'à des ignominies. Je sais ce que c'est que pleurer devant la souffrance et les injustices, et chaque jour je dois être le témoin sinon la victime de mauvais traitements immérités...

Le Pickpocket est très gentil et dévoué. Mais, si bienveillant soit-il, ce n'est qu'un camarade. Il ne peut pas me comprendre entièrement. Lui se contente de vivre, simplement. Moi, non. Il est né et a grandi dans la rue. Moi dans une maison, au sein d'une famille. Il est intelligent mais ses astuces sont utilitaires, elles servent ses intérêts. Il ment, il trompe son monde et s'en trouve tout naturellement bien. Moi, lorsque je mens, j'ai des remords, j'ai honte. Quand ils se réunissent, ses copains et lui, c'est pour évoquer leurs anciennes prouesses. Certains les méprisent et les évitent, tel Oncle Tuong, qui m'a fait la morale. Il n'a prodigué aucun conseil à Maï, ni à ses compagnons, il ne leur a pas parlé de la dignité humaine. Pourquoi m'a-t-il favorisé, moi ? Aujourd'hui je m'interroge et la vanité me guette.

— Ne t'en fais pas... Tout s'arrangera.

Et si Dieu me parlait par l'intermédiaire du Pickpocket, dans un langage simple, mieux à ma portée, pour que je le comprenne immédiatement ? Je prends en tout cas la résolution de cesser de me plaindre et de me décourager. J'ai entendu l'appel, je n'en doute plus. J'irai jusqu'au bout du chemin...

J'en suis là de mes réflexions, en plein abattage,

quand le *can bô* m'appelle « au travail ». Je me rhabille, boutonne ma chemise. Le règlement a prévu l'attitude à observer : rester à cinq mètres du garde, répondre poliment et sincèrement, informer clairement.

— J'arrive !

Il me regarde, a un geste familier :

— Approche-toi plus près, Vu.

Je fais quelques pas.

— Assieds-toi.

— Merci, mais je peux rester debout.

— Tu es autorisé à t'asseoir.

— Merci.

Je dois obéir. C'est un ordre.

— Tu manges à ta faim ?

— C'est suffisant.

— Suffisant, suffisant ! C'est-à-dire pas assez ?

— Non, non, c'est assez.

— Le mois prochain, tu auras droit à dix-huit livres.

— Je vous remercie. Mais je ne peux en manger que quinze.

— Tu résistes aux ordres ?

— Je n'oserais pas.

— Bon. Je te trouve bien. Tu viens d'arriver et pourtant tu respectes le règlement. Tu travailles sans rechigner. Tu n'as pas la bouche pleine de jurons et de grossièretés. Tu te conduis correctement avec nous. C'est pourquoi je veux t'aider.

— Merci.

— Je suis bon avec toi, à toi d'être gentil avec moi. Tu dois être sincère.

— Oui.

— Je sais qu'un certain nombre de voyous font des misères à Duc et critiquent le partage des portions. Tu les connais ?

— Je ne fréquente pas ce monde-là.

— Eh bien, tu le feras dorénavant ! Et tu m'informeras.

— Au retour du travail, je suis très fatigué et ne pense qu'à me reposer.

— Désormais, tu te reposeras un peu moins. Rôde autour d'eux. Écoute ceux qui médisent de nous et critiquent les bons travailleurs.

— Veuillez confier cette tâche à un autre.

— C'est un ordre. Je t'ai désigné. Vas-tu obéir ou pas ? Réponds.

— Oui.

— Le mois prochain, tu recevras dix-huit livres.

— Oui.

— Retourne au travail.

— Je remercie le *can bô.*

Revenu à l'arbre dont j'étais en train de rogner une à une les racines, je ne sais que penser. Je me suis promis de ne plus m'attrister et me voilà bouleversé, le cœur déchiré. On me commande d'espionner ! Que faire ? Si je désobéis, quelle sera leur vengeance ? Si j'obéis et que des camarades prennent des coups, de quoi aurai-je l'air ? Comment ne pas mériter leur mépris ? Quelle tête ferai-je lorsqu'ils m'appelleront « sale chien de chasse » ainsi qu'ils font d'habitude avec les mouchards ? Comment pourrai-je fouler au pied cette morale qui est la leur et que, tout mal embouchés qu'ils sont, ils considèrent comme leur seule et unique vertu ?

Dans ma main, le couteau me paraît bien lourd. Mais je me lève et l'abats à toute volée, au risque de m'entailler la jambe. Le Pickpocket sursaute :

— Qu'est-ce que tu as, Vu ?

— Rien !

— Tu plaisantes ?

— Non !

— Il t'a menacé ?

— Non ! Fiche-moi la paix !

— Putain, ça, c'est pas normal.

— Tu m'insultes en plus

Je jette le couteau. Maï en reste bouche bée. Il me plante là et se dirige vers Nam la Rafale pour se désaltérer. Je reprends le couteau et recommence à couper. Pendant le quart d'heure de pause, je ne quitte pas mon arbre, la lame à la main, la pensée vagabonde. Haye m'apporte de l'eau, il sourit de toutes ses dents.

— Comme tu travailles bien !

Mon regard doit être bizarre car le petit se fige sur place, n'osant m'inviter à boire.

— Haye ?

— Oui ?

— Un *can bô* t'a déjà demandé de cafarder ?

— Non !

— Pourquoi donc ?

— Parce que je suis trop petit. Même si on me le demande, je n'oserai jamais le faire. Ils m'enrouleraient dans une couverture et m'écrabouilleraient. Les gardes sont moins terribles qu'eux !

Il m'offre l'eau. Je me rafraîchis d'une gorgée. C'est la première fois que je me sens ainsi blessé, une plaie qui ne saigne pas mais ô combien douloureuse.

— Haye, dans notre équipe, y en a-t-il qui rapportent ?

— Des tas ! Sois prudent !

— Quel est leur châtiment, s'ils refusent ?

— Des coups de pied, des coups de poing, des coups de fouet !

— Une seule fois ?

— Après ça, ils n'ont que du *chao*[1] pendant des mois au lieu de riz. On leur confie des travaux très durs. Plus de repos pour eux. On les isole, on les change d'équipe à tout instant.

Je souffle sur l'eau bouillie pour la refroidir et l'avale d'un trait. Haye me saisit la main et la presse.

---

1. Soupe de riz.

— Tu vas mieux. Dieu nous aime tous les deux. Chaque soir, je prie pour qu'il nous protège. Noël approche, tu te rappelles ? Je ferai une crèche. Je ferai des statuettes. Nous fêterons Jésus ! Je connais des tas de chants de Noël !

Je le laisse pépier. Je le laisse m'apaiser.

— Mais est-ce qu'ils vont nous défendre de faire une crèche ?

— On la fera en cachette.

— Grand frère, ils nous tueront. Ils haïssent Dieu. A Mac Dinh Chi, ils m'ont arraché mon chapelet qu'ils ont écrasé, cassé en mille morceaux.

Il grince des dents.

— Des méchants, pas vrai, petit ?

— Oh oui !

Je l'entraîne près du fourneau entouré d'une nuée de resquilleurs que Nam est obligé de chasser. Il le fait pour la forme les jours où les gardes sont de bonne humeur. Sinon, il y va de son bâton.

Maï cuit quatre grenouilles aux herbes sauvages, d'autres des scorpions qu'ils croquent comme des crevettes grillées. De temps en temps, un serpent rôti constitue un festin pour un groupe de prisonniers. Sur ce terrain de corvée, pas un être vivant n'échappe à leurs yeux de chat. Sauterelles, criquets, scorpions, grillons, grenouilles, crapauds, tous connaissent le même sort : le four. Y compris les chouettes.

— Vu, Vu ! crie le Pickpocket, une casserole fumante à la main. C'est le moment...

— Pardonne-moi. Je souffre trop...

— Ils t'ont insulté ?

— Non.

— Des menaces ?

— Non. Laisse-moi passer, je t'en supplie.

Il s'accroche à moi comme une pieuvre et m'attire loin du fourneau :

— Aie confiance en moi. Tout s'arrangera.

Petit Haye nous suit du regard en souriant. Je me sens plus calme. Je m'efforce moi aussi de croire que tout s'arrangera... Peut-être devrais-je parler de mon problème au Pickpocket, entre amis ?

— Vu, pendant la baignade, ne te fatigue pas à décrocher des coquillages. J'ai fait deux hameçons, alors tu ferais mieux de rester à côté de moi pour surveiller nos prises.

— Qu'est-ce que tu utilises comme appât ?

— Des grenouilles crevées.

Puis nous nous remettons au travail. L'arbre semble d'une résistance exceptionnelle. Nous nous essoufflons sur le cinquième étage de racines sans arriver à atteindre la pivotante. Pourtant, les cercles concentriques étant très profonds, nous nous enfonçons déjà jusqu'au ventre dans la terre. Ty Ngâu nous a prévenus. Jeunes ou vieux, ces *cây sao* sont solides. Si l'on a raison d'eux, on peut défier n'importe quel arbre. Demain probablement, nous toucherons la queue-de-rat, sous les neuf étages de cet enfer terrestre[1].

Lors de la baignade, Maï se lance donc dans la pêche. Il utilise du fil de chanvre qui ferme les sacs de sable pour y attacher l'hameçon. A part ça, ni canne ni flotteur. C'est la méthode *lao cai.* Il noue le fil à son index droit, fixe l'appât, jette l'hameçon. Aussitôt, un léger mouvement agite l'eau : une tanche aux yeux rouges, d'environ quinze centimètres de long, se débat à la surface. Je la décroche. Du côté de sa main gauche, une deuxième touche : une autre tanche, plus petite. En quelques minutes, cinq petits poissons sont pêchés, assez pour le repas du soir. Ayant ramassé son attirail rudimentaire, Maï se dépêche de se débarbouiller. Sidérés, les gamins font assaut d'enthousiasme pour conter cet exploit. Il me

1. Allusion aux neuf étages de l'enfer bouddhique.

recommande de ne pas éventer son secret : prendre des grenouilles crevées comme appât.

— Je te l'ai dit : nous ne mangerons que du poisson. Les limaces, c'est pour les goujats ! affirme-t-il fièrement.

— La chance a été avec toi...

— Depuis Phu Lam, je connais leurs goûts : l'anabas adore la pourriture, le *ca loc*[1] raffole de ce qui est écœurant. Les gars utilisaient des œufs de fourmis pour les anabas, les andouilles ! Moi, des crevettes pourries, et je relevais l'hameçon toutes les secondes ! Ce qui pue attire le poisson. Les nigauds que tu vois ici pêchent avec du riz alors qu'ils n'en ont même pas assez pour eux. Ils peuvent attendre l'an Congo[2] pour manger du poisson !

Et le voilà qui se livre à un véritable exposé sur les différents appâts et leur usage ! Il semble tout savoir, tout pouvoir et tout réussir. Je me demande jusqu'où il serait allé s'il avait pu faire des études. « Jamais tu n'arriveras à fabriquer ton Bon Dieu, me dit-il d'un air compatissant. Moi, Bon Dieu ou Bouddha, je te fais ça en un tournemain ! » Et il n'exagère pas. Renard ou anguille, je ne sais ce qu'il est exactement. Les deux peut-être. Industrieux, habile, rusé, impitoyable. Et il ne manque pas d'une certaine noblesse de sentiments. Une chance pour moi de l'avoir pour ami. Comme tout le monde, il peut être en butte à des surprises désagréables et même perdre son sang-froid. Mais, grâce à sa grande capacité de résistance et à sa virtuosité, il s'en tire toujours à son avantage. Sans nul doute, il saura m'enseigner bien des choses que ni les maîtres, ni les livres, ni les écoles ne m'apprendront.

---

1. Poisson tête-de-serpent.
2. Expression équivalente à celle des « calendes grecques ». Les Vietnamiens estiment le Congo si lointain qu'il en devient inaccessible.

C'est au tour de notre équipe de distribuer les repas. La tâche est devenue compliquée. Au lieu d'être versé dans un seul grand baquet, le riz est réparti dans trois récipients de différentes tailles, consacrant le nouveau dosage des portions. De toute façon, dans tous les cas, nous n'avons pas notre content de nourriture. Ceux de la cuisine et ceux du service d'ordre se servent les premiers, et sans compter. Ensuite, les cuisiniers prélèvent de quoi louer les bras des fendeurs de bûches : en fait, ils puisent directement dans notre estomac le paiement d'une corvée dont ils devraient se charger. Enfin, à quelques mètres de leur quartier, sont engraissés, avec notre riz, une dizaine de cochons destinés aux *can bô*. On peut évaluer ce qui nous reste réellement.

Tout l'art de ce nouveau système de distribution consiste à évaluer, en se fiant au volume apparent, la part de chaque catégorie, sous le regard attentif des affamés — ils le sont tous — et des frustrés — les « treize et demi ». Inutile de dire que ventres creux et ventres pleins s'épient farouchement pour se moucharder les uns les autres. L'atmosphère, entre nous, est malsaine. Elle facilite grandement la tâche des *can bô* à l'extérieur du camp.

Pendant que je sers, le Pickpocket furète dans la cuisine. Une pincée de sel ici, un piment là. Et la casserole est glissée près du feu. Il offre deux des cinq poissons aux chef et sous-chef. Le plus petit des trois autres est attribué à Haye. Les deux derniers, agrémentés d'herbes bouillies et de quelques limaçons, nous font ingurgiter pour la première fois avec volupté notre ration de riz.

Les occasions d'oublier la peur et l'inquiétude sont rares et, sans se concerter, tous se cherchent une activité plus personnelle. Les plus âgés tâchent de dénicher un bout d'inox qu'ils aiguisent pour qu'un camarade puisse les raser. D'autres transforment un morceau de fil électrique en bâtonnet à curer les oreilles. Ou bien on lime des aiguilles pour rapiécer son linge, on répare patiemment les gamelles fêlées, on construit des braisières pour les copains. Les amateurs de films d'aventure ou d'arts martiaux racontent ce qu'ils ont vu, pour le plaisir de tous. Les amoureux des échecs renoncent au sommeil. Les plus habiles tressent des paniers, des nasses, puis ils les défont et les retressent et recommencent, comme s'ils étaient fous. Bref, tout le monde vit le désespoir au cœur, mais sans tristesse et en s'obligeant à dissimuler sa rancune.

A cette époque, Duc Bouche tordue est l'objet d'une véritable haine, comme celle à laquelle je m'exposerai si j'obéis au *can bô.* C'est un garçon pacifique. A la corvée, il s'affaire à débiter son bois et à l'entasser. Au camp, il se passionne pour les échecs sans se mêler des histoires d'autrui. Et tout d'un coup, il est promu, il aura dix-huit livres de riz. Privilège qu'il n'a recherché par aucune faveur ni en mouchardant quiconque. C'est ce qui pouvait lui arriver de pire cependant. Jusque-là aimé et estimé par l'équipe, le voilà du jour au lendemain en butte à la haine et à la jalousie. La moitié des prisonniers ne voient plus que le bol de riz supplémentaire sans se demander ce qu'il signifie en réalité. Proclamé héros du travail; bénéficiaire malheureux d'une faveur maudite, le pauvre garçon est la victime de cette méthode d'émulation récemment inaugurée : tous le rejettent comme un chien galeux. J'ai pitié de lui mais n'ose l'approcher. Le Pickpocket m'avertit en fredonnant : « En prison, tais-toi devant les injustices. » Je me résigne en silence.

Le soir, Haye passe chez moi. Il continue de me détailler son projet :

— J'ai une idée, grand frère.

— Une idée de crèche, sûrement.

— Non. Un arbre de Noël.

— Qu'est-ce que tu penses faire ?

— Je couperai une plante. J'accrocherai des fleurs sauvages et des coquillages. Je la mettrai au pied de mon lit. Personne ne saura ce que c'est.

— Bonne idée !

— Je ferai aussi une crèche. Je moulerai Jésus, la Vierge et Joseph, les Trois Mages, et même des Anges. Mais j'ai peur que Jésus soit piétiné.

— Tu sais, Petit Haye, ta plus belle offrande, ce sera surtout ton cœur.

— Et toi, que comptes-tu faire ?

— Je lui offrirai une casserole de bouillon d'herbes. Je n'ai rien d'autre.

— D'accord. Et mets dans ce bouillon des limaces et des grenouilles. Jésus n'en a sûrement encore jamais mangé !

— Entendu.

— J'y ajouterai quelque chose mais je ne sais pas encore quoi pour le moment.

Il est adorable.

— Ou iras-tu, à ta libération, Petit Haye ?

— J'irai retrouver la Sœur. Elle décidera de mon avenir. Elle disait que ma vie appartenait à Dieu. Crois-tu que Dieu nous accompagnera jusqu'à ce que nous sortions d'ici ?

— Oh oui !

— Tu crois comment ? Un peu ? Beaucoup ?

— Beaucoup. Infiniment.

Il esquisse un signe de croix, récite un « Je vous salue, Marie » et regagne sa place. A-t-il retrouvé ici des camarades d'orphelinat ? Il a l'air plutôt seul, pauvre petit ange assis chaque jour au pied d'un arbre et qui lève les yeux vers la cime où Dieu doit trôner dans son indifférence éternelle.

12

Aujourd'hui, le monde entier célèbre Noël. Cinq mois déjà loin de ma famille. Un long chapelet de jours malheureux. Je suis surpris d'avoir pu tenir jusque-là.

La nuit dernière, effervescence au sein de mon équipe. Les huit « treize et demi » se sont mis à insulter les quatre « dix-huit », malgré l'intervention apaisante des chef et sous-chef. Acculé, Duc Bouche tordue a attaqué. Crânant et provoquant, il a reconnu qu'il était un « chien de chasse », et menacé d'appeler les *can bô*. Les « treize et demi » ont foncé sur lui et l'ont roué de coups. Il a riposté vaillamment. Nam la Rafale et Ty Ngâu sont accourus à la rescousse. Des « quinze livres » s'en sont mêlés à leur tour, prenant le parti des défavorisés. Impuissant, Dông Thoi, le chef de maison, assistait à cette petite émeute. Mais la tentation était trop belle, son sang belliqueux s'est échauffé et il est lui aussi entré dans la danse. Ont suivi le Pickpocket, Hoa le Noiraud, Tụ Coup par coup, Sau le Lourdaud et quelques membres de l'équipe de la production forestière. Un spectacle fantastique ! La rixe s'est déroulée presque en silence, simplement sur fond de respirations haletantes, ponctuées de coups sonores. Sans larmes, dans la dignité. Je ne me serais jamais attendu à cela de la part de gamins du trottoir. Finalement, le clan des « treize et demi », minoritaire, a été mis KO.

Le lendemain, à la corvée, Dông Thoi, en qualité de responsable, fait son rapport matinal. Résultat : les « treize et demi », Robert, Mâm le Sourd, Loi Grosse tête, Tam le Galeux, Cu le Bâtard, Duc Gueule pointue, Hung le Caniche, Bay le Puant et les quatre « dix-huit » sont convoqués pour une séance de « travail ». Duc Bouche tordue expose les faits. Toute l'équipe s'arrête pour suivre, en palpitant, l'interrogatoire. Le chef *can bô,* qui préside ce tribunal, écoute, impassible. L'exposé terminé, il se lève et, lentement, tire de sous son uniforme l'instrument de son autorité et objet de notre terreur, la torsade de fils électriques. Petit Haye, tout pâle, les membres frissonnants, se serre contre moi, il ferme les yeux et prie.

Hargneux, le *can bô* s'approche de Robert qui s'écarte de « la barre des accusés ». Le fouet cingle son visage. Il se protège derrière ses mains. Les coups s'abattent sur sa nuque et son dos. Pendant longtemps, nous n'entendons que leur sifflement et le ahanement du garde qui s'acharne. Puis Robert s'affaisse, implorant pitié. Il se tortille tel un ver de terre martyrisé. Alors les pieds du *can bô* ne distinguent plus ni tête, ni poitrine, ni ventre... Au suivant, Mâm le Sourd. Le fouet claque sans cesse, peu importent les supplications et les hurlements, le fouet n'a pas d'oreille, il se déchaîne. Inconscient du danger, Haye prie à voix de plus en plus intelligible. Je suis obligé d'intervenir, j'applique ma paume sur sa bouche sans quitter des yeux la lanière qui s'abat. Comment deux poignées de riz par jour peuvent-elles aider à supporter un châtiment pareil ? Quand arrive le tour de Loi Grosse tête, Tam le Galeux, Gueule pointue, le Caniche, le Puant et le Bâtard, deux gardes joignent leurs énergies à celle du justicier solitaire. Trois knouts entrent en action et dansent sur les corps dénudés. Les cris des malheureux se perdent dans le silence de la forêt. Les fils électriques continuent de lacérer la chair. Les « treize et demi » se recroquevillent en gémissant.

On ordonne à Dông Thoi de les forcer à se relever et à se remettre au travail. Ils se hissent sur leurs coudes et leurs genoux, essaient vainement de retrouver la station debout. Les cheveux ébouriffés collés par la sueur, le corps strié de rouge, ils regagnent en titubant leur lieu de corvée. Nous respirons et reprenons peu à peu notre activité de jeunes bagnards.

Petit Haye retourne à son arbre. Maï et moi, nous en sommes au cinquième étage de racines de notre superbe et tenace *cây sao.* L'air du chantier est suffocant, la terreur nous oppresse. Ce matin, les « quinze livres » l'ont échappé de justesse. Mais ce matin seulement. Car ce soir, demain, après-demain, et plus tard encore, Dieu sait ce qui pourra se passer ? En tout cas, les « treize et demi » n'auront aucune excuse, ils devront au contraire redoubler d'efforts car on mesurera la qualité de leur repentir à la quantité de leur production.

A la pause, tout semble normal. C'est la loi du camp, chaque événement connaît le même sort. Si brutal soit-il, on l'oublie aussi vite. Il n'y a qu'une exception à cette règle : la faim. Comment vivre et travailler avec un ventre toujours à moitié vide ? Autour du foyer de Nam la Rafale, quarts et casseroles se pressent : les scorpions et les serpents seront grillés. La matinée finit ainsi. Nos préoccupations enterrent littéralement les cris de douleur de Robert et de ses camarades.

Et moi, je pense que ce soir ce sera la veillée de Noël. Le Pickpocket m'apporte cinq grenouilles sur un fil. Je lui ai parlé d'un bouillon d'herbes aux grenouilles. Il a cru que j'aimerais en manger, grillées. Il cherche donc du *nuoc mâm,* de l'ail et du poivre pour apprêter les bestioles qu'il rôtira ensuite sur un feu de bois.

— Je suis navré, tu sais, me dit-il. Je n'aurais pas dû me mêler de leurs histoires.

— Mais tu n'as eu aucun ennui.

— C'est vrai. Eux, en revanche, ils ont encaissé une

drôle de dérouillée! Le traitement, à l'Asile des Indigents, c'étaient des caresses à côté. Je regrette de m'être battu... Pourquoi ne m'as-tu pas retenu? Si tu l'avais fait, comme je l'ai fait pour toi — tu te souviens? — je ne regretterais rien.

Pour toute réponse, je n'ai que mon silence, et mes remords.

— A mon prochain coup de sang, n'oublie pas de me retenir!

— Juré!

Je lui raconte comment s'est déroulée ma séance de « travail » de l'autre fois.

— Ne t'en fais pas. Ils ne t'en reparleront plus, des « dix-huit livres »! C'est leur spécialité de ne pas se rappeler, à ces fourbes. Tous pareils, aujourd'hui comme hier.

Je me fie au jugement de Maï. Je ne crains plus de devenir un autre Bouche tordue pour qui certains se sont fait tanner la peau.

— Qu'est-ce que tu veux faire avec ces grenouilles?

— Du bouillon aux herbes sauvages.

— Alors je les écorche. Laisse-moi faire. Ne t'en mêle pas.

— Je veux apprendre en te regardant. Tu m'as conseillé de me débrouiller moi-même en prison.

— Du bouillon pour le repas du soir?

— Oui.

— Pour inviter qui?

— Dieu.

— T'es pas fou, non?

— Jésus est né aujourd'hui!

— Comment, c'est déjà Noël?

— Comme tu vois!

— Laisse ton bouillon tranquille alors. Tu ne crois tout de même pas qu'il en mangera, ton Bon Dieu? Prends bien garde qu'il ne se fâche...

— Tu n'y connais rien. Tu ne vaux même pas Petit Haye.

— Je m'en fiche bien. C'est ton Bon Dieu, c'est pour ça que je m'y intéresse. Sans ça, tant pis pour lui !

— Il n'est pas à moi tout seul.

— A qui donc ?

— A tout le monde, voyons, à toi aussi !

— Moi, je n'en ai que faire. Nous autres, on n'entre dans les églises que pour faire les poches. C'est pas bon qu'il nous regarde. Il n'aime pas les voleurs. Il ne connaît que les gosses de riches, ceux qui sont bien habillés.

— Lui ? C'est un fils de pauvre, tu ne savais pas ?

— Il ne fait pas les poches en tout cas. Moi je les fais. Il me déteste forcément. D'ailleurs, ça m'est bien égal. Je te le sculpterai quand même, va. Le temps de trouver un morceau d'ébène. Le nylon, c'est de la foutaise.

— Écoute-moi...

— Non, non, tu parles comme un curé. Si on avait ton Bon Dieu dans la gamelle du bouillon, ça serait merveilleux, tu ne trouves pas ?

— Écoute-moi. Dieu aime tous les hommes.

— Je te jure qu'il déteste les voleurs. Tu es bête à la fin. Moi j'ai fait les poches des curés et les sacs des sœurs. Quel Dieu peut encore me supporter ? J'ai déjà bien de la chance que tu sois mon ami. Vu, une fois j'ai voulu dormir sous un porche. Le curé m'a chassé comme un galeux. Si ton Dieu m'aimait, il n'aurait pas envoyé le curé m'éjecter.

— Maï !

— On me tabasserait que je ne croirais toujours pas que ton Dieu m'aime !

— Tant pis pour toi. Un jour, tu le croiras.

Le Pickpocket ne veut rien entendre. Il m'a pourtant pêché six tanches pour que je les Lui offre, il s'inquiète même de savoir quand ça se fera et quand on descendra l'offrande pour la consommer[1].

---

1. Pratique du culte des ancêtres auxquels on fait des offrandes que consomment ensuite la famille et l'assistance.

Pendant toute la durée de la sieste, je reste éveillé. Je me souviens du Noël précédent, de la crèche que j'avais préparée. Chaque année, on organisait un concours dans les petites classes de l'école catholique. Comme je suis maladroit, je me suis rendu à l'église de Tan Dinh, sur le parvis on vendait des crèches, j'en ai acheté une qui a été classée dernière. Mes sœurs en ont fait des gorges chaudes pendant huit jours. J'allais à la messe de minuit chez les Rédemptoristes.

Cette année, je fêterai Noël en prison, et à neuf heures et demie du soir, sur mon lit de bambou branlant. Pas d'oie rôtie, pas de bûche, pas d'arbre, pas de lampions. Rien qu'une casserole de bouillon d'herbes aux grenouilles avec six petits poissons cuits au sel. Sûrement, Jésus sera content car nous lui ressemblons un peu. Heureusement qu'il n'a pas connu la misère et la tristesse d'une prison, ni les coups de fouet plus mordants que la bise de Bethléem quand il était enfant. Regarde, regarde, mon Dieu, le petit Haye qui court à midi le long du ruisseau. Il cherche des rainettes pour la soupe. Lui qui se contente de sa maigre portion, aujourd'hui c'est en ton honneur, c'est pour te faire plaisir qu'il prépare une offrande comme on n'en verra jamais dans le monde chrétien.

Haye et moi, nous sommes impatients de voir la nuit envelopper entièrement le camp. Sans doute nous serons les seuls à la contempler. En attendant, à la corvée, je suis agité. Pourtant, rien n'annonce Noël. D'ailleurs, qu'est-ce que Noël signifie pour des gamins des rues, sans foyer, sans religion ? Nous sommes cinquante-quatre — en l'absence de Mâm le Sourd et Cu Lai, malades — à entourer un énorme amas de branchages et de souches. On allume des quatre côtés à la fois. C'est la saison sèche et il suffit que le feu prenne quelque part pour qu'aussitôt, le vent aidant, tout flambe comme une torche gigantesque. Nous nous tenons à distance respectueuse, prêts à crier de joie. On a l'habitude, on ne craint rien et dans la fraîcheur de décembre c'est même délicieux... Mais soudain, une explosion assourdissante, suivie d'un immense feu d'artifice, et voici toutes les bûches qui éclatent en millions d'étincelles. Les gardes nous hurlent de nous terrer. Le Pickpocket et moi, on a un refuge tout indiqué, au pied de l'arbre à moitié amputé de ses racines. Les surveillants sont également là, au complet... pour constater une fois de plus, tout comme nous, qu'une mine était enfouie, recouverte de feuilles mortes. Le rapport, d'une sécheresse tout administrative, est rédigé sur place: Accident de travail, cinq morts. Point. Nous, nous pouvons détailler: l'un avec un bras en moins, un deuxième décapité, un troisième éventré, un quatrième dont il ne reste que le tronc et le dernier la figure en bouillie. C'est comme ça lorsqu'une pioche heurte une mine ou qu'une pelle en rejette une, avec les gravats, sur un foyer. A partir de ce jour, cependant, on nous interdit de brûler du bois aux heures de corvée. On ne le fera plus qu'au moment de retourner au camp.

Parmi les victimes figurent Hung Phôc et Duc Gueule pointue, fouettés le matin même. Quand nous rentrerons, nous laisserons cinq cadavres mutilés et, le soir, l'équipe des forestiers les traînera vers la colline, où elle les enterrera plus ou moins profondément.

D'un signe j'appelle Haye qui accourt, les yeux encore humides.

— J'ai eu si peur, me dit-il.

— Oublie tout ça.

— Battus le matin et, le soir, crevés. Que Dieu ait pitié de ses enfants...

— Ne pleure pas, on pourrait te punir.

Il essuie ses larmes aussi claires que la rosée.

Peu après, coup de sifflet. On nous rassemble pour

nous faire la leçon : « L'accident qui vient de se produire est dû à votre imprudence. On vous a défendu de brûler les feuilles mortes, et vous le faites. On vous a dit de ne pas rester à proximité du feu et vous étiez à côté. Chef et sous-chef, vous avez failli à votre devoir. Tâchez d'en tirer les conclusions... Maintenant, nous vous conseillons de ne pas trop vous émouvoir de cet accident. Riez et chantez, celui qui ne rit pas, celui qui ne chante pas est un réactionnaire. Allez, chantez. Chantez fort. Un, deux : Ainsi qu'avec l'Oncle Hô... »

On n'entend que la voix des gardes.

— Allez, allez, que celui qui ne chante pas le dise !

Tout en pleurant, nous balbutions les paroles : « ... en ce jour de victoire... » Puis nous finissons par applaudir et par rire machinalement. Ho ho ho ! hi hi hi ! ha ha ha ! Les larmes de Haye coulent sans retenue. Ha ha ha ! hi hi hi ! ho ho ho ! Nous nous regardons, étonnés de nous voir grimacer.

— Parfait. Vous êtes joyeux. C'est très bon pour votre formation. Allez vous baigner. Demain, vous aurez un supplément de riz.

Personne n'évoque la responsabilité des gardes qui nous ont laissés construire un feu sur ce qui n'était pas une taupinière. Accident du travail. Cinq morts parmi les prisonniers.

On nous conduit au ruisseau. Maï n'a aucune envie de pêcher. Il m'avoue son remords d'avoir poché magistralement l'œil de Hung le Caniche. Il en pleurera sa vie durant et même dans les Sources Jaunes[1] ! Puis il s'en prend à « mon » Dieu.

— On ne le sait que trop, il nous déteste affreusement.

— C'est complètement faux.

— Pourquoi les a-t-il laissés mourir si atrocement, dis-moi ?

1. Les Enfers bouddhiques.

— Il ne fait mourir personne. Il n'enseigne que la paix et la bonté. Il nous dit de nous aimer.

— C'est lui qui a poussé ces types à lacérer la chair des copains. Il n'aime que toi. Il n'est pas tout-puissant car il ferait exploser une mine aux fesses de chaque *can bô*.

— Quand est-ce que je t'ai dit qu'Il pouvait faire tout ce que tu souhaites ?

— Moi, je te dis qu'il ne sait rien et qu'il ne fait rien de bon.

— Ça te regarde. Mais n'en parle plus jamais. Tu ne débites que des idioties.

Nous rentrons les premiers au camp, une heure plus tôt que d'habitude. Derrière le hangar, chacun a un emplacement où il peut cuire le produit de sa chasse ou de sa pêche sur le bois ramené de la forêt. Sinon, il ne lui reste qu'à en grappiller à la cuisine ou aux environs. Moi, je prépare du bouillon. Le Pickpocket m'aide pour les poissons et les limaces. Je le laisse faire. Je sais que nous ne pouvons pas nous fâcher pour de bon. D'ailleurs, je lui ai déjà dit qu'à sa libération il viendrait vivre chez moi et qu'il oublierait alors son ancienne existence. Quand je parle d'avenir, il garde toujours le silence. Pourtant je devine qu'il serait heureux, lui aussi, de connaître enfin une vraie maison, une vraie famille...

Nous avons fini de préparer le bouillon et les poissons et de distribuer le riz du soir lorsque les autres équipes reviennent du travail. Tout le monde se précipite pour nous voir. L'explosion chez les défricheurs a bouleversé tout le camp et suscite des interprétations passionnées. Les permanents interdisent les va-et-vient au hangar 2. Sans succès. Les garçons les plus excités lancent des insultes à la cantonade, ils prétendent qu'il préféreraient mourir ainsi plutôt que de crever de faim.

J'ai annoncé à Maï qu'on mangerait après le couvre-feu. Il a accepté non sans rechigner, à cause des mauvaises odeurs qui émanent de la tinette, trop proche. Spectacle fréquent que celui de deux garçons dont l'un mâche sa nourriture à deux mètres de l'autre en train de se soulager. Personne n'a envie de jouer l'un de ces deux rôles. Moi non plus. Mais c'est Noël. Il faut bien « réveillonner ».

Nos plats en sûreté, je vais voir Haye. Il me montre son arbre, un tout petit *bang lang* arraché avec ses racines ; il l'a décoré de fleurs sauvages dont il a trouvé quatre nuances différentes. Il a accroché au bout de chaque branche des coquillages blancs. Je lui demande de transporter son arbre pour le réveillon.

Après l'appel du soir, nous nous promenons dans le camp. Le vent froid de la montagne souffle. Le ciel d'abord gris devient sombre. Le tas de bois qui a explosé se ranime par moments. Je lève la tête. Pas de lune, mais des étoiles parsemées. L'une d'elles scintille plus que les autres, on dirait qu'elle grelotte sous la bise.

— Regarde, Haye.

— L'étoile minuscule ?

— C'est l'Enfant Jésus.

— L'Enfant Jésus ?

Il se signe.

— Oui, là-bas, c'est l'hiver de Bethléem. Ici, c'est l'hiver de Phuoc Long. Heureux sommes-nous, nous qui pouvons contempler Dieu depuis notre prison.

— Amen.

Je me tais. Je ne peux détacher mon regard de l'étoile qui palpite dans cet immense espace.

— Récite l'Évangile, me dit Haye.

— Mais je ne le sais pas par cœur !

— Si. Ce que tu disais tout à l'heure, c'est ça !

— Heureux les gosses qui ont pêché des grenouilles et des limaces pour fêter l'Enfant Dieu car ils n'ont rien de plus beau à offrir que leur cœur.

— Amen.

— Heureux les enfants qui ont toujours faim et qui souffrent tous les jours car ils gardent encore foi en Dieu.

— Amen.

Je ne sais plus quoi ajouter. Petit Haye s'agenouille. Il se signe et me dit :

— Que Dieu nous protège, mon frère.

Je me signe aussi puis le relève.

— Que Dieu te garde car tu es digne d'être aimé de Dieu.

Nous tenant par la main et nous fixant dans les yeux, nous nous imaginons dans le ciel de Judée, mille neuf cent soixante-quinze ans en arrière. Le soir ne nous enveloppe pas complètement. Il nous semble distinguer les traces sanglantes des pas du Christ sur notre chemin. Dans chacune embaument des fleurs épanouies. Haye entonne des chants de Noël. Même voilée, sa voix est si flûtée que toute mon âme en est remuée. Je n'ai jamais rien entendu de plus attendrissant.

Mais, déjà, le gong retentit. Lentement nous rentrons, fredonnant en chœur le chant de Noël le plus populaire chez nous :

— « Dans la nuit fraîche, Jésus vint au monde.
Dieu vint au monde dans une étable,
Dans une mangeoire
De la grotte de Bethléem.
Une lumière resplendit
Sous le ciel aux mille étoiles.
Homme ! Viens contempler ton Dieu
Si grand, né aujourd'hui
Parmi les plus misérables... »

Par ce chant plusieurs fois répété se termine notre « messe de minuit ».

Puis le Pickpocket, Haye et moi, nous nous occupons du réveillon : six petites tanches cuites au sel, du brouet de grenouille, du bouillon aux coquillages et aux limaces et trois portions de riz. Un festin ! Admirant l'arbre, Maï n'a qu'un regret :

— Si seulement il y avait ma sculpture là-dessus ! (Intrigué, il ajoute :) Et la messe, vous y renoncez ?

Petit Haye m'adresse un regard complice.

Nous desservons et nous allongeons sur nos couches. Je murmure dans un souffle : « Paix au hangar numéro 2. Paix au camp. » En vain, hélas. Peu avant minuit, des hurlements éclatent soudain, auxquels succède un silence inquiétant. On entend quelqu'un s'agiter convulsivement, puis des gémissements. Hoa le Noiraud décroche la veilleuse près de la tinette. Il éclaire l'endroit d'où monte un râle.

— Assassin ! Assassin ! crie-t-il, affolé. Informons les *can bô.* Un meurtre au bâtiment 2. Un meurtre au bâtiment 2. Quelqu'un a été tué. (Puis il recommande :) Que chacun reste à sa place en attendant les *can bô.*

— Qui a été tué ? s'enquiert Dông Thoi.

— Duc Bouche tordue.

La tête hirsute du chef de maison surgit de son lit :

— Je sais qui a fait le coup. Attention à Mâm et à Cu !

— Assassinat au bâtiment 2 ! continue de crier Hoa, les mains en porte-voix.

Le service d'ordre apparaît. En nombre. Il pose des questions. Qu'est-il arrivé ? Qui a vu quelque chose ?

Deux ombres sautent par une fenêtre, l'une après l'autre. Dông Thoi se précipite en bas de son lit et se rue vers les places abandonnées, celles du Sourd et du Bâtard.

— Je l'ai dit. Ces deux misérables, ils me créent des ennuis !

Les gardes tirent en l'air. L'alarme est donnée. Le service d'ordre se lance derrière les fuyards. Tout le camp est sur le pied de guerre. La poursuite est impitoyablement engagée. Gardes, permanents, *can bô* surgissent de partout. Des faisceaux lumineux balaient la cour... Et bientôt, un calme relatif est rétabli : la troupe, qui n'a cessé de grossir, est de retour. Les injures se mêlent aux sifflements des fouets et aux hurlements des victimes. Si les fuyards ordinaires sont traités sauvagement, la correction réservée aux deux assassins est inimaginable ! Depuis la haie vive de bambous ils sont poussés jusqu'au milieu de la cour, des pieds et des poings les jettent au sol, une grêle de coups de fils électriques les contraint à se relever, les crosses des fusils et des AK les font avancer. Tous ceux qui participent au cortège se croient obligés d'y aller de leurs insultes et de leurs crachats. La tempête ne s'apaise que lorsque plus un seul gémissement ne se mêle au brouhaha des jurons et des vociférations. On lie les poignets et les chevilles des malheureux qu'on laisse sur le terrain, dans le froid.

Il est minuit. Jésus vient de naître.

On pense enfin au mort du bâtiment 2. Il a eu le cou tranché et la poitrine transpercée par un morceau d'acier limé, acéré comme un poignard. Pièce à conviction trempée de sang. On ordonne à Cung le Bulbeux et à son équipe d'emmener le cadavre à l'infirmerie. Un coup de sifflet nous rappelle à l'ordre, nous devons regagner nos couches. Défense de commenter l'événement. Un simple accident, comme toujours.

13

Le lendemain matin, la cour est vide. Plus de Mâm le Sourd ni de Cu le Bâtard entravés, recroquevillés. On a dû les jeter quelque part.

Comme d'habitude, l'appel, les exercices physiques, le maigre petit déjeuner, en attendant le départ en forêt. Mais aujourd'hui le gong tarde. Nous en profitons pour commenter les événements de la veille. Enfin, la sonnerie retentit, un peu moins impérative que d'habitude, toutefois. Les rangs formés, le service d'ordre montre son visage des grands jours, nous intimant de nous immobiliser et de nous taire. Le permanent a passé l'entrée mais il ne pénètre pas dans le poste de garde, il vient vers nous et se plante à cinq mètres.

Derrière nous surgit Phu Mu, le Myope, qui amène Cu Lai au *can bô*. Le prisonnier a les bras et les mains ligotés dans le dos. Ses yeux sont noirs, tuméfiés, ses lèvres boursouflées, congestionnées. Des traces sanglantes zèbrent son cou. Du sang coagulé barbouille son nez écrasé. Phu le soutient et le redresse lorsqu'il manque s'affaisser. Il baisse la tête comme s'il avait honte de nous regarder. De toute façon, avec ses paupières gonflées... Où donc est le Sourd ?

Le *can bô* sort un papier de sa poche.

— Regarde-moi !

Le Myope tire sur les cheveux du prisonnier pour qu'il lève la tête.

— Habitants du camp, prêtez l'oreille... République démocratique du Viêt-nam. Indépendance,

Liberté, Bonheur. Décision disciplinaire... Le Comité directeur du Camp de Rééducation de Phu Van Phuoc Long a dû, à son grand regret, prendre la décision suivante à l'encontre du dénommé Cu Lai, équipe 1, bâtiment 2, en raison de ses activités hostiles au travail, de sa conduite réactionnaire et des fréquentes violations du règlement dont il s'est rendu coupable... Récemment, il a fomenté des troubles à l'intérieur du Camp. La nuit dernière, avec la complicité du dénommé Mâm Diec, il s'est servi d'une arme pointue et tranchante pour assassiner un membre du Camp, Duc Méo, réputé pour sa conduite exemplaire et l'efficacité de son travail... En application des quatre principes de rééducation en usage, et conformément aux dispositions du règlement intérieur du Camp, nous avons décidé de condamner le contrevenant... Nom et prénom, néant. Age, néant. Surnom, Cu Lai. Lieu de naissance, néant. Domicile, néant. Inculpé de vol à la tire... à trente jours de cachot et à un régime alimentaire strict. Le camarade Nguyên Tan Do, permanent du Camp, est chargé de l'application de la décision... Phu Van, le 25 décembre 1975. Pour le Comité de surveillance, le chef Vu Cau.

La lecture faite, le *can bô* a un mouvement de menton en direction du Bâtard :

— Bien compris ?

— Compris, marmonne l'autre.

Phu le conduit immédiatement au cachot. Je ne connais pas cet endroit mais, au dire de ceux qui y ont séjourné, c'est l'enfer. Cu Lai emmené, nous avons droit à une leçon de morale sur les quatre éternels principes de la rééducation, le sacro-saint règlement intérieur et la « nouvelle culture » qui doit forger l'homme de la société socialiste. Puis on annonce un exercice de « propreté générale ». Dans le langage du camp, cela signifie une perquisition. Chacun regagne son bâtiment et s'assied devant sans pouvoir y entrer, inquiet de ce qui peut arriver à ce qu'il a de plus précieux au monde.

Au grand complet, les gardes pénètrent dans les lieux. Ils nous obligent à débarrasser d'urgence tout notre bataclan : sacs, musettes, quarts, casseroles, cuillères, bols, linge, cailloux, fils... Notre bazar reste exposé dans la cour pendant qu'ils soulèvent, secouent et retournent nattes, couvertures et moustiquaires. Les *can bô* supervisent l'opération « d'assainissement ». Le chef d'équipe consigne sur un registre les articles confisqués : tout objet en métal, pointu et tranchant. Comble de précaution, on retourne même nos poches et nos sacs, les vidant de leur contenu hétéroclite. Un clou, une épingle, un bout de fil de fer, un morceau d'inox, une lame d'un doigt de large servant à préparer poissons et grenouilles... Tout cela rejoint le tas qui grossit à mesure. Malheur au propriétaire d'un couteau. Il risque procès-verbal et sanction.

A la différence des adultes ravitaillés par leurs familles, nous n'avons aucune réserve d'aliments. Les mouches qui nous font la grâce de nous visiter sont bel et bien privées du festin qu'une telle « descente de police » devrait leur offrir, en vrac, à même le sol.

L'inspection terminée, notre équipe pousse un soupir de soulagement car on n'a rien trouvé à lui reprocher. Un brevet d'innocence et de discipline tacitement décerné à tous ! Le Pickpocket y est pour quelque chose : il a tout camouflé, les pièces de monnaie que les gens nous ont lancées sur la route Saigon-Danang, l'argent donné par l'Oncle Tuong, les bouts d'inox et de fil électrique... Le dénommé Maï Bim, spécialiste des tours de passe-passe, a déjoué les limiers.

Vers neuf heures, l'ennemi se retire du champ de bataille, laissant un bric-à-brac indescriptible. Nous rentrons tout dans les baraques, et la cour a repris son air sinistre lorsque le moment de la distribution de nourriture arrive. Dispensés de travail le matin, nous le sommes également de baignade. Quant au supplément de riz promis par les *can bô* après « l'accident » en forêt, c'est comme la carotte accrochée aux brancards devant l'âne qui traîne sa charrette. Interrogés, les cuisiniers nous l'annoncent pour les calendes grecques — ou congolaises.

L'après-midi, nous retrouvons notre *cây sao.* Les racines du sixième étage sont plus clairsemées et moins résistantes que les autres. Ty Ngâu nous a appris à paresser sans éveiller l'attention. Il suffit que notre tête émerge du trou. Trop fainéants pour se déplacer, et bientôt las de tourner le regard de tout côté, les *can bô* ont le derrière vissé sur une souche, bâillent et finissent par sombrer dans la somnolence. Pas de risque qu'ils nous repèrent ! Je comprends pourquoi Hoa le Noiraud nous a fait l'éloge des gardiens qui règlent la production quotidienne sur le rythme de travail des jeunes forçats. Une fois la quantité requise atteinte, ceux-ci peuvent marauder à leur guise dans la forêt, les surveillants les croyant toujours au déboisement. Le soir, bambous, bûches, rotins sont livrés sans faute.

C'est ainsi que nous avons pu apprendre ce qu'est devenu le Sourd. Ils l'ont délié et enterré près dc Bouche tordue. Un « dix-huit » et un « treize » voisinent ainsi éternellement, sans s'être réconciliés. Dans la terre nue. Sans une planche. Pas même une natte. L'égalité absolue. Sois heureux, Mâm Diec, tu aurais pu écoper de trente jours de cachot, qui sont pires que la mort, à ce qu'il paraît.

Le camp a vite retrouvé sa monotonie habituelle. Personne ne dédaigne le misérable ragoût du soir, en mémoire des deux disparus, et par sympathie pour le garçon puni...

Le 1er janvier 1976, j'ai quatorze ans. Un anniversaire que je célèbre au milieu des racines de *cây sao*; j'en suis au neuvième étage. Ce même jour, tous les surveillants de mon groupe sont mutés et Dông Thoi perd son grade de chef de maison. Il est remplacé par Ty Ngâu et renvoyé aux travaux forestiers. Maï, lui, semble inamovible. Haye et moi, on nous affecte à la destruction des termitières. Auparavant, je réussis à trancher la racine pivotante du *cây sao*. L'arbre s'abat dans une gloire de branches, de feuilles et de terreau. Cet événement marque mon dernier jour dans l'équipe. Fini le fier métier de bûcheron, je vais maintenant raser des termitières. Cependant je reste le voisin de couche du Pickpocket, notre nouveau chef n'aimant pas les changements, trop propices aux réclamations. Quelqu'un qui est ravi de faire équipe avec moi, c'est Haye. Mais à nouveaux surveillants, nouvelle méthode, que le Pickpocket maudit secrètement : pas de normes quantitatives. Il suffit de travailler sans mollesse ni négligence. On nous distribue pioches, pelles et barres. Et saluant sans enthousiasme l'année qui commence, nous montons à l'assaut du premier tertre, les outils sur l'épaule.

Sur une photo, on nous prendrait pour des pionniers en route vers l'aventure. Les termitières sont aussi dures que des blocs de ciment coulés par des professionnels. Celle à laquelle nous nous attaquons n'est pas énorme, mais placés chacun d'un côté, Haye et moi, nous ne parvenons pas à nous voir. Au premier coup, ma pioche rebondit. Mes mains vibrent douloureusement. Il faut la barre de fer. Nous nous relayons pour forer le monticule, de place en place. Dans ces alvéoles, la barre est alors introduite et en pesant dessus à deux, de toutes nos forces, nous parvenons à fissurer le bloc, morceau par morceau. C'est la technique du grignotage. Plus difficile que l'abattage des arbres. Nous quittons notre chemise qui, sinon, serait trempée de sueur.

Chacune de ces forteresses construites par une armée d'ouvriers nécessitera deux semaines d'efforts, à mon avis. « Travaillez selon vos forces », nous a-t-on recommandé. Ne redoutant plus le fouet, nous nous reposons sans scrupule dès que nous sommes essoufflés.

Un jour, Haye me dit :

— Frère, ces bestioles sont de drôles de bâtisseuses ! Des monuments des millions de fois plus gros qu'elles ! Tu sais combien de temps elles ont mis ?

— Non. Peut-être des centaines d'années ?

— Des centaines d'années ? Et en combien de jours on va en raser une ?

— Quinze, vingt jours...

— Moins, je crois. Peut-être une semaine. On est des milliers de fois plus gros !

— Oui, mais elles, elles sont des milliards à travailler, alors que tous les deux, on ne se presse pas.

— C'est parce qu'on peut s'arrêter. Tu sais, à l'orphelinat, on déchargeait des sacs de farine en dix minutes. La sœur ne cessait de nous féliciter.

Il regarde le ciel où des nuages semblent flotter. Une brise très douce lui caresse les cheveux.

— Elles vivent en paix et nous, on vient renverser leur maison, poursuit-il d'une voix émue. Où iront-elles ?

— Elles en feront une autre...

— Elles vont plutôt errer de-ci de-là, comme nous. A l'orphelinat, j'étais heureux. On m'a chassé. J'ai vagabondé dans les rues et on m'a accusé de vider les poches... Je n'aime pas du tout détruire ces termitières, pas du tout !

— Rassure-toi, les termites ne seront pas expédiés dans des camps. Ils vont se construire une autre maison.

— Mais je n'aime pas les faire souffrir.

— C'est un ordre, Haye.

— Je n'aime pas les ordres, non plus.
— Tu dois obéir. Tu veux connaître le sort de Mâm le Sourd et du Bâtard ?

Nous continuons donc. Nos coups bouleversent des millions d'insectes. La reine et ses sujets ignoraient qu'un jour deux pauvres gosses, prisonniers de la forêt, viendraient pulvériser un royaume qu'ils croyaient indestructible. Une reine désorientée par l'éboulement de la terre et ses sujets en débandade que nous délivrons pourtant de l'esclavage...

— Tu es fatigué ?
— Pas encore.
— Repose-toi, on finira ça en vingt jours.
— Non, non : une semaine !
— Doucement, petit, vingt jours, je te dis. Il faudrait être naïfs pour se dépêcher. Plus tôt on aura fini, plus tôt on nous donnera autre chose. A cette cadence, c'est la crève sous peu.
— Tu as raison.
— Maï Bim me l'a bien dit : En prison, pas de zèle. Il faut savoir tricher. Plus tu es malin, mieux tu te portes.

Pour en revenir aux termites, ils sont impressionnants. Le matin, nous démolissons leur logis. A midi, profitant de notre retour au camp, ils rebâtissent les parties saccagées. Heureusement que le mortier encore pâteux éclate sans difficulté. Mais c'est une course contre la montre de part et d'autre. Autrement, passé quelques jours, ça serait aussi dur que le reste.

En vingt jours exactement, la tâche est terminée. J'ai mis la main sur la reine. Toute blanche et dodue, elle a la taille d'un gros orteil. Elle vivait, oisive, dans un palais, une sorte de boîte triangulaire, servie par une foule d'esclaves et protégée par des gardes vigilants. A présent, elle se dandine sur ma paume. Alerté par nos cris de joie, Maï accourt. Puis, admiratif, il me la demande. Tout heureux il se la fourre dans la bouche et la gobe. Voyant mon ahurissement, il s'écrie :

— C'est fortifiant. Bien plus que dix vitamines ! Tu as de la chance. D'ordinaire, je défie quiconque de mettre la main sur une reine. Tu sais comment les gardes la défendent ? En la dévorant.

— Qui t'a appris ça ?

— Ty Ngâu. Putain, les types qui veulent jouer aujourd'hui à la reine des termites, on les bouffera tout vifs !

A qui fait-il allusion ?

Pendant qu'il retourne à l'abattage, nous nous attaquons à d'autres forteresses. On s'est retenu de nous frapper, espérant nous faire oublier les scènes de violence. Jusqu'à quand ? En tout cas, pour le moment, nos journées sont laborieuses et paisibles. Poisson, herbes sauvages, limaces, parfois des patates et du manioc subtilisés au camp, améliorent notre ordinaire.

Après le premier de l'An chrétien, voici qu'arrive le Têt, notre premier de l'An lunaire. Cu Lai, lui, n'a pas suffisamment vécu pour célébrer cette fête en « rééducation ». Condamné à vivre comme une bête enfouie dans son trou, une tanière trop basse de plafond pour tenir debout, il en est mort. Pauvre Bâtard abandonné par quelque G I reparti aux États-Unis sans même lui avoir donné un nom. Il n'a eu droit qu'à un surnom ; le peuple des trottoirs a ainsi désigné son origine. Sa ration alimentaire étant restée plusieurs jours intacte, le service d'ordre a soulevé le couvercle qui fermait la fosse. On l'a découvert, replié sur lui-même et glacé. Ceux de la production forestière ont traîné son cadavre jusqu'à la colline voisine. Rapport des *can bô*: décès dû à la dysenterie.

On nous promet une belle fête printanière, mais

seulement après le vingt-neuvième jour du mois. En attendant, la rudesse du climat se fait sentir, d'autant que nous n'avons ni vêtements chauds ni assez de couvertures. La nuit, nous grelottons, tenaillés par la faim au point de ne pas pouvoir dormir. Sans la double haie renforcée qui cerne le camp, bien des affamés à bout de résistance affronteraient les fauves pour aller déterrer des tubercules dans les champs. Les portes des hangars ferment mal, le vent d'hiver y hurle comme chez lui, mais on fortifie le camp pour nous protéger soi-disant des bêtes. Quant aux coups, ils ont repris après une semaine de répit : procédé hautement pédagogique, c'est ce qu'on nous affirme sans ironie.

Le Pickpocket n'aime pas le Têt, chose inouïe chez un jeune Vietnamien. Il en a connu trois aux Indigents, deux à Chi Hoa. Les autres, dans la rue. Il en a conclu que ceux de la rue sont plus joyeux. « Mais je les déteste tous ! » Nostalgique, Haye raconte comment cela se passait dans son orphelinat. Son rêve est d'y retourner quand il verra se dessiner... son avenir. Tous les deux m'obligent à évoquer mes souvenirs, lorsque j'étais avec mes grands-parents, mes sœurs, mes cousins et cousines. Je ne m'appesantis pas trop pour ne pas pleurer, ni faire envie à mes amis. Ceux qui comme moi ont un foyer ne peuvent se défendre d'un sentiment d'allégresse quand la fête familiale approche. Le soleil hivernal, timide et qui ne chauffe guère, avive encore mes regrets.

Nous les refoulons, Haye et moi, sous la pioche, la pelle, la barre de fer. Comme tout le camp, d'ailleurs, qui s'apprête, en redoublant d'efforts, à accueillir ce premier « renouveau » depuis la « libération ». Les plus habiles sont retenus pour la confection des guirlandes, des lampions et des fleurs. Ils composent des massifs de plantes forestières et fabriquent des pots ornementaux. Ceux de la production forestière coupent des branches de prunier fleuries et rapportent des orchidées.

La veille du Têt, c'est jour de repos mais surtout de « propreté générale ». Détestable exercice puisqu'on nous confisque nos outils personnels. Le soir, pour la première fois depuis notre arrivée, on nous sert un repas copieux, du riz principalement, accompagné de tranches de porc cuit dans un océan d'eau salée adoucie au caramel. Trois jours durant, on peut donner libre cours à notre fantaisie. On entend des concerts cacophoniques dans tous les coins. Ceux qui n'apprécient pas cette musique préfèrent aller se promener autour du bâtiment. Somnolent sur ma claie, je suis réveillé en sursaut par une voix qui grince comme du métal rouillé en déclamant : « Quelle tristesse, maman, de ne pas te revoir en ces jours printaniers ! » Fatiguée de s'égosiller, toute la maisonnée s'est déjà assoupie. Les derniers ruminent leurs pensées solitaires et la voix qui m'agaçait à un autre moment berce ma rêverie. Par-delà les haies de bambous et les barbelés, elle va jusqu'à Saigon porter notre cri de détresse...

Doucement, la voix du gamin s'éteint, la baraque retombe dans le silence. Est-ce minuit, le passage à l'An neuf ? La veilleuse enfumée accrochée près de la tinette me rappelle à la réalité. L'odeur du Têt en prison.

Le lendemain matin, c'est la cérémonie des vœux. Sur les lieux du rassemblement habituel, on a dressé une table nappée de nylon coloré. Au centre, un vase et trois branches de prunier fleuries, coupées en forêt. Les membres du comité directeur prennent place. Debout devant eux, nous les saluons par des applaudissements sonores. Mais pas suffisamment, selon les normes. Les *can bô* nous font recommencer. Plus fort. Les surveillants donnent aussi de la voix. Leur chef nous fait asseoir par terre puis sort un grand papier :

— Mes chers enfants... A l'occasion du Têt, au nom du Comité de surveillance, je vous souhaite une Bonne Année et une bonne santé. Je vous souhaite beaucoup de travail productif et de succès dans votre rééducation. A travers vous, nous adressons nos vœux à vos familles.

Il pose la feuille sur la table et applaudit. Nous l'imitons.

— L'an passé, la production a été élevée. Les résultats ont été remarquables comme le prouvent l'extension de la surface cultivée, les abondantes récoltes obtenues. Ainsi avez-vous apporté votre contribution à la prospérité de la patrie...

Je ne suis plus, et bien d'autres avec moi, sans doute. Nous pensons au sifflement du fouet et au gargouillement de notre estomac. Enfin, après deux heures de discours, applaudissements, applaudissements, applaudissements ! Des vrais, cette fois.

Les jours fériés, comme on ne nous demande aucun effort musculaire, nous sommes dispensés du petit déjeuner. Aujourd'hui, premier de l'An, c'est le cas. Mais pendant deux jours et demi, nous mangeons à notre faim. Le soir du troisième jour, retour au régime, aggravé puisque le bouillon salé qui nous aidait à avaler le riz sec est remplacé par une pincée de sel. Des *banh chung*[1] et autres friandises, sans lesquelles le Têt ne mérite pas son nom, il n'en est pas question. Pas d'abats de porc non plus[2], tous adjugés aux *can bô*, prétend-on à la cuisine. Avant le Têt, on nous a promis la baignade quotidienne pendant les trois jours. Mais pas un *can bô* à l'horizon le moment venu. Pourtant, la « culture nouvelle » ne recommande-t-elle pas le lavage régulier ?

Maintenant, on nous fait miroiter, pour l'année

---

1. Gâteaux de riz gluant au lard et au soja.
2. Réservés aux amateurs et dégustés avec du *Choum cham*, alcool de riz gluant.

prochaine, un Têt encore plus grandiose et joyeux. Assurance d'ivrognes dans l'euphorie qui suit des ripailles arrosées de *choum cham*. Bouche tordue, le Sourd et le Bâtard n'ont pas eu le temps de connaître le « Têt en rééducation ». Ils l'ont échappé belle... Les branches de prunier dépouillées jonchent lamentablement le sol. Les lampions, sans lumignons, et les guirlandes ont été lacérés en menus morceaux. Aucune délation cependant. On se souvient probablement des représailles organisées contre nos trois compagnons disparus.

Avec les beaux jours, la course à la production est engagée. Histoire de nous stimuler, le matin en partant, nous pouvons contempler le panneau qui surmonte l'entrée : « Le travail est une gloire ». Le soir, en rentrant, nous lisons, de l'autre côté : « Rien n'est plus précieux que l'indépendance et la liberté ». C'est ainsi que ma vie est jouée à pile ou face. Ces devises qu'on veut immortelles, certains de mes compagnons les emportent dans la tombe. D'autres y pensent quand on les frappe ou quand on les jette au cachot.

14

A la fin de février, on me met à l'équipe 4, celle des travaux agricoles. Le Pickpocket et Petit Haye restent au défrichement qui ne compte plus que dix anciens. Nous ne sommes que des pions. Selon les besoins de la production, on nous déplace, on ne s'occupe pas de nos préférences. Je déménage donc au bâtiment 3. Haye sanglote. Maï m'avertit : « Ne te lie avec personne. Ne te confie à personne. Ces types ne cherchent qu'à te nuire. »

Mon nouveau chef d'équipe est inconnu, on ne peut me recommander à sa « bienveillance ». L'accueil est donc frais, sans sympathie. Pensent-ils déjà que je suis « un chien de chasse » ou, dans leur jargon, une « antenne » ? Pour des gens qui ne portent pas les gardes-chiourme dans leur cœur, il est en effet vexant de voir arriver un beau matin, sans raison apparente, par la seule volonté des *can bô,* un individu qui, semble-t-il, n'est pas du milieu et ne sait pas proférer des jurons. Afin de me manifester leur méfiance et de m'impressionner, ils m'attribuent la pire place, près du seau d'aisance. Nuit et jour, je suis assuré de respirer de sales odeurs. De plus, on ne fait pas mine de m'initier aux us et coutumes du bâtiment. En clair, ils savonnent le plancher sous mes pieds maladroits d'étranger et ne le cachent pas. Tant pis.

Dès ma première journée aux champs, le *can bô* m'appelle :

— Ton nom ?

— Nguyên Huu Vu.

— Vu ?
— Oui, *can bô.*
— Tu sais pourquoi tu es muté ici ?
— Je l'ignore.
— J'ai lu des rapports sur toi. Tu es appliqué et sage. Tu ignores les grossièretés. Je vérifierai ça. C'est un honneur pour toi d'être dans mon équipe. Le Comité de direction t'a accordé là une grande faveur. Il a des vues sur toi. A toi de te montrer digne de cette confiance. Tu as quel âge ?
— Quatorze ans.
— Si tu te conduis bien, tu seras libéré bientôt. Cela ne dépend que de toi. Si tu veux faire de vieux os ici, c'est ton affaire. Tu sais lire et écrire ?
— Oui.
— Comment cela ? Tu sais lire et écrire et tu volais ?
— Mais...
— Quoi ?
— Je...
Une fois pour toutes, je veux dire que je ne suis pas un chapardeur, que j'ai été arrêté par erreur. Mais je me retiens. J'entends la voix de Maï. Attention.
— J'ai été faible, une fois...
Il me fait les gros yeux :
— C'est cela : une fois, et ensuite on recommence. D'abord, les poches. Et puis, quand on connaît le métier, on pille et on tue. En t'arrêtant, la Révolution t'a rendu un immense service. Elle t'a empêché de devenir un assassin. Tu seras rééduqué et tu deviendras un honnête homme. Tu en veux à la Révolution ?
— Non.
— Tu en veux aux Américains et aux rebelles ?
— Oui.
— Bien. Dans mon équipe, tâche d'être aussi sage qu'au défrichement.

— Oui.

— Je te suivrai. Mais tu devras aider les *can bô*. En ce moment, l'équipe 4 récolte les patates. Il y a des voleurs. Tu dois les dénoncer. C'est un service à leur rendre, tu les aideras ainsi à devenir honnêtes. Ne crois pas que tu leur feras du tort. Dénoncer les fautes des camarades, c'est le devoir de tous les membres du camp. Cela montre la qualité de ton esprit, ta valeur morale. C'est le quatrième des quatre grands devoirs de la rééducation. Tu t'en souviens, je pense ?

— Oui.

— Va travailler.

« Écoute ce qu'ils te disent et oublie-le », m'a souvent répété le Pickpocket. Je ne vais pas me tourmenter davantage. Je lève ma pioche et retourne une planche de patates, obstinément, sans un regard pour mes deux compagnons. Ils ramassent les tubercules et les ensachent. Mon travail est plus pénible mais je ne réclame pas.

A quelques mètres de nous, un gamin prend une petite patate. Regards précautionneux à droite, à gauche, et il la fourre dans sa bouche. Dix paires d'yeux ont perçu son manège ! L'un des deux gardes accourt.

— Qu'est-ce que tu manges là ?

— Rien, je mâche du ginseng sauvage.

Nous suspendons tous nos gestes dans l'attente de la scène.

— Crache-moi ça, ordonne le garde en lui lançant un coup de pied.

Le petit s'exécute. C'est bien une patate. Jetant son AK sur les planches cultivées, le *can bô* tire son fouet, le lisse.

— Bras tendus à l'horizontale !

La torsade de fil électrique siffle dans l'air et sur la chair. A chaque coup, le gamin s'affaisse.

— Debout ! Fixe !

Le fouet s'abat impitoyablement, méthodiquement. Les membres ensanglantés, l'enfant implore pitié. Mais le fouet n'a ni oreilles ni cœur. Il s'abat. Il n'arrête qu'à son gré. Il trouve toujours où s'appliquer. Sur le visage du gamin, les larmes laissent des sillons noirs de terre.

Pendant ce temps, adossé à un arbre et contemplant les nuages presque printaniers, le second garde sifflote et rêvasse.

Finalement, toujours aussi méthodique, le bourreau enroule son fouet, le remet dans son sac. Il rectifie sa tenue, récupère son arme et l'accroche à l'épaule. Visiblement, une idée lui est venue.

— Tu vas en bouffer cinquante, tu entends? Pas une de plus, pas une de moins.

— Je vous en supplie, je n'ai pas réfléchi...

— Pourquoi tu as volé, alors?

— J'ai faim.

— Tu as faim? Eh bien voilà, je te donne à manger. Fais comme je te dis. Choisis cinquante patates parmi les plus grosses. Tu t'assois là et tu manges.

— Pitié...

— Espèce de voyou! Sale garnement! Voleur et menteur! Crois-tu être seul à avoir faim? Pourquoi les autres n'ont-ils pas volé? Tu oses accuser la Révolution de t'affamer?

— Oh non!

— Je vais te gaver, moi. Ah! tu prétends jouir seul des récoltes collectives? Tu ne connais pas ton devoir. Je me charge de te le rappeler. Allez, prends cinquante patates, des grosses. Les patates, ou le fouet.

— Je vous supplie...

— Dis que tu n'obéiras pas?

Lentement, très lentement, l'enfant ramasse les tubercules, essayant de repousser le plus possible le moment fatidique. Le garde le presse. Il ne peut se dépêcher davantage. Le chef d'équipe est requis pour compter à sa place cinquante grosses patates. L'enfant s'assoit devant l'énorme tas, et il croque et avale ce châtiment inédit dans l'histoire des prisons. Le garde le harcèle: plus vite, plus vite. Une patate après l'autre, il croque et douloureusement mâche, la terre avec, et douloureusement avale. J'ai l'impression qu'il mâche de la pierre. Il pleure en mangeant.

Ordre est donné de nous remettre au travail. Mais chacun observe du coin de l'œil le malheureux en train d'expier sa faim. Tel un termite en guenilles, il ronge le monceau de patates dont il ne vient à bout qu'à la fin de notre corvée. Alors, nous emboîtant le pas, il avance cahin-caha, précédé d'un ventre distendu. Il n'ose pas se baigner. L'après-midi, il est malade, il repose sur sa couche comme s'il couvait ses tubercules.

Il faut savoir qu'à chaque récolte, quelle qu'elle soit, patates, manioc ou maïs, la même scène se répète, à de menues variantes près. Les gamins n'en sont que modérément impressionnés, malgré le slogan préventif: «Voler les récoltes du camp, c'est voler les biens de la société socialiste!» Le samedi suivant ce jour inoubliable, certains réussissent à camoufler des pommes de terre dans leurs casseroles, leurs poches ou la bordure retournée de leur ceinture. Mais c'est sans compter avec le service d'ordre qui a reçu la consigne de fouiller tout le monde. On vide les gamelles, on retrousse les poches, on tâte les ceintures et les fonds de culottes. Tous les coupables sont mis à part. On veut leur faire passer l'envie à coups de poings et de bâtons dans les jambes et sur les bras. Les petits «chiens de chasse» sont aussi féroces que nos gardiens.

L'aventure se termine parfois plus tragiquement. Dans l'équipe 5, un petit détenu est surpris en train de déterrer une patate en dehors des heures de travail. Il écope d'un coup de pied au ventre qui le tue net, sur le lieu même du larcin. Le visage plaqué contre la rangée de tubercules, les mains enfouies. Oncle Tuong m'a sagement dit d'acquérir l'habitude de ne pas manger à ma faim, pour la discipliner. Une leçon que je n'ai garde d'oublier. Je ne condamne pas pour autant mes compagnons de misère.

Entre-temps, j'apprends le nom du malade, Bay Moi, le querelleur. Son voisin me raconte que, lorsque vient le tour de son équipe de distribuer la nourriture, il a toujours soin de bien tasser le contenu de son bol et de s'accorder un surplus de bouillon d'herbes. Il tient tête à ceux qui protestent et a toujours le dernier mot. Aujourd'hui, l'indigestion le tient éveillé toute la nuit, ses douleurs sont indescriptibles, il va et vient sans cesse entre sa couche et le seau qui empeste le dortoir.

Au camp, le service médical dispose d'une infirmerie mais pas de médicaments. Le responsable est un infirmier militaire détaché qui délègue aux membres de l'équipe d'hygiène la tâche de vérifier les déclarations. Les faux malades sont renvoyés au travail. Ceux reconnus souffrants sont surveillés dans leurs activités : interdiction de jouer aux cartes et de bavarder. Notre santé est entre les mains d'un docteur improvisé et de gamins de notre âge. Le traitement qu'ils nous réservent ne change pas. Ils nous insultent, nous accusent de fainéantise. Pour être soigné, il faut presque être mort. Le plus misérable de nos persécuteurs est un certain Tung, ses camarades l'ont surnommé « le docteur ». Dr Tung flatte les *can bô* et dessert sans scrupules ses compagnons. Lui comme ses semblables des services d'ordre et d'hygiène, comme ceux des activités dites culturelles, de l'infirmerie ou des cuisines, s'ils ont quelque parcelle d'autorité, ne se contentent pas de rogner sur nos portions, eux qui sont forts et gras, ils nous briment pour le plaisir...

Le lendemain de cette horrible nuit, Bay, le voleur à la tire, se traîne jusqu'à l'infirmerie pour quémander un médicament. Dr Tung le chasse en l'injuriant — « Pas de remède contre le mal des patates ! » — et lui propose d'aller cueillir en forêt des feuilles de myrtille, d'en faire des décoctions contre la diarrhée. Trois jours après, Bay a expulsé presque tous ses boyaux et la dysenterie se déclare. Le pauvre passe sa vie entre son lit et le seau de toilettes. La puanteur flotte dans tout le dortoir. Voisin des lieux, j'en prends plus que ma part. Ne pouvant digérer que du liquide, le malade réclame du bouillon puis, le bouillon ne remplissant pas le ventre, du riz. Bientôt à bout de forces, il ne quitte plus sa couche et fait ses besoins sous lui. Il croupit là-dedans pendant que nous vivons, mangeons, dormons alentour. Et, une nuit, il expire au milieu de ses glaires sanglantes. Le matin, le service d'ordre charrie son cadavre vers la colline. Fin de la torture.

Cela fait passer à beaucoup l'envie de manioc ou de patate. La mort de Bay, comme celle de Mâm Diec, Cu Lai et d'autres, met un terme à la lutte entre les « treize livres et demie » et les « dix-huit livres ». Des liens brisés se ressoudent.

Bien que muté à l'équipe 4, bâtiment 3, je viens manger chez le Pickpocket et Petit Haye. Je n'ose plus utiliser les herbes qui, selon Tam Rô, le Grêlé, provoquent l'anémie et la dysenterie. Au printemps, les récoltes faites, on n'a plus que du sel pour accommoder le riz. Quand elles sont bonnes, on nous sert des tubercules trois fois par jour, deux le matin et six midi et soir, avec une petite poignée de riz moisi depuis des années au magasin. Heureusement, Maï complète le menu avec ses grenouilles et ses tanches.

Haye souhaite aller dans l'équipe 4, la mienne.

— Tu as beaucoup de travail ? demande-t-il.

— Comme d'habitude, petit frère. Mais c'est triste, je ne connais personne.

— Je prie pour que nous soyons dans la même

équipe. Puisse aussi Dieu te ramener dans ta famille, comme Il t'en a séparé. Il le fera, n'est-ce pas?

— Bien sûr!

— Et Il te donnera encore d'autres choses...

— A toi aussi, petit frère.

— Moi, tout ce que je veux, c'est revoir la Sœur!

— Tu la reverras.

Maintenant que nous ne sommes plus ensemble, le Pickpocket paraît plus attaché à moi:

— J'ai trouvé un morceau de bois d'ébène. Les outils sont prêts. Tu l'auras, ton Bon Dieu. Et je te jure qu'il sera beau.

— Quand ça?

— Je le fais lentement, un peu chaque dimanche, sinon ce sera raté... Mais tu m'as dit un jour que ton Bon Dieu donne, et puis reprend... Quand il a repris, il fait quoi après?

— Après, Il redonne beaucoup.

— Ah oui? Et si, par malheur, il ne donne plus rien?

— Tant pis! C'est ce qu'Il aura voulu. Mais je ne crois pas qu'Il ne donne plus rien.

— Je dis: si.

— Pas de si.

— Tu es si confiant que ça?

— Je crois toujours que Dieu veut éprouver ma foi.

— Ton Bon Dieu est bougrement bizarre, il oblige un enfant à aller en prison au lieu de quelqu'un d'autre!

Je le comprends. Par amitié pour moi, il critique Dieu qui m'a envoyé, dit-il, dans cet enfer. C'est égal, s'il se trompe, sa sympathie me réchauffe le cœur, tout comme l'affection de Haye. J'aimerais les emmener chez moi, oh oui.

— Maï?

— Quoi donc, Vu?

— Tu as encore du tabac?

— Non!

— Tiens, prends cet argent et achètes-en.

— Qui ira en acheter ? Ceux de la production n'oseront jamais s'aventurer jusqu'en ville...

— Mais sans tabac, comment vas-tu vivre ?

— Je vais cueillir des feuilles, je les hacherai très fin et je les sécherai au soleil. Un peu de liquide de la pipe à eau là-dessus. Je réexposerai le tout au soleil et ça ira très bien.

— Ce sera bon ?

— Penses-tu !

Sans pipe à eau, le Pickpocket est littéralement diminué. Combien rêvent de sucre, combien salivent en imaginant un bol de *pho* [1], combien entendent leur estomac gargouiller ? Appliqué à suivre le conseil de Oncle Tuong, je m'étends sur ma couche après ma journée de travail, je m'efforce de ne rêver à rien et de m'endormir, l'âme libérée de tout désir, le cœur allégé.

Dans ma nouvelle équipe, je n'ai causé d'ennui à personne, personne ne m'a embêté. On se méfie de moins en moins de moi. Quelques-uns essaient de lier connaissance. Mon meilleur camarade, c'est Tam le Grêlé.

— Ne critique pas dans les réunions, dit-il, sinon, dix paires d'yeux se braqueront sur toi et te rendront la pareille. Les *can bô* ainsi renseignés prendront des sanctions. Alors, gare aux vengeances ! La critique, c'est un piège, n'y tombe pas, tu te casserais le cou. Le silence, c'est la bonne critique.

Après les patates, le maïs. Pendant la récolte, on a le droit de ramasser les tubercules oubliés. Les gamins ne manquent pas d'astuce. Ils ont enterré à des endroits repérables les plus gros et les meilleurs. Quand ils reviennent pour le maïs, ils exhument leur trésor. Je trouve cette ruse inutile puisqu'on est maintenant autorisé à en manger, jusqu'à s'en

---

1. Soupe vietnamienne, populaire.

dégoûter. Mais tout le monde ne raisonne pas ainsi, certains trouvent plus amusant et raffiné de griller sur un feu de bois les patates, parfumées et savoureuses.

Le travail du maïs est intéressant. Le terrain à préparer est plus étendu, il est situé plus bas. Ensuite, on attend les pluies en se distrayant. Au début d'avril, elles s'annoncent par d'abondances averses. Quand la terre est bien mouillée, on s'y attaque par groupes de trois. L'un creuse, un autre met la semence, le dernier bouche les trous. Nous rivalisons de vitesse avec le temps, et entre nous, pour finir aux dates prévues.

Ces périodes de course contre la montre sont les plus éreintantes. Les moments de repos sont écourtés, les siestes supprimées. Nous surveillons la germination et la première levée. Quand les plants ont dix centimètres, nous les émondons et n'en gardons que deux par trou. Puis arrive le fumage chimique et, lorsque les plants atteignent cinquante centimètres, le désherbage, un travail pénible car la terre est humide. « Avec de la volonté, galets et pierres deviennent riz ! » Pas une mauvaise herbe ne résiste à nos efforts. Après, c'est le deuxième émondage. Les jeunes tiges sécrètent leur suc délicieux, aussi doux que le sucre dont on est totalement privés. Mâcher, avaler le suc, cracher la bagasse — et recommencer. Quelle fête !... Aussi hautes que nous, les tiges fleurissent en barbes blondes. Enfin, seconde et dernière phase de désherbage et de fumage. Le maïs est en fleur que nous n'avons pas fini de manger les patates qui, à chaque repas, ont remplacé le riz.

Mais avant la nouvelle récolte, plusieurs drames surviennent. D'abord, les voleurs de jeunes épis surpris en flagrant délit sont corrigés. Poings et crosses leur tuméfient le corps et le visage. Parfois, des salves d'AK balaient le fourré, heureusement sans dommage. Parmi les châtiments imposés aux grappilleurs, celui que subit Tam le Grêlé est le moins banal. Ce jour-là, le garde doit être de bonne humeur. Il trouve plus malin d'obliger le coupable à écarter les jambes, à tenir une pioche en l'air des deux mains et à rester ainsi, un gros épi coincé dans sa bouche. C'est assez bénin. Mais les coups pleuvent quand il lâche l'épi. Après quelques heures de ce manège, le pauvre diable ne peut même plus bouger les mâchoires pour manger ses patates du soir.

Une fois le maïs récolté et soigneusement engrangé, nous enfouissons les tiges pour faire de l'engrais. Puis nous recommençons à cultiver les pommes de terre. Le métier de planteur me répugne. En dépit des encouragements et de l'amitié de Pickpocket et de Haye, à chaque coup de pioche j'ai l'impression de creuser pour m'enterrer, moi et toute mon énergie.

Maï continue de fabriquer mon « Bon Dieu ». Le plus beau du monde ! Aujourd'hui, c'est Maï Bim, Bim sans foi ni loi, qui me soutient. Je ne sais plus pourquoi on m'a mis au monde. On me condamne aux travaux forcés, on veut réformer mes idées alors que je ne sais même pas ce que c'est, des idées. Je voudrais décidément être comme Haye : un petit crapaud au pied d'un arbre, à la cime duquel Dieu est drapé dans son silence éternel.

15

Le dimanche qui précède Noël 1976, Haye m'appelle : je dois me rendre au bâtiment 4, chez le Pickpocket. Il m'offre une petite croix sur laquelle il a figuré un Christ.

— C'est pas le plus beau du monde, dis-moi ?

— Si. Très beau, vraiment beau...

— Comment ça, très beau ? C'est pas *le* plus beau du monde ?

— Oh oui, le plus beau du monde !

Ce don de l'ami, je le caresse... mais comme Jésus est triste, aussi triste que nous. Le visage et l'auréole sont d'une merveilleuse finesse. Où a-t-il puisé son inspiration, lui qui ne croit pas que Dieu l'aime, lui qui n'a connu que trottoirs et prisons ? Il y a une telle expression de souffrance et d'amour...

— C'est vrai, il est triste. J'aurais voulu qu'il soit plus gai. C'est impossible.

— Déjà à sa naissance, il était triste.

— Cherche une ficelle pour le porter en attendant la chaînette en inox que je te ferai. (Remarquant que Haye ne cesse de contempler son ouvrage, il ajoute :) Je t'en ferai un, à toi aussi. Maintenant, amusez-vous tous les deux avec celui-là.

— Tu l'auras fini quand, grand frère ?

— L'an prochain, dit le Pickpocket en souriant.

Et il nous quitte. Derrière le bâtiment, on apprête le supplément de grenouilles et de limaces.

Haye et moi, nous nous passons la petite croix, chacun la pose sur son cœur. Soudain, des cris de disputes s'élèvent. Je vais voir. Cung le Bulbeux, un type du service d'ordre, a jeté à terre la casserole du Noiraud, qui ne peut riposter qu'en l'injuriant. Cung lui lance des coups de pied, des coups de poing. L'autre n'ose pas répliquer : il a tout lieu de craindre le châtiment qui lui serait réservé. C'est Maï, échauffé par la scène, qui se charge de corriger sévèrement le tyranneau. Il vise la figure et les mâchoires. Les hurlements de douleur du Bulbeux n'émeuvent pas les gamins qui le haïssent à mort. Un direct en plein nez le met KO, un ruisselet de sang jaillit. Hargneux, le justicier le plaque au sol et l'immobilise avec ses pieds. Lâches, comme n'importe quelle foule, les autres se ruent tout excités sur l'ennemi à terre. Je cours tirer le Pickpocket par le bras. Il me repousse : « Fiche le camp ! » J'insiste. « Fiche le camp ! répète-t-il. Fiche le camp ou on n'est plus copains ! » Il veut me tenir hors de la bagarre mais je ne m'éloigne pas.

Le Bulbeux est terrassé. Quelqu'un lui verse un quart d'eau chaude sur les pieds. Un deuxième crie de lui arroser la figure. Heureusement, il ne s'agit que d'un gobelet d'urine. Phu le Myope qui passe par là demande quelle est la cause de ce raffut. Il est aussitôt entouré et reçoit sa part. Puis on se disperse en un clin d'œil. Le Myope court avertir les *can bô*. Le Bulbeux dénonce le Pickpocket comme meneur, ce qu'il ne nie pas. Il se laisse même garrotter et amener au milieu de la cour. On autorise tous les membres du service d'ordre à le battre. Mais il y a trop de témoins et ils s'exécutent assez mollement. Le Bulbeux n'en a d'ailleurs plus la force. Les *can bô* mettent fin à la séance par quelques taloches. Relâché, Maï doit jurer de ne jamais recommencer, sous peine d'aller devant le conseil de discipline.

Le soir, le héros du jour est appelé « au travail ». Le camp tout entier s'attend à le voir revenir mal en point, prêt à s'écrouler sur sa couche, à moins qu'il ne soit jeté au cachot. Au contraire, il réapparaît, un large sourire sur la face !

— Ils ne t'ont pas abîmé ?

— Que non ! Tu penses que je me serais laissé faire ?

— Pas possible !

— Comment ça, pas possible ? Ils m'ont vu meilleur que ce chien de Bulbeux et ils m'ont nommé au service d'ordre, pour vous mater, vous entendez ?

— Sans blague !

— Mais oui, mais oui, les enfants.

— Et le Bulbeux ?

— Ce châtré, il est ravalé dans le rang. Il a chialé comme un misérable... Bon, soyez tranquilles, je ne prendrai pas modèle sur eux, ne vous en faites pas.

Il se frappe la poitrine, magnanime. Derrière le prisonnier, on sent le gosse des rues qui se réveille.

— C'était une tentative pour s'opposer aux brimades et on ne s'en est pas trop mal sortis, hein ? Alors, vous me soutenez ?

— Oh oui ! Vive Maï Bim ! Tu es un chic type !

— Donc, ne manquez pas aux règlements. Épargnez-moi de sévir. Sinon, gare à vous tous !

Dans un élan de folle confiance, ils se jettent sur lui. Moi, je l'observe à distance, tout étonné du traitement... que ne lui ont pas infligé les *can bô*. Ce n'est pas très normal. Je ne comprends pas. A moins que, par calcul, on ne veuille exploiter son audace et sa force physique ? Sur cette pensée, je rejoins mon bâtiment.

Quelques instants plus tard, il réapparaît. Il va déménager dans la salle du service d'ordre. Le Bulbeux, lui, réintègre le dortoir de l'équipe 5, la mienne, sans broncher devant les moqueries. Le Pickpocket m'attire dans la cour.

— Tu es fâché ?

Je secoue la tête.

— Je sais que tu n'es pas content de moi. Je t'ai dit

de me retenir au cas où je m'emporterais, tu l'as fait, et je ne t'ai pas écouté.

— Je ne suis pas fâché. Je te comprends mais je n'aime pas cette nouvelle fonction. Tout à l'heure, tu te pavanais. Je n'aime pas ces manières-là. C'est moche.

— Si tu crois que ça me plaît... Ils m'ont obligé, sinon j'avais affaire à eux. Pourquoi se laisser taper dessus ? Mais tu sais bien que je ne serai pas méchant. Avec personne.

— Alors ça va.

— Je pourrai t'être utile. Tu dois vivre. Tu dois retrouver ta famille.

— Je voulais te dire quelque chose depuis longtemps...

— N'hésite pas.

— Tu promets de ne pas prendre la mouche ?

— Je ne suis pas bête au point de me fâcher avec toi.

— Ne dis plus de gros mots ni de jurons. C'est possible ? Tu as bon cœur, tu défends les opprimés. Tu es meilleur que moi. Je te l'ai dit, une fois libéré tu viendras vivre chez moi. Les rues, ça sera fini. Alors d'accord ? Prends l'habitude de ne plus...

— Je n'ai aucune habitude à prendre. Je te promets seulement de ne pas jurer.

— Encore une chose.

— Quoi ?

— Ne dis plus : monsieur Dieu, ou bien : ton Bon Dieu.

— Mais c'est *ton* Bon Dieu, pas le mien !

— Dis simplement Dieu, d'accord ?

— Okay.

— Tu me fais vraiment plaisir.

Nous nous étreignons un instant, puis chacun s'écarte.

— Tu le portes sur toi ?

— Oui.

Je dois ouvrir ma chemise pour lui montrer la croix qu'il se met à contempler.

— Il est sur ton cœur, ce monsieur D... Hum. Il entend bien ce que tu lui dis, pas vrai ?

— Il est aussi dans ton regard.

Il ne rectifie pas. D'une voix ferme, il appelle mon chef d'équipe :

— Je te recommande mon ami. Il est trop près des tinettes.

L'autre multiplie les promesses et, aussitôt Maï parti, il me prépare une place à l'étage au-dessus. Je ne veux pas provoquer une injustice et je refuse de changer, sous prétexte que je me suis habitué à mon coin. Je ne cède pas aux supplications du chef qui redoute le mécontentement et la colère du Pick-pocket.

A la corvée, cependant, il m'évite les sales besognes ou, si c'est impossible, les fait alterner avec des tâches plus légères. Je suis traité avec plus d'équité en tout cas. Les regards soupçonneux ou haineux se font plus confiants ou sympathiques. Moi-même je commence à m'intéresser à l'équipe et aux tâches agricoles. Celles-ci sont toujours plus lourdes que notre bol de riz quotidien.

Mes compagnons ont tous un surnom, difficile à retenir car ils sont trop nombreux. Ils n'ont pas d'autre identité. Pour eux les mots « père » et « mère » n'ont aucun sens. La vie au jour le jour leur a appris à lutter férocement. Ils ont l'amertume et le dégoût à fleur de peau. La douleur physique ne les effraie pas, ils ne se plaignent que de la faim. Passés maîtres en grossièretés de toutes sortes, ils jouent volontiers les héros de pacotille et rejettent leurs méfaits sur les autres. Quand ils réussissent à manger leur content, et s'ils ne s'estiment pas lésés, ils sont d'une incroyable insouciance. Maï est la seule exception, je ne sais toujours pas pourquoi et j'ai renoncé à le savoir.

Cela fait trois jours qu'il est au service d'ordre. Il a

dissimulé bien des fautes de ses camarades et il ne cherche pas à se faire valoir auprès des *can bô.* Il plaisante avec tous. Le soir, il va dans chaque bâtiment prodiguer ses recommandations : l'horaire, la ponctualité, la propreté, etc. D'autre part, il nous apprend comment soustraire à la perquisition tous les objets pointus et tranchants, ainsi que les produits volés pendant la récolte. Tout le camp l'apprécie et, grâce à lui, le service d'ordre adoucit ses méthodes. Phu le Myope s'empresse auprès de lui et a changé ses manières : quand il doit apposer un sceau sur une chemise il ne l'applique plus comme un coup de poing. Les responsables des autres services — infirmerie, culture, hygiène, ravitaillement — s'alignent sur Maï. Naturellement, il jouit pleinement des trois repas et ne touche plus aux manioc, maïs et patates prolétariens. Il sort et rentre à son gré, sans subir de contrôle. Il enseigne à qui veut l'entendre comment poser des filets, pêcher, cultiver des légumes pour son propre compte. Il mange avant nous afin d'aider les gardiens à nous dénombrer au retour des corvées.

Régulièrement, il charge un copain de nous apporter pour le dîner, à Haye et à moi, une casserole de riz bien tassée, agrémentée d'une chose ou l'autre glanée par-ci par-là. Il sait que je refuse ce genre de supplément prélevé sur la maigre ration commune. J'ai déjà réagi comme ça lorsqu'il a voulu partager un surplus gagné en fendant du bois. Haye, lui, est trop jeune pour éprouver les mêmes scrupules. Je le laisse donc en profiter et, prétextant que le va-et-vient me dérange, je vais manger à part. Le Pickpocket me comprend. Il m'offre alors ce qu'il attrape dans le ruisseau ou en forêt. Tout cela n'empêche pas que nous soyons un trio très uni. Après le dîner, nous allons baguenauder à travers le camp avant de gagner notre claie.

Haye travaille toujours au défrichement, muni de son couteau ébréché. Moi aux cultures. Ce matin, nous désherbons les bords du chemin et creusons des trous pour planter des jaquiers. Il fait si chaud que je me débarrasse de ma chemise, oubliant que je porte dessous la petite croix sculptée. Je me ressaisis immédiatement ; je lâche ma pioche et couvre de la main le cadeau de Maï. Je reste là, tout effrayé, le front en sueur, le cœur battant, redoutant le pire.

— Hé toi, là ! Oui, toi, arrive ici ! crie le garde, pointant son index.

Je ne bouge pas, serrant la croix à l'écraser.

— Tu es sourd ? hurle-t-il.

Le chef d'équipe accourt, il me touche l'épaule.

— Le *can bô* t'appelle.

J'obéis lentement, lentement.

— Qu'est-ce que tu as là ? gronde le surveillant.

Je secoue la tête. Il se met à rugir :

— Tiens-toi tranquille ! Les bras le long du corps... Qu'est-ce que c'est que ça ?

— Une image.

— Quelle image ?

— De Dieu.

— De Jésus ?

— Oui.

— Le Jésus couché tout nu dans une crèche ?

— Non.

— Tu es chrétien ?

— Oui.

— C'est pour manger du riz, avoir la diarrhée, boire du thé et vous reproduire que vous vous êtes faits chrétiens, les gens comme toi ?

— Non.

— Si !

— Non, *can bô*, ce n'est pas ça.

— Tous les chrétiens sont des traîtres. Ce sont eux qui ont appelé les Français pour qu'ils s'emparent de notre pays. Leurs prêtres étaient des espions à la solde du colonialisme français. C'est à cause d'eux et de tous les chrétiens que le Viêt-nam est tombé en esclavage pendant un siècle. Tu le sais, ça?

— Non.

Quelques secondes d'un silence menaçant, puis il pointe le menton :

— Qui t'a permis de porter ça?

— Personne.

— Et tu as osé? Tu as enfreint gravement le règlement. Tu es coupable de propager une religion perverse. Tu es coupable envers la Révolution et le peuple.

— Non, je n'ai jamais eu cette idée.

— Porter l'image de Jésus, c'est s'opposer à la Révolution et au peuple. Qu'est-ce qu'il vient faire ici, au camp, ton Jésus? Ici, je suis plus puissant que lui. (Il vocifère :) Approche!

Pas à pas, je m'exécute.

— A genoux.

J'obéis encore.

— Combien le bœuf a-t-il de pattes?

— Monsieur le *can bô*, il en a quatre.

Un coup de fouet cingle mon dos nu.

— Répète.

— Le bœuf a quatre pattes.

Deuxième coup, suivi de plusieurs autres qui sifflent.

— Répète.

— ...

Les coups pleuvent. Ils me zèbrent littéralement le corps. Et pourtant je ne pleure pas. Je n'implore pas pitié.

— Écoute-moi bien, gamin de chrétien. Le bœuf n'a que trois pattes, tu entends? Maintenant, réponds-moi correctement. Combien le bœuf a de pattes?

— Monsieur le *can bô*, le bœuf a trois pattes.

Satisfait, il cesse de me frapper.

— Ton Jésus va-t-il te délivrer ?
— Non.
— Ton Jésus est-il puissant ?
— Non.
— Ton Jésus t'a-t-il aidé à travailler ?
— Non.
— Ton Jésus peut-il me défendre de te frapper ?
— Non.
— Bien. Tu as vite appris ta leçon. Ton Jésus n'est bon à rien. Alors pourquoi portes-tu son image ?

Il s'empare de la croix, tire brusquement. Je chancelle. Le cordon est solide, il ne se rompt qu'après plusieurs tentatives. Mon cou brûle. La sueur coule dans les écorchures. Le garde observe la croix en ricanant. Il la laisse tomber et la piétine d'une semelle boueuse. Je me jette à terre, je m'accroche à ses sandales, j'essaie de l'arracher. Appuyant sur mes mains, il l'enfonce.

— Je vous en supplie. Rendez-la-moi. Je ne la porterai plus.

Il m'allonge un maître coup de pied. Je fais plusieurs tours sur moi-même. Il saisit la croix et la lance dans le foyer sur lequel chauffent les casseroles d'eau. Après deux mille ans de crucifixion, voici que Jésus est immolé par le feu.

— Je vais te flanquer au trou pour te faire oublier ça !

Il m'oblige à me remettre au travail, me privant de pause. A midi, avant de rentrer, je ne suis pas autorisé à me baigner. Au retour, le *can bô* va chez les permanents. Le Pickpocket reçoit l'ordre de me conduire au cachot. Je ne peux rien lui expliquer malgré son interrogation muette, pleine d'inquiétude. Nous nous regardons dans les yeux, sans ciller. Je peux emporter mon bol, ma cuillère et mon gobelet. Un des permanents me dit :

— Tu écopes de quinze jours pour avoir résisté au

can bô. Tu auras tout le temps de te repentir et de réformer tes idées.

Je descends dans l'espèce de fosse. Maï la bouche avec une plaque de tôle. Plusieurs grosses pierres sont posées là-dessus, et voilà.

Harassé, le dos meurtri à même la paroi, je ferme les paupières et je sombre dans le sommeil.

16

— Vu ! Vu, c'est moi !

J'ouvre les yeux. Mes vêtements sont trempés tellement je transpire. J'étends la main. La plaque est bouillante.

— Compris, Maï !

— C'est moi. J'apporte ton repas.

— Je suis ici depuis combien de jours ?

— Depuis ce midi... Je fais semblant de traîner en soulevant la tôle, comme ça je peux prolonger la conversation. Je suis désolé, Vu, c'est ma faute si tu...

— Ce n'est pas vrai du tout.

— Si je n'avais pas fabriqué ce... Il t'a beaucoup tapé ?

— J'ai supporté, tu vois.

— Au cachot, la portion de riz est grosse comme un œuf de cane. Je t'en ai mis plus. Mange pour survivre, Vu. Je t'interdis de rien laisser. J'ajoute du potage au poisson et une tisane de rhizome. Tu n'auras rien demain matin.

Il me glisse le repas puis réinstalle la plaque et les pierres.

— Au cachot, le dîner a lieu avant le retour des équipes. J'ai dit à Haye de prier pour toi. Je m'en vais.

Il n'ose pas s'attarder plus. J'avale d'un trait la moitié de la bouteille de tisane. Bien éveillé maintenant, je sens mon corps douloureux. Des traces sanglantes sillonnent ma peau blême. Dans mon cou, les éraflures me paraissent moins cuisantes. J'aurais pu en subir davantage. Dieu me pardonnera d'avoir dit tant de sottises !

Quelques mois auparavant, Cu le Bâtard a été relégué dans cette souillarde mystérieure et redoutable. Elle est longue de trois mètres, large de quatre-vingts centimètres et profonde d'un mètre. Le long de l'ouverture, un rebord intérieur fait de briques espacées tous les dix centimètres. C'est sur ce rebord que la tôle est posée, lestée de blocs de pierre. Les intervalles entre les briques permettent tout juste de respirer. Les détenus ne peuvent se tenir debout sans heurter la plaque. Au moindre bruit dans les parages, les gardes n'hésiteront pas à lâcher une rafale. Heureusement que je suis seul, je peux m'allonger dans le bon sens. A vingt, comme ça arrive parfois, on doit se contenter de la position assise, jambes croisées. Une chance également que d'être en saison sèche car, avec les pluies et les orages, j'aurais pour visiteurs les insectes de la forêt et les serpents entraînés par les torrents d'eau. En me courbant, je fais le tour du propriétaire, jusqu'au fond de la fosse. Entre les briques, je distinguerai le jour de la nuit. On est en fin d'après-midi, la chaleur est forte, la tôle brûle. En guise de seau hygiénique, il y a une vieille caisse à munitions.

Je bois quelques gorgées de tisane. Selon les rumeurs du camp, je devine les moments de la journée : le retour des équipes, la distribution de la nourriture, l'appel du soir, le couvre-feu. Puis c'est la nuit, d'un noir d'encre, au silence pesant, angoissant. J'avale tout ce que Maï a apporté. Je pense à Haye. Dans les ténèbres, je frissonne, je crains la venue du fantôme du Bâtard. Je me signe vite. Cela n'apaise pas ma peur. Donc, on me félicite pour ma conduite, mon application aux travaux, mon langage modéré, et pourtant on me bat, parce que j'ai sur moi une petite croix, on me condamne à vivre dans un lieu infect où doit rôder le spectre d'un enfant mort.

Depuis que le soleil s'est couché, la tôle s'est peu à peu refroidie. En pleine nuit, elle est même glacée. Je me recroqueville pour garder le plus possible de chaleur. Comme j'ai envie d'une couverture ! Pendant le jour, la gorge en feu, on espère vainement un peu d'air frais. Mais, la nuit, le vent gambade cruellement par toutes les fentes, se faufile entre mes vêtements déchirés. Malgré le temps sec, l'humidité de la fosse imprègne mon fond de culotte. Je suis gelé. Bien des fois, j'ai voulu mourir. Maintenant que le risque est réel, je veux vivre à tout prix, même en ne mangeant que des patates, du manioc et du maïs, je veux vivre pour retrouver les miens et tout leur raconter.

Ces rêveries éveillées me poursuivent jusqu'au matin. A l'heure du rassemblement, la température s'est adoucie et je peux enfin dormir. Puis la voix de Maï résonne :

— Vu, c'est moi !

— Entendu.

— Donne tes affaires. En voici d'autres.

— Compris.

— Tu n'as qu'un gobelet. Ne bois qu'à petites gorgées, de loin en loin. Sinon tu mourras de soif. Je t'apporte aussi une serviette.

— Tu peux m'avoir une couverture ?

— C'est interdit.

— La nuit, je grelotte !

— Je m'en doute. Tu as réussi à dormir quand même ?

— Pas du tout.

— Moi non plus, tu sais. Et Petit Haye a les yeux gonflés à force de pleurer. Tu crois que tu pourras tenir ?

— Je serrerai les dents.

— Après ça, tu seras cuirassé contre tous les châtiments. Au fait, c'est demain Noël ? Comme ça passe vite ! Tu veux le célébrer avec une casserole de bouillon d'herbe et de limaces ?

— Oui.

— Si on avait un autre Bon Dieu !...

— C'est vrai.

— J'en ferai un autre.

— Dis à Petit Haye de faire un arbre comme celui de l'an dernier.

Il remet la tôle en place le plus lentement possible et il lâche :

— Putain de...

Il s'arrête net. Je comprends pourquoi à son regard affligé.

— Tu m'as fait promettre, hein ? Alors à toi, cette fois...

— D'accord.

A nouveau seul, je me rafraîchis la figure et dévore les provisions. Puis, la tête calée sur le bidon d'eau, j'attends la chaleur du jour. Et malgré le conseil du Pickpocket, je repense à ces deux dernières années de ma vie.

Demain soir, ce sera Noël. L'an dernier, on contemplait le ciel étoilé, on fredonnait des chants. A présent, je suis au trou. Adieu, étoiles frémissantes. Adieu divine musique. Adieu fleurs sauvages suspendues au *bang lang*. Si Haye avait sculpté les personnages de la crèche, il aurait peut-être connu lui aussi le cachot. Cette idée me fait sursauter. « Non, j'aurai tout de même ma crèche cette année ! » Je saisis le couvercle du bidon et creuse dans la paroi, à hauteur de ma tête. Le gong retentit tout le long de la journée mais je n'en ai cure ; mon travail avance bien. Le Pickpocket est déjà là, avec le repas du soir.

— Demain, tu l'auras, ton arbre de Noël. Tu as tout mangé ?

— Tout. La cuisine a encore des patates ?

— Des milliers. Tu as faim ?

— Non. Mais je voudrais des statuettes.

— Des statuettes ?

— Demande à Petit Haye. Dis-lui que j'ai déjà la grotte.

— Elle est belle ?

— Oui, et...

— Dépêche-toi, sinon ils vont avoir des soupçons.

— Tu peux me trouver un peu de gasoil ?

— Pas de problème.

— Juste un petit flacon, s'il te plaît. Et quelques allumettes dans leur boîte.

— Ça, c'est dangereux. Si tu étais surpris, tu serais enterré là-dedans.

— Non. Seulement une petite flamme. A minuit, personne n'y verra rien.

— Je réfléchirai. Mange d'abord.

La tôle est ajustée, Maï reparti. J'ai confiance en lui. J'aurai ce que je lui ai demandé. C'est le service d'ordre qui est chargé de surveiller, ravitailler et au besoin intervenir s'il y a un incident. Connaissant notre amitié, ils laissent au Pickpocket le soin de s'occuper de moi. Je sais qu'ils sont capables de touchantes attentions, tout frustes qu'ils sont. Ce qui m'enhardit aussi, c'est que j'ai l'expérience du camp. La nuit, aucun permanent ni garde ne reste, ils sont persuadés que nous n'avons ni l'audace ni les moyens de nous révolter. D'ailleurs, le service d'ordre est là pour les alerter s'il le faut.

Aujourd'hui, l'obscurité me terrifie. J'ai eu trop froid hier. Je me tiens donc assis, les genoux entre les bras pour ne pas grelotter de tous mes membres. Aidé par Maï, je peux mieux résister que le Bâtard et les autres. Si ce souterrain était en béton avec un couvercle en bois, on ne grillerait pas le jour et on ne serait pas frigorifié la nuit. J'ai oublié de dire que deux mois avant j'ai dû subir comme tout le monde la tonte. Avoir une tignasse trop longue, c'est pécher contre la nouvelle culture. Se la couper, c'est être réactionnaire. On nous défend de conserver des objets pointus et tranchants mais se laisser pousser les ongles, c'est manquer d'hygiène. On en est réduit à se servir de bouts d'inox ou de verre, de nos dents, d'une pierre ou d'un caillou.

En montagne, le brouillard s'épaissit à l'aube, surtout en hiver. Des gouttes d'eau crépitent sur la tôle comme des petites billes, elles se condensent et en festonnent le bord, puis tombent sur moi. Je frissonne dans mon trou. Je m'efforce de penser à nos spécialités : un bol de bouillon de bœuf aux nouilles de riz, de la soupe bouillante aux pâtes parfumées, un verre de café brûlant, voilà qui me réchaufferait, me ferait oublier ce supplice glacial.

Vers dix heures, le Pickpocket surgit :

— Hé, Vu, tu es réveillé ?

— Je n'ai pas dormi.

— De toute la nuit ?

— Je mourais de froid.

— Tu n'as même pas sommeillé ?

— Non.

— Je t'apporte tout ce que tu as demandé, y compris les statuettes. Elles sont affreuses...

— Ça ne fait rien. Il suffit que je les aie.

— Haye n'est pas rentré. Tu n'auras ton arbre que tout à l'heure.

— Ne l'oublie pas.

— Bien sûr que non. Bon, je m'en vais. Efforce-toi de dormir un peu. Promis ?

— Entendu. Merci.

Je ne me presse pas de manger. J'ouvre le paquet. Quelle joie ! Envolé le froid ! J'examine tous ces personnages sculptés dans la patate, il y a même deux anges et deux petits agneaux. Pauvre Maï, il m'a fait un Jésus tout vieillot et triste, seuls les agneaux sont superbes ! L'enfant et la mangeoire sont taillés dans le même tubercule. Le lampion, c'est un pot à baume, en verre, rempli de gasoil et fermé par un couvercle à vis. Un fin morceau de tissu y trempe. Quelques allumettes sont là aussi, dans leur boîte. Je dépose mon trésor dans la grotte et je mange avec un plaisir exceptionnel. Non, je ne suis pas malheureux puisque j'ai de vrais amis. La valeur de la vie, Oncle Tuong, je crois que je suis en train de l'apprécier pleinement. Cette réflexion m'apaise et je finis par glisser dans un sommeil tranquille.

— Vu, Vu ?

La tôle grince. J'ai encore les yeux tout embués de rêves.

— Tu as dormi ?

— C'était délicieux.

— Je suis content. Je m'inquiétais, tu sais. Tiens, c'est l'arbre que tu as demandé, avec des coquillages et des fleurs. Et puis il y a autre chose.

— Quoi ?

— Tu vas voir. C'est de moi ! Tu diras à monsieur... oh pardon... à Dieu que c'est moi qui le lui offre. Mais pas moyen de trouver un morceau de sucre, la barbe !

— Ce soir, venez rôder par ici tous les deux.

— Okay.

— Tu diras à Petit Haye de te montrer la petite étoile que nous avons contemplée l'année dernière. Tu prieras avec lui.

— Mais je ne sais pas !

— Tu écouteras Petit Haye. Puis tu diras à Dieu ce qui te passe par la tête.

— Je ne lui dirai qu'une chose, qu'il te fasse rentrer chez toi. Moi, je n'ai besoin de rien.

— Pas de bêtises, mon vieux. Tu lui demanderas que tous les trois, on revoie mes parents et mes sœurs.

— D'accord, d'accord.

— Quand ce sera le couvre-feu, dis à Haye de te chanter des airs de Noël. Peut-être que je les entendrai d'ici.

— Je le lui dirai. Tâche de bien dormir. Voici du bouillon avec dix grenouilles dodues.

— Merci.

— Merci de quoi ? Tais-toi donc. Si tu dis encore cela, je te laisse crever de faim. Je n'aime pas qu'on me remercie.

— Maï Bim ? Pourquoi es-tu toujours aussi gentil avec moi ? Tu vas me le dire à la fin ?

— Est-ce que je sais, moi ? Allez, je me sauve...

Il est sur le point de pousser un juron mais se retient juste à temps. Il m'a promis.

J'ouvre ce qui est empaqueté dans un vieux journal. Quelle surprise délicate ! Un gâteau de farine de manioc. Et il s'est plaint de n'avoir pu trouver de sucre. Tant pis. Le gâteau sera salé. Il a dû ramasser un morceau d'alu et il l'a perforé avec une pointe pour faire une râpe. Le manioc râpé a été cuit sur la braise, dans un quart. Le résultat est là. Avec du sucre et quelques grains de raisins' quel dessert de roi ce serait ! Sans huile ni sucre, c'est horrible. Mais si généreux...

Je détache des feuilles de l'arbre et je tapisse le seuil de la grotte. Je fixe des fleurs aux parois. Puis je dispose les personnages. Les agneaux montent une garde naïve. Le lumignon trône au milieu, l'arbre au fond. Je plie en quatre le journal et j'évente les coquillages pour les entendre tinter. Tout occupé à l'installation de ma crèche, j'oublie le four où je cuis. J'attends le gong du retour de corvée. J'imagine Haye, il est rentré, il porte une casserole de légumes et d'herbes, son visage est souriant. Il est impatient de venir près du cachot en compagnie de Maï.

La chaleur est tombée. Je suis plongé dans l'obscurité totale. Je frotte une allumette, j'enflamme la mèche. Merveille ! Les figurines pâlottes semblent vivantes, comme prêtes à me murmurer quelque chose.

— Petit Haye, viens donc.

C'est la voix du Pickpocket, il me signale ainsi leur présence toute proche. La lueur de ma petite lanterne ne peut se voir. Elle ne brille que pour ma crèche, la crèche de ma vie, une crèche comme je n'en ai jamais eu, une crèche telle que, depuis deux mille ans, personne n'a eu l'idée d'en construire et, d'ici deux mille ans, personne n'en construira plus. La lumière ne peut s'échapper de ma fosse et pourtant je sais qu'elle est dans les regards de mes deux amis, qu'elle les a rejoints. Et eux sont là, ce sont les deux anges-patates qui veillent sur l'enfant endormi. Avec émotion, je contemple ma crèche, notre crèche, et je sens nos trois âmes se mêler. Je me suis agenouillé et je prie. Au-dessus de moi, à quelque distance de mon trou, Haye doit montrer à Maï notre petite étoile, isolée dans un coin du ciel. L'un prie, l'autre écoute et cherche à comprendre...

Je n'ai pas entendu le gong annonçant le couvre-feu. Ce que j'entends, c'est une voix qui chante : « Oh ! bienfait divin et sans prix... » Dans l'air brumeux d'un soir de fin décembre, les sons s'éparpillent. Puis c'est le silence. Un silence infini.

17

Vu ! Vu ! Vu ! Vu !

— Oui-i-i.

— Bon sang, comme tu dormais ! J'ai tant crié, je commençais à paniquer. Un peu plus, j'allais tirer tout le couvercle pour découvrir ton cadavre... Vrai, ce que tu m'as effrayé !

— J'ai dormi jusqu'à maintenant.

— Comment as-tu trouvé mon gâteau ?

— Je ne l'ai pas encore mangé.

— Et le bouillon était bon ?

— Je n'y ai pas touché non plus. Riz, bouillon, gâteau, tout est là...

— Pourquoi ça ?

— C'est drôle. J'ai prié devant la crèche et je me suis assoupi à genoux.

— Tu dois être affamé.

— Pas du tout. Je ne suis plus fatigué. Je n'ai plus aucune douleur. Les traces de fouet me démangent un peu, je les gratte avec délices.

— Alors Dieu t'aime, Vu.

— Hier, tu as prié avec Haye ?

— Oui, oui j'ai... euh, prié, oui.

— C'est donc grâce à ta prière que Dieu a eu pitié de moi.

— Quoi ?

— Et tes statuettes sont les plus belles du monde.

— Assez ! Passe-moi les provisions d'hier. En voici de fraîches. L'eau ne va pas te manquer. Dépêche-toi. Mais attention de ne pas tout casser.

Je lui rends tout, excepté son gâteau que je brise

en deux, une moitié étant pour Haye. L'autre, je la mangerai peu à peu. Maï replace la tôle et s'en va. Après le repas, je rebouche la grotte, y ensevelissant arbre, figurines et lampion. Je lisse l'endroit soigneusement, afin de faire disparaître les « pièces à conviction ». Le reste du jour, je rêvasse. Et je souffre de ma solitude.

Comme le Pickpocket l'a fait, j'inscris sur la paroi mes jours de cachot. Déjà neuf. Et me voici dans ma quinzième année. Moi, je ne me vois pas grandir mais sans aucun doute ma mère le verrait, elle.

Mauvaise nouvelle : à partir du 2 janvier, nous n'aurons plus que des patates, du manioc et du maïs. Le riz est épuisé. Mais je m'en moque. Je suis tellement habitué à la faim et à la soif, au chaud et au froid. Cela me laisse indifférent.

J'ai tracé ma quatorzième encoche dans la paroi lorsque Maï m'apprend qu'il a pu habilement rappeler aux *can bô* que la fin du châtiment arrivait. Pour un adolescent, passer deux semaines dans le noir, en proie à des frayeurs diverses, c'est un bien étrange moyen de rééducation culturelle ! La caisse à munitions est pleine à ras bord, elle s'est vite remplie avec la terre que j'y jette chaque fois. Sans les vieux papiers dont le Pickpocket a tout enveloppé exprès, j'aurais dû mettre en pièces ma chemise et mon caleçon, à moins d'être comme un chien, un cochon ou une vache. Les croûtes qui se sont formées sur mes plaies, je les ôte avec un certain plaisir. Mais je suis crasseux des pieds à la tête et je n'ai que mes ongles pour me racler la peau.

Le plus effrayant ici, c'est le silence. On peut se faire à tout, même à la saleté. Impossible de s'habituer au silence. Un silence informe, sans prise, une ombre invisible, un fantôme. Il ensevelit la conscience, il s'installe, il s'incruste. Il pèse lourd. On en est obsédé. Sans les quelques mots du Pickpocket, deux fois par jour, à travers la tôle à peine déplacée, j'aurais des cauchemars, je serais complètement détraqué, je deviendrais fou furieux, je crierais, je hurlerais, je me cognerais aux parois. Celui qui est condamné au cachot est chassé de l'univers des êtres humains, il est précipité en enfer. Il est tiraillé entre les vivants et les morts.

Mais aujourd'hui, cet enfer a une fin. Le quinzième jour, je retrouve l'air, la lumière, les couleurs, la vie. Une vie sans joie pourtant. Maï a repoussé la plaque. Il me soutient de la main. Il me dit de respirer lentement puis il me hisse hors de la fosse. Je tombe aussitôt par terre. J'ai l'impression d'être soûl. L'air pur me donne le vertige. Revenu à moi, je réussis à me tenir sur mes jambes. Maï me fixe, les yeux grands ouverts, sans dire un mot, figé. Je comprends qu'il est effaré. Ce n'est pas moi qu'il a devant lui, c'est un monstre. Des larmes jaillissent malgré lui, il secoue la tête, son visage n'a jamais été aussi triste. Il porte mes ustensiles et me conduit chez les *can bô.* Je subis un cours de morale qui se clôt sur le conseil de ne plus me laisser berner par la religion. J'acquiesce mollement.

Je reste assis sur une banquette. A la corvée, c'est la fin de la pause. L'air matinal est encore frais. Il n'y a pas un bruit dans le camp. Je murmure :

— Pourquoi me regardes-tu comme ça ?

Ses lèvres se pincent et se tordent. Il se met à sangloter.

— Pourquoi pleures-tu ?

Il s'essuie les yeux d'un revers de manche de sa pauvre chemise déchirée.

— J'ai pitié de toi.

— J'ai compris. Oui, j'ai compris.

— Mon Dieu, soupire-t-il.

A mon tour de le fixer... Que vient-il de dire ? S'est-il rendu compte ? Ces deux mots échappés de sa bouche, comme ils sont doux et caressants. Jamais je n'ai entendu un tel accent de conviction. Avez-vous entendu cela, Oncle Tuong, où que vous soyez ?

— Mon Dieu, comme Vous l'aimez pour qu'il Vous appelle avec cette ferveur...

Il tressaille :

— Qu'est-ce que tu marmonnes là ?

— Je suis jaloux. Tu l'as nommé avec une telle douceur...

— Tu n'es pas fou par hasard ? s'inquiète-t-il.

— Pourquoi ça ? Je n'ai rien, absolument rien.

— C'est sûr ? Tu n'es pas dérangé, hein ?

— Voyons !

— L'estomac ?

— Ça va.

— Le cœur ?

— Non, non. Je t'assure, je ne suis pas du tout malade.

— C'est drôle tout de même !

Il me lâche la main, effleure mes cheveux. Est-ce qu'il va bien, lui ? Sommes-nous malades tous les deux ?

— La tête ? continue-t-il.

— Non.

— Tu me vois bien, très bien ?

— Parfaitement.

— Vu, écoute-moi, tu as les cheveux dressés, on dirait des piques. Tes yeux sont exorbités, comme d'énormes billes. C'est affreux !

— Vraiment ?

— Affreux, je te dis. Abominable foutu cachot ! Saloperie ! Laisse-moi jurer, s'il te plaît, laisse-moi...

— Non, ne jure pas.

— Quand est-ce qu'on pourra le démolir comme on a démoli le Bulbeux ? Ah ! que ce jour vienne, il faudra se risquer !

Il ronchonne sans arrêt et, quand le service d'ordre rentre de son tour d'inspection, il leur demande si tous ceux qui sont passés par cette épreuve ont les cheveux dressés comme les miens.

— Oui, tous, sans exception, affirme Phu le Myope. C'est à cause de l'étouffement. Ce sont les miasmes des végétaux en décomposition, c'est l'obscurité, c'est la trouille qui font ça. Mais tout disparaît en quelques jours.

Alors mon ami me regarde en souriant. Il se moque même affectueusement de moi. Il réclame une glace. Phu apporte un bout de miroir cassé, ramassé dans un fossé. Je n'ai plus vu ma figure depuis deux ans ! Et me voilà soudain face à moi-même : quelle tignasse ! Ma parole, on croirait que des racines de bambou m'ont poussé sur la tête. Et mes yeux, des boules de verre ! C'est incroyable... Je ne suis pas malheureux pourtant, je me sens encore en vie, bien en vie.

Le Pickpocket m'accompagne au bâtiment 3, il se rend ensuite à la cuisine et me rapporte en deux fois quatre touques d'eau pour me doucher. C'est la première fois que je me sers de la savonnette offerte par Oncle Tuong. Dûment décrassé, séché et habillé de propre, je suis déjà un autre jeune homme, non ?

Après ça, je suis muté à l'équipe des cultures maraîchères. C'est le règlement. Indépendamment des changements généraux, quand on a subi une punition, on va dans une autre équipe. Je trimbale mon petit sac et gagne le bâtiment 5. Haye pleure à chaudes larmes. Notre si modeste rêve de vivre ensemble est gâché. De nous trois, je suis le plus souvent déplacé : défrichement, agriculture, cachot, productions maraîchères où chaque jour je fumerai la terre avec les déchets humains que je remuerai, entasserai, transporterai. Pendant ce temps, Haye restera accroupi au pied de son arbre. Le plus chanceux, c'est Maï, qui est monté en grade ! D'ordinaire, dans le service d'ordre, on recrute les plus brutaux.

Avec lui, la tradition est rompue. Je ne sais pas pourquoi.

Le *can bô* qui m'a en charge me traite sans aménité. Il m'appelle « au travail », il me menace :

— Si je te reprends avec ton Jésus, je te brûle la cervelle. C'est un traître, tu ne sais pas ça ? C'est l'ennemi déclaré du Parti et de la Révolution. Il a fait le malheur de notre peuple. Tu verras si ton Jésus est le plus fort ou si c'est moi. Espèce de merdaillon qui as volé et qui s'avises en plus de croire en Jésus !

Je ne bronche pas sous l'averse d'insultes.

— Tu fouilleras la merde à la main ! Défense de te munir d'une pelle. C'est un ordre. Ouste !

Je me présente à mon chef. Toute l'équipe des maraîchers connaît notre amitié, à Maï et moi, aussi me traite-t-on avec sympathie dès le début. Cela change de ce que j'ai vécu avec ceux de l'agriculture. D'ailleurs, mon passage au cachot constitue mon brevet de civisme. D'emblée, je suis classé parmi les « durs ». Personne n'a l'idée ni l'envie de me prendre pour une « antenne ».

— On veut t'intimider, me confie le chef. Ne te laisse pas faire. Ici, il n'y a que des types qu'on espère mater. Endurcis-toi. N'aie pas peur du fumier. Tu t'y feras comme nous.

— Je n'ai pas peur de le ramasser à la main.

— Formidable !

Nous travaillons près d'un ruisseau, dans une grande fosse où les équipes de l'hygiène vident chaque matin les tinettes. Nous sommes douze. Six vont chercher la cendre des foyers où brûlent les arbres abattus. Deux pétrissent la matière. Les quatre autres, dont moi, nous descendons dans la fosse remplir les seaux et les remonter. Mes pieds et mes jambes s'enfoncent, je sens mon corps rongé par des milliers de bestioles qui progressent de tout côté, dans une odeur atroce, insupportable. Il y a des millions et des millions de larves là-dedans. Je veux remonter tout de suite. Me voilà en train de vomir. J'ai l'impression de rendre tous mes boyaux. Je suis tordu de souffrances. Mais je ne peux pas rester là, à hésiter. Mon compagnon s'empresse de remplir le premier seau que nous portons à deux, en nous aidant d'un bâton. Pour le second, je dois me lancer, les mains en guise de pelles. Les vers grimpent le long de mes bras. D'un geste brusque, j'en fais retomber par poignées. Je n'éprouve tout d'un coup plus aucun dégoût. Je n'ai plus de nausée. Je lève la tête, je regarde le ciel, je respire longuement.

Mon chef a dit vrai. On s'habitue. Et quand on est capable de patauger jusqu'aux hanches dans ces immondices, rien au monde ne vous fait plus horreur. Je suis vite classé parmi les durs de durs. Mes compagnons me recommandent de me laver d'abord à l'eau puis de me frotter avec des feuilles de moutardier. En effet, l'odeur disparaît. Néanmoins, à midi, impossible d'avaler mon riz. J'ai continuellement le hoquet. Contrepartie de cette besogne écœurante, on a beaucoup de temps pour bavarder et on se baigne avant les autres, et plus longtemps.

Toute l'année, nos équipes cultivent du navet. Nous avons droit aux feuilles, tendres ou fibreuses, dévorées par les vers ou saines. Jetées dans l'eau bouillante salée, elles accompagnent le riz et les patates. Si le cuisinier est bien luné, il peut les faire mariner avant. Quant aux racines, elles sont réservées aux *can bô.* Et, faute d'insecticide, on doit remonter l'eau de la rivière sur nos épaules et en inonder les planches. « Inondez, inondez, noyez-les ! »

Ne devrais-je pas me féliciter ? La liste de mes métiers s'allonge ! Aujourd'hui : vidangeur et épandeur. Demain ?

18

La saison des pluies, c'est un semi-repos. Les légumes n'ont plus besoin d'arrosage. Nous en profitons pour chercher des pousses de bambous, c'est excellent et ça ne coûte rien. Gare aux moustiques et aux sangsues des bois ! Nous les affrontons sans trop nous en soucier. Pourtant, l'équipe a déjà enterré dix garçons, terrassés par le paludisme. Mais les épis de maïs, grignotés ou mordillés, déchaussent nos dents, à force, les patates déclenchent la diarrhée, et le manioc échauffe le tempérament. L'absence de sucre, elle, fait s'amollir nos muscles. A défaut de viande, nous essayons d'attraper au nœud coulant des geckos et des caméléons que nous grillons ou cuisons avec les patates. Certains camarades capturent par seaux entiers des crapauds qu'ils écorchent et préparent avec le manioc. Ces festins terminés, ils vomissent ou sont pris de convulsions. Parfois, se produisent des accidents plus graves causés par des champignons vénéneux. En l'absence de tout médicament, ces empoisonnements s'achèvent tragiquement.

Après les pluies, je suis désigné pour arroser les planches de légumes. Quatre-vingts touques d'eau par jour, soit quarante voyages. Depuis le ruisseau, le chemin est en pente raide. J'ai les jambes nouées, les épaules sciées par le bambou, le souffle coupé. Il me faut quinze jours pour apprendre à changer cette palanche d'épaule.

Au début, les *can bô* ont imposé à chacun vingt paires de touques. « Qui finit tôt se epose tôt. » Tout le monde se hâtait afin de passer le reste du temps à se promener. Au bout de trois jours, le barème était de trente paires. « Qui finit tôt se repose tôt. » Tout le monde s'est encore fait piéger. Cinq jours plus tard, le chiffre fatidique des quarante mettait fin au repos avant l'heure !

Nous tâchons de régler nos efforts : vingt-cinq paires le matin, quinze l'après-midi. Le plus rebutant, c'est le transport du pissat. Il a lieu tous les quatre jours. Rien ne doit s'égoutter, ni dans les dortoirs, ni dans la cour. L'odeur, chaude et piquante, saisit le nez, les yeux. C'est un supplice de le mélanger à l'eau de source pour en répandre sur les légumes. Je m'y fais pourtant. Jours après jours qui s'égrènent, monotones, et finissent par me priver presque de tout repère.

La saison sèche arrive.

Puis le troisième Noël.

Un gros camion pénètre dans le camp, empestant le pourri. Et pendant plusieurs jours, on a du poisson à satiété. Dès la première nuit cependant, la colique commence ses ravages. Les gamins se relaient aux toilettes. Bientôt, les alentours de la tinette sont transformés en mare répugnante. Là-dessus, une épidémie se déclenche. Le choléra ! Le lendemain, repos forcé pour tous.

Indifférents d'habitude à nos misères, cette fois les cadres s'alarment. L'infirmerie étant dépourvue de médicaments, on a recours aux plantes médicinales, le campêche par exemple, dont le tanin est réputé astringent. Mais c'est comme un cataplasme sur une jambe de bois. Les malades meurent au bout d'un jour ou deux. Certains s'affaissent sur le seau, d'autres à côté. Les gars des cultures forestières se chargent de les enterrer. Les premières quarante-huit heures, on en compte cent trente. Il y en aura entre vingt et trente autres par la suite. Puis le fléau s'arrête. Hélas! ceux qui ont échappé au choléra connaissent la torture de la dysenterie. Les deux équipes des cultures forestières paient un lourd tribut : trente de leurs membres sont enfouis dans la colline maudite. Les amateurs de poisson décèdent d'abord. Les moins gourmands les suivent peu de temps après. Ceux qui, comme moi, dédaignent les poissons de mer l'ont échappé belle. Haye n'a eu qu'une faible diarrhée. Le Pickpocket, comme toujours, a été épargné par le malheur.

Le régime à base de patates, maïs et manioc est interrompu. Les autorités du camp décrètent que les plus affaiblis auront droit à un potage léger. Les bien portants bénéficient du riz. La part des morts aide les survivants.

On sacrifie une feuille de papier pour consigner l'événement. Et la page est tournée.

Je suis quand même inquiet. Petit Haye a le teint jaune, les yeux cernés, les joues creuses. J'ai encore les antibiotiques d'Oncle Tuong. Je veux les lui donner. Il refuse.

— Garde-les pour toi.

— Non. Tu en as besoin maintenant. Je suis très prudent. Je ne mange pas n'importe quoi. Jamais je ne serai malade.

— Et Maï ?

— Il est fort comme un banian.

— Moi, je n'ai pas de famille. Ça ne me ferait rien de mourir. Toi, tu as tes parents. Il faut te soigner pour les revoir.

— Si tu continues de refuser, tu n'es plus mon ami ! Tu guériras et tu viendras chez moi.

Je suis obligé de l'étendre par terre pour lui fourrer dans la bouche deux comprimés qu'il avale avec un peu d'eau, tout en gémissant :

— Tu n'auras plus rien.

— J'en ai encore des tas, voyons.

Au sixième comprimé, Haye a repris des couleurs. Par la suite, nos inquiétudes cessent, d'autant que le Pickpocket s'occupe de son alimentation. Quant à ce dernier, il se repose un peu de ses fatigues : il me décrit la lugubre besogne des ensevelissements. Je l'interroge par curiosité sur la colline-cimetière. Il se contente de me dire qu'elle est distante de cinq cents mètres et qu'elle est truffée de petites tombes. Il y a donc eu d'autres épidémies avant notre arrivée. On a dû venir pour combler des vides, en ce cas.

— Tu verras, il y aura bientôt un « complément d'effectif », conclut-il.

L'ambiance du camp est sinistre. Personne n'a plus envie d'errer dans la cour. Le gong du soir met pratiquement fin à toute activité. Plus de réunion de maison, plus de réunion d'équipe. Les *can bô* se gardent bien de nous rappeler « le souvenir de l'Oncle Hô en ces jours de gloire et de victoire »... Au bout de deux semaines, le riz disparaît du menu, le régime patates-manioc-maïs est de nouveau de rigueur. On nous explique que les grandes difficultés auxquelles le pays fait face imposent ces privations et que le jour où elles seront surmontées, nous aurons du riz en abondance. Personne ne prête attention à ces promesses creuses.

Comme l'a prévu Maï, le camp accueille deux camions entiers de gamins. Raflés sans doute eux aussi sur les trottoirs de Saigon. Leurs visages reflètent la crainte et l'incertitude. Le service d'ordre les sermonne en lieu et place des *can bô*... qui semblent subir une extinction de voix depuis les hécatombes. On leur détaille les principes de la rééducation, de la culture nouvelle et les points essentiels du règlement intérieur. Immobiles comme des bornes, ils n'écoutent, j'en suis sûr, que des yeux, probablement insensibles au charabia de la Révolution. Le Pickpocket leur ordonne de ne pas proférer de jurons, de mots grossiers et les menace de leur trancher la langue au premier manquement. Les nouveaux venus ont vite fait de le redouter et de le respecter : il agit envers eux comme agirait un frère aîné, de tout son cœur. Je m'émerveille de cette transformation.

Ainsi donc, un tiers de nos effectifs, victime du poisson avarié, a été remplacé par cette centaine d'enfants qu'on intègre dans diverses équipes. Les plus grands en sont partis, orientés vers l'exploitation forestière. Je suis affecté au deuxième groupe, à ma très grande joie. Haye saute littéralement de bonheur : nous allons vivre sous le même toit et manger ensemble. Le Pickpocket me déniche une paire de souliers militaires couturés de pièces rapportées, une coiffure plate et je deviens un parfait homme des bois. Ma vie va changer car j'aurai davantage de liberté. Je ne serai plus soumis à un contrôle étroit et à des intimidations puériles. On se contente de m'énumérer les graves sanctions réservées à ceux qui tentent de fuir et de me faire miroiter la possibilité d'une libération pour la fin de l'année, ou au plus tard l'année suivante ou bien...

Après la distribution des tâches, nous pénétrons dans la forêt. Les premiers jours, Hoa le Noiraud me laisse regarder les autres travailler. Je ne suis pas encore contraint de ramener ma part. Je vais donc voir ce qu'est cette colline dont on parle tant. Pendant que mon groupe s'affaire à couper du bambou, je rôde entre les fourrés, et l'impression de liberté est telle que je me crois déjà revenu chez moi. Je peux m'assoupir, me promener, me baigner. Je comprends la jalousie manifestée par le reste du camp.

Le soir, Haye me harcèle de questions :

— Tu as rencontré des tigres ?

— Oui.

— Ils ne t'ont pas attaqué ?

— Non. Ils dormaient à poings fermés. J'ai même pu leur curer les dents, c'est dire ! La nuit, ils s'empiffrent. Le jour, ils ronflent.

Il n'en revient pas. Je finis par lui avouer que les tigres ne sortent pas le jour.

— Tu as rencontré des gens ?

— Personne.

— Oh, si tu pouvais rencontrer par hasard ton père ! Bim m'a dit que tôt ou tard tu le rencontreras.

— Oui, mais...

— Mais quoi ?

— S'il est facile de s'enfuir, il ne faut pas hésiter à rentrer à Saigon.

— Je serai bientôt libéré...

— D'ici là, ne meurs pas de maladie.

— Promis.

Je lui dis quel drôle d'animal j'ai vu, semblable au yéti du cinéma, en plus petit. Suspendu entre deux bambous, la tête penchée, les yeux fermés et se berçant comme dans un hamac. Au soleil, son corps scintille de mille couleurs. Il n'est pas plus gros qu'une de mes jambes, et pas très long.

— Je siffle, et il se réveille, il dresse ses oreilles, tout ravi. Si on avait été plus nombreux, on aurait pu lui offrir un concert capable de l'endormir.

— C'est merveilleux !

— Comment ça, tu ignores qu'on peut charmer une bête, un serpent en jouant de la flûte ?

— Oui.

— Demain, essaie d'approcher un gecko et siffle près de lui. Il sera tellement fasciné qu'il ne pourra pas s'en aller.

En tout cas, Haye, lui, est fasciné par mes histoires ! Je lui raconte aussi que j'ai vu des chenilles hautes sur pattes, le dos blanc tatoué d'une tête de mort avec en dessous deux tibias croisés. Dans la foulée, je lui parle des siestes passées au bord des ruisseaux bavards, sous les frondaisons égayées par les oiseaux. Son regard devient rêveur.

Le Pickpocket, en revanche, en a plus qu'assez de son rôle de chef. Il soupire en pensant au vagabondage qu'on peut se permettre dans mon équipe. Prudent, il n'ose demander d'être muté. Il a peur qu'on ne le soupçonne de vouloir s'évader.

— Si j'étais au service forestier, on aurait quantité de nourriture, assure-t-il.

— Plutôt mourir que de manger cette saloperie.

— C'est le poisson avarié qui les a tués, pas la chair des écureuils, des lièvres et des boas !

Ce que les singes mangent, c'est bon pour nous : je ne suis pas pressé de suivre cette suggestion du Noiraud. Je me méfie. L'épidémie récente m'a trop impressionné.

Après quelques jours d'observation, je sais comment abattre les *lô ô*, ce qui est bien plus compliqué que de racler les nœuds de rotin. Ils poussent par touffes serrées, s'enchevêtrant les uns aux autres. Pour commencer, il faut trancher les nombreuses racines de l'un d'eux, puis remonter, degré par degré, en excisant à mesure les nœuds afin de l'amputer de ses branches, grosses comme le bras. Une fois taillé, le *lô ô* se laisse tirer par le bas. On obtient de cette façon de superbes pièces de plusieurs dizaines de mètres de longueur. Sans l'ébranchage préalable, impossible de l'extraire de sa touffe !

Tous les matins donc, sitôt arrivés en forêt, nous nous mettons à l'œuvre et, en deux heures, chacun de nous a son quota journalier de quatre *lô ô* proprement élagués. Nous les transportons, à plusieurs, sur l'épaule. Au ruisseau, ils sont assemblés en radeau et solidement arrimés à la berge. Ensuite, retour à la forêt. Certains s'adonnent à la pêche, d'autres à la chasse, serpents inclus. On allume un feu, on prépare le manioc et les patates que notre groupe a le privilège de recevoir crus.

Je grignote mes tubercules cuits à l'eau, sans beaucoup d'appétit, adossé à un arbre. Un jour, écoutant les oiseaux et le ruisseau, j'ai tout à coup pressenti qu'un événement surviendrait. Si je ne me vois pas grandir, en fait les touques me pèsent moins, et les *lô ô* épineux ne m'opposent aujourd'hui que peu de résistance. Je suis bien mieux armé pour lutter contre la faim, les coups et supporter les travaux pénibles. Pour m'être endurci, je me suis endurci. Je suis devenu un dur. Et si demain l'on me rend ma liberté, je serai capable de vivre n'importe où et de n'importe quoi. C'est le bénéfice que je tirerai d'avoir peiné comme un esclave, d'avoir été humilié. Je suis maintenant capable de résister dans les pires conditions, et de continuer à me donner sans calcul. Et, mieux encore, je reste sensible au murmure d'une source, au gazouillis des oiseaux. Je sais encore rêver, juger avec une certaine sagesse, espérer, désirer. Garder ma dignité. Naturellement, je regrette d'avoir interrompu mes études depuis deux ans. Mais, si elles m'ont appris à mentir et à déguiser ma pensée, les épreuves m'ont également enseigné à mieux réfléchir. Une faculté que j'aurais peut-être mis vingt ans à acquérir dans d'autres circonstances. La souffrance, c'est mon expérience. De soi-même, on ne s'y lance pas. Mais quand l'infortune vous y jette, la seule solution consiste à la subir avec la plus grande patience possible. Sinon, elle vous tue.

En fin d'après-midi, les radeaux nous entraînent vers le lieu de la baignade. Quel apaisement que de dériver avec le courant, dans la fraîcheur du soir ! Puis nous entassons les *lô ô* sur le terre-plein. En quatre voyages, tout est rangé, net. Le Noiraud part informer le garde qui en prend acte, et les recompte. Et nous rentrons au camp sans attendre les autres. Tous les jours, je monte retrouver le Pickpocket pour papoter.

Rendement maximum toute l'année, travail expéditif en toutes saisons ! La fameuse devise du camp, cette rengaine lancinante, ponctuée par le gong. Cette obsession... Nul repos, guère de place pour la rêverie alors que tous les trois, Maï, Haye et moi, nous avons tellement envie de nous asseoir au bord d'une source, de contempler les délicates nuances du ciel, de suivre le babillement de l'eau et de nous perdre un instant dans la douceur du crépuscule.

19

Quelques jours avant Noël 1977, on apprend que quatre-vingts jeunes nous sont envoyés pour compléter l'effectif.

Après le pont de Dak Lung, le camion qui les transporte attaque une montée. A mi-pente, le chauffeur ne parvient pas à changer de vitesse. Entraîné par son poids, le véhicule commence à glisser. Le frein ne répond plus. En un clin d'œil, le chauffeur ouvre la portière et saute de la cabine. Les gardes, voyant le danger, s'empressent de le suivre. Livré à lui-même, le camion dévale à reculons et, dans un terrible fracas de ferraille, va s'abîmer au fond d'un ravin tapissé de roches et de touffes de bambous effilés. Aucun rescapé parmi les enfants. L'accident s'est produit sur le territoire de Phu Van. A deux heures de l'après-midi, alors que nous sommes en forêt, on nous fait reprendre le chemin du camp. Armés de pelles et de pioches, et sous la direction des *can bô*, nous nous rendons vers le pont. Là, nous devons creuser huit fosses, larges et profondes, au pied du col, puis traîner les petits cadavres, dix par dix, jusqu'au bord et les lancer pêle-mêle. Le ciel est tout sombre quand nous rentrons nous restaurer. C'est la première fois que j'ai à enterrer des morts. Je n'ai éprouvé aucune horreur physique, sans doute parce qu'ils étaient encore souples.

Vers le milieu de l'année suivante, un événement important survient. Les *bô doi* militaires laissent la direction du camp à la Sûreté. Les uniformes verts partent à la guerre — au Cambodge — et les uniformes jaune crème prennent la relève. Pas d'autre innovation si ce n'est le renforcement de la porte de chaque maison : un panneau bloqué de l'extérieur par une barre engagée dans deux anneaux scellés au mur, et cadenassée. Après l'appel du soir, les prisonniers sont bouclés dans leurs bâtiments jusqu'au lendemain. Adieu, les flâneries sous le ciel étoilé... Un mois plus tard, les membres du service d'ordre, chef en tête, sont remplacés. Au comble de la joie, le Pickpocket se voit muté dans mon équipe, celle des « forestiers ». Haye, lui, est au balayage de la cour. Mais le « rééducateur » et les deux gardes encadrant chaque équipe sont toujours de rigueur. Et toujours les fouets en fil électrique, les crosses, le cachot, les repas à base de patates, manioc et maïs. Toujours les tâches productives car le travail est la mesure de la valeur humaine...

Le nouveau chef du service d'ordre braille plus fort que Cung le Bulbeux. Cependant il évite les forestiers, plutôt robustes. D'ailleurs, nous passons presque toute la journée à l'extérieur. Muni d'une provision de sel et d'un grand hameçon, Maï est avec nous, tout épanoui par la perspective du nouveau travail. A cette époque nous ne coupons plus les *lô ô* mais les rotins qui abondent dans la forêt de Phuoc Long, tout comme les joncs et les variétés de bambous. Pendant la saison des pluies, on se nourrit de jeunes pousses de *nua*[1], difficiles à découvrir mais délicieuses. A la différence des pousses de bambou, il suffit d'une cuisson pour qu'elles soient comestibles. Dans les périodes où le camp est mal ravitaillé, les forestiers doivent rapporter du poisson et des coquillages. Le travail en forêt ne manque donc pas d'intérêt, si l'on excepte les inconvénients — qui sont de taille : les sangsues des bois, qui s'insinuent dans le moindre pli du corps, et les anophèles, agents du

1. Variété de bambous tendres.

paludisme. La fièvre est terrible: un accès chaque jour, à midi, pendant huit jours. Au bout de ce délai, si le malade ne hurle pas, il y a un espoir de guérison. S'il hurle, il est perdu.

Je suis témoin de deux cas impressionnants. Le huitième jour, à midi, ces malades hurlent comme des chiens sauvages. A vous donner la chair de poule. Puis ils redeviennent calmes et causent tranquillement. Même chose le neuvième jour. Le lendemain, ils se remettent à hurler vers midi, rejettent leurs couvertures, réclament à manger, vont de l'un à l'autre, distribuent tapes sur l'épaule et recommandations. Le soir, ils semblent se recueillir, recroquevillés sur leur lit, puis ils se trémoussent violemment et ferment enfin les yeux.

Les serpents aussi sont redoutables. Certains sont gros comme des troncs de *lô ô*, et longs de vingt centimètres environ, divisés en anneaux de différentes largeurs. D'autres sont très allongés et sifflent. Les plus dangereux, ce sont les serpents blancs, de la grosseur du doigt, qui logent dans les troncs de bambous. Si vous passez à proximité, ils se jettent sur votre cou, à votre insu, tellement ils sont légers. Arrivé au cœur, leur venin est foudroyant. Et si on explore bien, on doit repérer sur le corps de la victime la trace enflée d'une fine piqûre. Nous sommes tous armés d'un rotin flexible; ce qu'il faut faire, éventuellement, c'est frapper à la tête, immobiliser le serpent avant de lui disloquer les vertèbres à coups de rotin.

La forêt ne recèle pas que des geckos qui crient « mut mua » ou « têt ve »[1], des reptiles, des sangsues, des moustiques. Dans les ruisseaux, il y a des poissons et, dans le ciel, des oiseaux aux mille coloris. Je regrette de ne pas connaître le nom de tous ces oiseaux. L'un crie: « chua tôt! chua tôt! », je le sur-

1. Phonétisation fantaisiste du cri pour signifier le retour du Têt.

nomme Pas Bon Encore. L'autre: «tich cuc! tich cuc!», je l'appelle Positif. Une espèce a la queue longue d'un empan. Une autre est bariolée, noire, blanche, rouge, jaune, et toujours par bandes de quatre, en vol comme au sol. Une autre encore est verte, telle une feuille de bananier. Hirondelles et étourneaux pépient à longueur de journée. Quand le crépuscule approche, tous les oiseaux gagnent leurs nids par nuées, tissant dans le ciel un réseau serré, multicolore.

Je suis hanté par la colline où reposent Ty Ngâu, qui m'a appris à abattre les arbres à neuf couches de racines, et Teo la Crevette, compagnon de l'épouvantable voyage de Danang. Libre d'errer après le travail, comme tous ceux de mon équipe, un jour j'informe mon chef de mon intention de visiter la macabre colline. Pour ne pas m'égarer, je retourne au camp et, de là, repars en suivant le sentier qui doit me conduire au but. Ayant parcouru trois cents mètres, je découvre une pancarte au bord du chemin. C'est le camp des drogués. Au dire des *can bô*, on ne les ménage guère, d'où qu'ils viennent. Un type en manque écope invariablement d'une pluie de coups de fouet. S'il arrive à les supporter, il est guéri. Sinon, c'est la mort. Et il y a beaucoup de décès là-bas.

Un peu plus loin, à main gauche, une autre voie s'ouvre, indiquée par une flèche: Chemin de la restitution de la dignité humaine. C'est le camp des prostituées, des filles de snack-bar et des taxi-girls. Il y a aussi les camps des enfants aveugles, des handicapés, des invalides de guerre... Mais avant, je débouche sur la colline. Elle disparaît sous un boqueteau d'arbres, de buissons épais. Un visiteur non averti ne devinerait jamais ce qu'elle renferme. Je la contourne. C'est un spectacle navrant d'abandon : des containers rouillés, bourrés de douilles de cartouches de mitrailleuses, des caisses démantibulées, pleines de bouteilles vides en vrac. Celles qui sont droites ont le fond rempli d'eau sale, les autres, renversées, sont maculées de boue. J'en ramasse une, je la gratte. C'est une ancienne bouteille de soda américain de la marque Fanta, la dernière à avoir inondé, après tant d'autres, le marché de Saigon avant 1975. Par quels détours sont venus échouer ici ces débris d'une époque ? Le Noiraud m'expliquera. Phuoc Long a été l'un des lieux de batailles parmi les plus acharnées des années 1973-1974. La colline a servi de dépotoir pour les soldats.

Je m'aventure jusqu'au sommet. Usé, ébouriffé de mauvaises herbes, il est à peine bosselé par les tombes que les averses d'été ont tassées. Seules des épitaphes éparpillées par centaines pourraient apprendre à des promeneurs, bien improbables, la destination funèbre des lieux. Si on peut appeler épitaphes ces bouteilles dans lesquelles on a inséré un bout de papier portant le nom du mort et qui sont plantées, goulot en terre, sur les tombes signalées par des branches enfoncées profondément. Pauvres corps jetés là, nus, sans même une natte pour les envelopper, les protéger des souillures. Par curiosité, j'arrache une bouteille et dégage le morceau de papier : Thanh, décédé le 29 octobre 1975. Pas de nom, pas d'âge. Un garçon prénommé Thanh. Mort pour qui ? Et de quoi ? L'encre est décolorée par les émanations du sol qui ont rongé le papier. J'en arrache une autre : Jean, décédé le 8 septembre 1975. Un Eurasien ou un Amérasien ? Mort en esclavage, comme les autres, victimes de la faim, des mauvais traitements, du choléra, du paludisme, et qui gisent sous des centaines de bouteilles de Fanta vides plongeant leurs goulots dans la colline maudite.

Je parcours de long en large le sinistre terrain. Je me remplis du souvenir des camarades que j'ai connus avant de rentrer pour l'appel. Le repas du soir ne passe pas, malgré les deux *ca loc* pêchés par le Pickpocket. Je reviens le lendemain. Cette fois, j'ai une hachette et le crayon à bille donné par Oncle Tuong. « Tu en auras besoin un jour. » En chemin, je croise d'anciennes prostituées, en camp de « redressement moral ». Vêtues de caleçons effilochés et de chemises en lambeaux, maigres et brunies par le soleil, les joues creuses, les yeux exorbités, les dents grisâtres entre des lèvres exsangues, elles vont à la corvée de bois. Elles me demandent du linge.

— Nous sommes comme vous, en guenilles, leur dis-je.

Pas le moindre sourire. On dirait des vieilles femmes sauvages et repoussantes. L'une d'elles me fixe, puis regarde sa culotte qui est trouée devant comme derrière. Je rougis de honte. Je propose de lui en apporter une, en meilleur état, demain.

— Ça sera bien difficile, dit-elle. Aujourd'hui, c'est déjà un miracle de se rencontrer.

Elle baisse sa culotte et me la lance. Détournant le visage, j'ôte la mienne, enfile la sienne et me sauve. Mais je n'entends pas un seul rire.

Sur la colline, je me mets au travail. J'enlève les bouteilles, j'extrais les papiers, je réécris le nom, le jour du décès de ces infortunés. J'espère que l'encre du crayon à bille résistera mieux. Incapable de rien faire pour les vivants, je m'occupe un peu des morts. J'ai partagé avec plusieurs d'entre eux des années de souffrances.

J'ai beau me hâter, je ne peux venir seul à bout des centaines de tombes. J'en parle le soir même au Pickpocket, au Noiraud et à quelques autres et leur demande de m'aider. Tous acquiescent de bon cœur. Ils se mettent en quête de papier qu'ils découpent en petits carrés. Le lendemain, nous finissons plus tôt nos tâches et courons vers la colline. On nettoie les bouteilles. On remplace les branches. Je réécris les noms et Maï les réintroduit dans les bouteilles de Fanta dont il enfonce à nouveau le goulot en terre. Nous retrouvons Mâm le Sourd, Cu Lai le Bâtard, Cung le Bulbeux, Teo la Crevette... Pour Ty Ngâu, je prépare trois épitaphes, je le remercie de m'avoir appris comment abattre les arbres et niveler les termitières.

— Il faut donner un nom à cet endroit, dit brusquement le Pickpocket.

— La Colline du malheur, ça ira ? avance Hoa.

— Ah non, ça sent l'opéra !

— La Colline infortunée ?

— Pas bon !

— La Colline des travaux de rééducation ?

— Surtout pas !

— Vu, tu vas sûrement nous trouver quelque chose !

Je pense aux innombrables bouteilles et réponds aussitôt :

— La Colline de Fanta.

— Pourquoi ce nom, pour que les Américains s'en souviennent ?

— Peu importe ! Mais la colline en est constellée. Oui, ce sera son nom de baptême !

— La Colline de Fanta... Oui, ça sonne bien.

— Mais c'est drôlement triste !

— Très triste. C'est vrai.

— Quand j'y serai, n'oublie pas de graver mon nom bien correctement, hein, Vu ?

— Sois tranquille.

A notre retour, le Pickpocket révèle aux autres ma véritable identité. Pas de mauvais regards mais de la sympathie, au contraire. Dorénavant, mes propositions seront très écoutées. Le Noiraud, lui, m'initie aux secrets de la forêt. J'apprends à me diriger sans me perdre, à me défendre contre les serpents, boas compris. Le Pickpocket m'enseigne la pêche au *ca loc,* un poisson extrêmement méfiant qui, dès qu'il distingue une silhouette humaine, s'éloigne, quelle que soit sa faim et si appétissantes que soient les grenouilles servant d'appâts. Pour le capturer, il faut une canne très longue, chercher un lieu désert, lancer, exciter le *ca loc.* Lorsqu'il est en colère, il fonce sur sa proie et s'enferre. Il n'y a plus qu'à le cueillir.

Un jour, le Pickpocket aperçoit une bande de *ca trang*[1] qui s'ébattent parmi de petites roches à fleur d'eau. Il jette l'hameçon. Pas un ne mord. Il remplace la grenouille par un lombric. Aucun résultat. Des sauterelles ? Nouvel échec. Il tourne et retourne le problème dans sa tête plusieurs jours d'affilée. Son attention est attirée par quelques feuilles de navet laissées par un gamin et qui flottent au fil de l'eau. La bande de poissons poursuit cette verdure à moitié fanée. Ça y est, il a trouvé ! Il va cueillir quelques feuilles fraîches. Quand il remonte l'hameçon, c'est le succès. Encouragé, il relance la ligne. Aucun autre *ca trang* ne mord. Ils sont alertés. On ne peut en attraper qu'un seul à la fois... Mais frit dans sa graisse, il est fameux. On voit qu'il se nourrit de feuilles, de fleurs et de fruits qui font sa chair délicate, incomparable. Moi qui n'apprécie pas le poisson, je me régale.

Le Pickpocket me montre comment sculpter des statuettes religieuses et forger des petites plaques en inox ou en alu. Il me taille un autre Christ tandis que je m'exerce à fabriquer deux médailles pour mes sœurs et un peigne pour ma mère. Nous cachons nos petites œuvres dans la forêt, afin qu'elles ne soient pas confisquées lors de perquisitions inopinées ou opérées en notre absence. En effet, pendant que nous nous épuisons pour le bien de la Révolution, selon la formule consacrée, il n'est pas rare que ceux

1. Poisson-chat.

du service d'ordre, aiguillonnés par les *can bô*, fouillent dans nos affaires et les dispersent sans ménagements. Il ne nous reste plus qu'à rassembler nos pitoyables trésors et à mieux les dissimuler.

Au sein de l'équipe forestière je vis en paix, participant aux activités courantes : coupe des *lô ô* et des bambous, arrachage et écorçage des rotins, transport de bois à dos d'homme... Et une autre année passe. Je ne pense plus à ma famille, ce serait une souffrance supplémentaire. Mon bonheur présent, c'est l'amitié de Petit Haye, de Maï ou la contemplation des plaques que je polis et repolis jusqu'à ce qu'elles brillent.

A la fin de 1978, on commence à nous donner du *bobo*[1] à manger. Le mastiquer, c'est risquer de se décrocher les mâchoires. Et son enveloppe tranchante peut blesser les gencives en se fichant entre les dents. Dès le premier jour, je m'attends à une nouvelle vague de diarrhée et de dysenterie car, à peine une heure après l'absorption, le ventre regimbe. Toute la nuit, comme au plus fort de l'épidémie, la file se reforme devant les toilettes. Le *bobo* est très vite assimilé, à l'exception de son espèce de coque piquante, indigeste et... indécomposable. Mais, du moins, cela change de l'éternel régime patates-manioc-maïs. Personne n'ose penser au plaisir que lui donnerait un bol de riz ; la pensée est trop frustrante. Alors ? Alors, célébrons Noël au *bobo* !

1. Sorgho.

20

— Vu ?
— Maï ?
— J'aurais dix-huit ans cette année. Et toi ?
— Dix-sept.
— Tu ne vois pas quelque chose de choquant ici ?
— Si !
— Dis-moi. Peut-être qu'on pense pareil...
— Des jeunes de notre âge et, qui plus est, ignares, s'emploient à nous rééduquer par les insultes et les coups.
— Exact. Il y a trois ou quatre ans, on était vraiment des mômes. Les *bu dang*[1] avaient vingt ans. On les considérait comme nos maîtres. Maintenant on nous inflige ces *bu dop* de dix-huit ans ! Qu'est-ce qu'ils savent, ces illettrés à la langue fourchue, sortis comme des buffles tout droit de leurs rizières ? J'en ai mal aux boyaux !

Le voilà lancé et, sans sa promesse de ne plus jamais jurer, j'entendrais une cascade d'expressions aussi pittoresques que vengeresses.

— Vu, j'en ai parlé au Noiraud. Il faudra leur clouer le bec, à ces oiseaux-là.
— Tu penses encore à jouer au tigre de papier ? Attention, les *bu dop* ne sont pas du genre du Bulbeux ni du Myope.
— Qu'importe ce qu'ils sont : on va d'abord casser du *bu dop*.

1. D'après des noms de bourgades cambodgiennes, sobriquets donnés aux *bô doi* et aux agents de la Sûreté.

— Et avec quoi ? Ils ont des armes. Qu'est-ce que tu as, toi ?
— Du culot.
— Bêtise, oui. Tu crèveras, et d'autres avec toi.
— Alors, il faut toujours courber la tête ?
— Il ne sert à rien de se soulever, ici.
— Alors où ?
— C'est dans la vie qu'il faut se soulever. Partout sauf ici.
— J'ai beaucoup d'amitié pour toi mais là, tu me débectes... Écoute, marchons d'abord et mourons ensuite.
— Ça te regarde. Tu m'as reproché un jour de ne pas t'avoir retenu, tu te souviens ? Je le fais, aujourd'hui. Ne l'oublie pas.
Il se tait. Puis il se frotte le crâne comme s'il se livrait à une intense activité mentale. Il tape du pied.
— Quand est-ce qu'ils nous libéreront ?
— Je n'en sais rien. Mais nous partirons d'ici, c'est sûr. Enfin... si nous ne succombons pas à la maladie et aux mauvais traitements.
Je lui frappe l'épaule.
— Je t'admire quand même, Maï Bim. Je ne m'attendais pas...
— A quoi ?
— A tes idées de résistance.
Après un soupir, il me confie :
— J'ai connu des gars, ils avaient notre âge actuel. J'ai souvent parlé avec eux. Ils me disaient qu'il fallait un idéal dans la vie. Et le leur, tu sais ce que c'était ? C'était de casser du révolutionnaire.
— Un idéal, c'est bien. Mais est-ce qu'ils t'ont expliqué ce que c'est au juste ?
— Non. D'ailleurs je m'en fous. On les a arrêtés, on les a mis en taule et traités comme des chiens enragés... Et toi, qu'est-ce que tu as fait pour qu'on t'enferme, qu'on te flanque au cachot et dans la fosse

à merde ? Si tu m'empêches de cogner, je me taillerai.

— Un peu de patience encore... Je n'aimerais pas du tout te porter sur la Colline de Fanta. Je veux que nous revenions tous les trois chez moi. Je veux que nous retrouvions Oncle Tuong.

Il se calme et lève les yeux au ciel. Très haut. Très loin. Le spécialiste des poches rêve de justice.

— Tu nous dis d'attendre ?

— Oui.

— Combien de temps ?

— Plus c'est long, mieux ça vaut. C'est bien d'avoir voulu se révolter. Maintenant, tu te tiens tranquille.

— Je t'écoute. Tu es plus intelligent que moi.

— Mais non. Tu iras à l'école, tu liras des livres et tu deviendras un grand monsieur.

— Un voleur ? Devenir un grand monsieur ?

— Je n'en ai pas encore vu. Mais c'est arrivé pour des marchands de bonbons, de cacahuètes et de journaux à la criée. Il y en a eu des tas. Tu es au-dessus de ceux-là, à cause de tout ce que tu as vécu !

— Tu ne me surestimes pas, par hasard ?

— Maï, je suis sincère. Mon père me disait que Nguyên Cao Ky était un ignare, pire qu'un buffle. Une fois grand, il courait tous les jupons. Et ça ne l'a pas empêché de devenir Premier ministre et vice-président de la République. Tout ça pour ne rien faire... Tu seras quelqu'un, toi, je te le dis, et tu feras quelque chose.

Le Pickpocket est enchanté. Il a tellement peur que son passé ne lui colle à la peau. Je ne sais comment il a manœuvré les copains mais plus personne de l'équipe forestière ne jure ni ne dit de gros mots. Quand on nous a arrêtés, nous n'étions que des enfants. Aujourd'hui, nous sommes des adolescents, presque des jeunes hommes. En haillons et en esclavage, grandissant dans une forêt infestée de sangsues. Et puis, tout d'un coup, nous voilà capables de penser à des choses que nous ne soupçonnions pas.

— Vu, j'ai terminé ton Bon Dieu. Mais ça m'étonne un peu.

— Qu'est-ce qui t'étonne?

— J'ai pourtant voulu en faire un très gai. Eh bien, il est toujours aussi triste.

— Je t'ai déjà expliqué. Jésus est né triste. Il a été triste jusqu'à sa mort.

— Quand même! Je l'aurais préféré différent.

— Sa tristesse est entrée en toi...

— Je ne crois pas.

— Tu verras!

— Si tu le dis. Toi, je te crois, mais pas ton Dieu... N'oublie pas que les curés m'ont chassé du porche de leur église; je les ai tous insultés, et leur Dieu avec. Il m'a puni, il m'a fait ramasser par la police cette nuit-là. Et j'ai été enfermé trois mois aux Indigents.

Je décide de ne plus lui parler de Dieu. Mais il raconte tout ce que je lui en ai dit aux gars de l'équipe forestière. Un jour, je me cache dans un coin pour l'entendre «prêcher», c'est le mot. Les camarades l'écoutent, la bouche ouverte. Il leur dit qu'il faut croire en Dieu parce que c'est celui de tout le monde, qu'il nous soutient et nous console. Inouï!

Aux mains des *công an*[1], l'administration pénitentiaire est plus stricte mais mieux organisée. Le camp est pourvu de médicaments contre la diarrhée, la dysenterie et les morsures de serpent. Nous devons fournir un travail plus régulier, participer plus activement aux réunions, concourir pour obtenir le fanion rouge du travail et du progrès. Au Têt, on nous régale de potage sucré et de riz gluant. Et, comme d'habitude, il nous est défendu d'être triste

1. Agents de la Sûreté.

et de chanter des airs décadents. Nous pouvons cependant nous regrouper et chahuter pendant les trois jours.

Entre-temps, je suis volontaire pour enterrer les morts et j'ai le pénible honneur d'en porter plusieurs sur la colline.

Haye pousse comme un arbre et semble bien s'accommoder du régime alimentaire à base de patates. Il espérait être affecté dans mon équipe mais on l'a envoyé aux « activités diverses », avec pour charge spéciale le balayage des cours. Je lui ai offert un gentil petit écureuil qu'il nourrit au *bobo* et dresse avec intelligence. Il prie quotidiennement pour mon retour chez moi. A un certain âge, les enfants sans famille se mettent à rêver d'un foyer comme d'un bien perdu. Ils s'adoucissent alors. Hélas ! la vie a tôt fait de les détromper. Ils se renferment à nouveau. Ils retrouvent leur isolement, le sentiment d'être abandonnés de tous. Ils se font cruels et impitoyables. En conséquence, la société les écarte. Des églises se bâtissent, des monastères et des couvents aussi, mais les messes sont désertées. La volonté de Dieu n'est pas prise au sérieux : « Laissez venir à moi les petits enfants parce que le Royaume de Dieu est à eux et à ceux qui leur ressemblent. » Et les petits candidats à ce royaume vont en prison, sont relégués dans des camps et finissent sur la Colline de Fanta.

— Grand frère, si tu es libéré, qu'est-ce que tu feras ? me demande un jour Haye.

— Je reviendrai te rendre visite, avec des friandises, des médicaments et des vêtements.

— Tu continueras tes études ?

— J'espère bien. Mes parents aménageront une chambre pour nous trois. Nous irons ensemble à l'école.

— Ils seront d'accord, tes parents ?

— Sans aucun doute.

— Moi, je voudrais surtout retrouver la Sœur.

— Nous la chercherons.

— Et l'orphelinat ?

— Oublié, l'orphelinat. Ma maison est plus accueillante.

— Mais où peut-elle être à présent, la Sœur ?

Je ne sais que lui répondre. Nos conversations roulent souvent sur l'avenir mais chaque fois je suis bloqué par cette question de Haye. Et je me dis que les seuls coupables, ce sont les adultes, ce sont eux les pécheurs. Les enfants ne sont que leurs victimes. Quelles fautes mon petit ami est-il en train d'expier pour les adultes ? Et quel adulte lui offrira quelque chose en retour ?

Le Pickpocket, lui, pêche le *ca troi*[1] et suppute les occasions d'une mutinerie. Rester figé et ânonner « oui, oui » devant un *bu dop* stupide, tyrannique et bégayant, ça ne peut qu'échauffer son tempérament aventureux. Il grince des dents et se tait uniquement par amitié pour moi. C'est un héros. Car si c'est de l'héroïsme que de braver la mort sur un champ de bataille, c'en est aussi, sans conteste, que de demeurer impassible face à des oppresseurs qu'on méprise, alors que le cœur se rebelle.

En attendant, on se défoule en croquant du *bu dop*. Notre plus grand plaisir, c'est de les singer. On en fait des gorges chaudes. Le Noiraud, prenant leur place et imitant le langage pâteux des gardes, nous interpelle :

— Vous travaillez comme des mollusques. Vous parlez comme des imbéciles. Vous ne fichez rien et vous comptez sur les fêtes pour manger du porc. Pire, vous rêvez de manger des tripes, tas de fainéants !

D'autres fois, les parodiant, il s'arme d'un bout de

1. Goujon.

bois en guise de fusil et, assis au pied d'un arbre, il hèle un camarade :

— Toi, là-bas, apporte du feu pour ma cigarette !

Puis, dodelinant de la tête, il fredonne :

— Que de sabres, que de fusils et de baïonnettes pour aller délivrer notre village...

Le peuple du trottoir n'agite plus que des idées de révolte. Il n'a plus peur de rien. En haut lieu, il semble qu'on soupçonne quelque chose. On nous amadoue autant que faire se peut, on nous promet par exemple notre prochaine libération... Pour aller où ? « A la Colline ! » raille le Pickpocket. Et il ajoute : « Nous, vos maîtres, on ne tient pas à rentrer, nous on ne veut que vous casser. » Parfois nous bénéficions d'un repas de riz, le soir, alors que tout le camp se brise les dents sur du manioc séché en tranche, dur comme cuir.

La résistance fermente sous tous les crânes. Mais nous n'avons pas fini de projeter notre fuite que déjà les gamins la mettent à exécution. Trois d'entre eux — le plus âgé a onze ans, les deux autres sept et huit — se risquent hors de l'enceinte. Arrivés au pied de la colline, ils s'orientent vers la ville et sont interceptés par les *can bô* revenant de courses. Les plus jeunes sont arrêtés, le troisième s'échappe en forêt. Le soir, chasse au fuyard qu'on retrouve en larmes au bord d'une source. Les trois garçons sont tabassés et traînés devant le camp rassemblé. On leur lit une sentence solennelle qui débute par les mots « République socialiste du Viêt-nam... » Après quoi, ils sont jetés au cachot.

Deux jours plus tard, c'est le tour de cinq grands de notre équipe. Ils prennent la clé des champs. Les gardes se lancent à leur poursuite et rentrent bredouilles. On a droit à des représailles : chacun de nous est retenu une journée au camp pour une séance de « travail ». Tous les voisins de tablée des fuyards sont envoyés au cachot. Le chef perd ses galons et l'équipe, le privilège de sortir librement en forêt. Au bout d'un mois, la situation étant redevenue normale, ce sont dix autres forestiers qui se sauvent. La malchance s'acharne contre trois d'entre eux, capturés par des guérilleros qui les garrottent, les battent et les livrent aux autorités du camp. En récompense de leur exploit, ces montagnards reçoivent du *bobo.* Le Noiraud, à la tête d'une équipe dont pas un membre n'a tenté de s'enfuir, se voit décerner le prix de discipline. Trois jours après, il prend lui-même la poudre d'escampette, en compagnie de son sous-chef. Le Pickpocket le remplace.

Ces événements mettent tout le monde en émoi. Si, passé trois à cinq jours, on n'a plus aucune nouvelle des fuyards, c'est qu'ils ont pu mettre une bonne distance entre eux et nous... Mais, comme toutes les autres épidémies, celle-ci retombe.

Vers mai 1979, la campagne de l'Arbre du Souvenir est déclenchée. Nous plantons des camphriers depuis l'entrée du camp jusqu'à la Colline de Fanta. Toutes les équipes agricoles sont dissoutes, les champs de tubercules mis en friche pour être consacrés aux camphriers et à la citronnelle, dont les essences sont très recherchées sur le marché local. Le camp est rebaptisé Camp agricole de Phu Van.

J'ai encore enterré quatre corps, des victimes du cachot. Le Pickpocket devient inexplicablement taciturne. Il ne parle plus ni de lui, ni de rébellion, ni d'évasion. Cependant, il finit par me demander à brûle-pourpoint :

— Tu oserais te sauver avec moi ?

— Non.

— Tu as donc l'intention de te fixer ici ?

— Non.

— Tu crois qu'ils te relâcheront ?

— C'est en Dieu que je crois. Il ne m'a pas dit de me sauver.

— Alors ton Dieu tient le même discours que les types d'ici !

— Tu dis une sottise, Maï.

— Comment pourras-tu savoir quand il te dira de t'enfuir ?

— Je le saurai quand j'en aurai envie.

— Puisque moi, j'en ai envie, c'est donc qu'il me dit de le faire ?

— En ce cas, remercie-le.

— Oui, je le remercie de m'aider à te délivrer.

— Toi, me délivrer ?

— Oui, car à Saigon j'irai trouver ta mère pour l'informer que tu es ici. Elle viendra te réclamer. Quelle rue habitez-vous ?

— Công Ly, n° 405/18.

— Facile à retenir : 4 plus 5 égale neuf, 1 plus 8 aussi. Le chiffre de la chance, toujours.

— Tu y penses sérieusement ?

— Sérieusement ou pas, nous allons feindre de nous fâcher. N'hésitons pas à nous taper dessus, à rester séparés à l'heure du repas comme pour le reste. Sinon tu seras impliqué. A partir de demain. Alors, c'est okay ?

De sa ceinture, il extrait un Christ sculpté dans de l'ébène au bout d'une chaînette en inox.

— C'est mon plus bel ouvrage. La petite chaîne surtout m'a donné pas mal de travail. Si je meurs, tu contempleras cette médaille et tu penseras à moi.

— Ne dis pas de bêtises. C'est toi qui me délivreras.

— Mais moi, je ne crois pas. Je te le répète, je ne crois qu'en toi. Tu m'hébergeras chez toi. Penses-tu vraiment que je vaudrai mieux qu'aujourd'hui ?

— Tu seras formidable !

— Je n'ai pas besoin d'être formidable, Vu. Je ne veux que les casser.

— Ça, c'est déjà formidable.

— Oui, je veux venger tous les types de la fichue

Colline. On a perdu trop de monde. C'est un malheur ! Permets-moi de proférer quelques jurons pour me soulager...

— Ce n'est pas nécessaire, tu sais. Oncle Tuong me disait que je serais comme un héros national. Il s'est trompé. Ce sera toi.

— Le héros des poches, oui !

— On oubliera ça comme on a oublié toutes les faiblesses des héros.

— Qui est-ce qui t'a appris ça ?

— Notre malheur à tous.

— Je te le dis, tu vaux mieux que nous, Vu.

— Impossible. Toi, tu me dépasses de loin.

— Bon, bon... Alors, c'est okay ?

— D'accord.

Il me quitte pour aller pêcher. J'empoche vite la médaille et sa chaînette, toutes les deux superbes, en attendant de leur trouver une cachette.

Le lendemain, à l'heure de la distribution de nos rations, le Pickpocket me cherche querelle. Il élève la voix, au grand ébahissement de tout le bâtiment et même du camp. Je l'injurie. Il se jette sur moi. Nous nous battons. Le service d'ordre alerté s'interpose. Mon ami est bleu de rage, un sacré comédien ! Toute la journée, chacun travaille de son côté, nous n'échangeons pas le moindre mot, pas même un regard. Pas question de manger ensemble. Haye est navré de notre dispute. Je n'ose rien lui révéler.

— Frère, tu devrais te réconcilier avec Maï.

— Pas question.

— Alors, je n'irai pas chez toi.

— Qui t'en empêchera ?

- Je resterai ici.

— Comme tu veux.

Il commence peu à peu à se détacher de moi. Mais au bout d'une semaine, le Pickpocket n'a rien entrepris. La deuxième semaine, notre prétendue querelle continue. Cette comédie nous rend malheureux tous les trois. Je ne m'aventure cependant pas à lui demander une explication. Il est de nouveau taciturne. Il calcule ses chances ? En vérité, je ne tiens pas à le voir exécuter son projet.

— Tu peux faire une commission pour moi ? dis-je à Haye.

— Ça dépend.

— Demande à Maï : c'est quand, l'affaire ?

— Quelle affaire ?

— Tu le sauras assez tôt.

De retour, il me donne la réponse : c'est encore difficile. Je pourrais convenir subrepticement d'un rendez-vous avec le Pickpocket dans la forêt pour plus de détails. Je m'efforce seulement de jouer le jeu jusqu'au dernier moment. Haye me harcèle pour connaître le fin mot. Je dois lui en parler.

— Ah ! c'est donc ça, dit-il en pâlissant.

Mais rien ne laisse prévoir une réalisation immi nente du projet et même je sens la volonté du Pickpocket faiblir.

C'est alors qu'il est terrassé par la fièvre.

21

Le premier jour, il a une crise à midi. Pendant que plusieurs camarades font la sieste, il gémit bruyamment, recroquevillé et frissonnant au point de faire trembler tout le bat-flanc. Il balbutie entre deux hoquets que le froid le pénètre jusqu'à l'os. J'emprunte des couvertures que j'ajoute aux deux ou trois qui le couvrent déjà. Mais il continue de claquer des dents. Nos voisins m'aident à contenir ce brutal accès de paludisme. Heureusement que l'équipe mobilisée pour monter une cage à poules ne se rend pas en forêt. Je peux ainsi veiller sur lui. Au bout d'une demi-heure, il cesse de gémir et rejette toutes ses couvertures. Il transpire et je dois éponger la sueur qui ruisselle sur son visage. Je lui change ses habits. Il a un air pitoyable.

Le *can bô* chez qui je vais demander des médicaments me fournit de la quinine. Le Pickpocket en prend deux comprimés et paraît moins abattu. Il a peur de mourir et se reproche d'avoir absorbé trop d'herbes sauvages, car elles lui ont appauvri le sang. Je le tranquillise et lui dis de se reposer. Chez les *can bô*, j'obtiens du riz pour un bouillon, ainsi que quelques autres comprimés. Je sais que mon ami est coriace mais le souvenir des hurlements des victimes précédentes m'obsède. Avant de pouvoir fonder quelque espoir, il faut patienter une semaine. Les jours, les heures et les minutes me semblent d'une lenteur inimaginable. Tous nos camarades sont stupéfiés de me voir aux petits soins comme ils l'ont été par le spectacle de notre dispute et de notre bagarre.

Le deuxième jour, toujours à midi, nouvelle crise, malgré les six comprimés avalés. Mêmes gémissements, même agitation, mêmes spasmes. Les vêtements en lambeaux. Les cheveux trempés de sueur. La mine hagarde. Puis le calme revient. Le *can bô* infirmier fait au malade une injection de quinine et annonce une amélioration pour le lendemain.

Le troisième jour, la prévision optimiste ne se vérifie pas, malgré l'absorption et l'injection de quinine. Le quatrième jour, les remèdes occidentaux, reconnus impuissants, sont remplacés par la médication naturelle. Le cinquième jour, l'infirmier nous fait croire qu'aucun médicament ne sera plus nécessaire et que la fièvre va tomber d'elle-même. Dès lors, plus aucun recours en vue. Au malade de se débrouiller. Et s'il en réchappe, qu'il retourne à la corvée, et vite !

Je crains maintenant de le voir mourir. Et lui qui m'a tant dit qu'il ne redoutait pas la mort commence à changer d'avis. Le sixième jour, son état demeure stationnaire.

— Tu crois que je vais mourir ? s'inquiète-t-il.

— Comment serait-ce possible ? lui dis-je, le cœur serré. Tu as trop souffert. Tu dois vivre, vivre très longtemps pour connaître un peu la joie.

— Ne cherche pas à me tromper.

— Je dis vrai.

— Dis plutôt que tu as peur de me voir mourir.

— Oui, j'ai peur. Mais j'affirme que tu ne mourras pas.

— Qu'est-ce qui te permet de dire ça ?

— Je prie Dieu, comme Haye. Tes amis prient Bouddha.

— C'est de la blague ! Je n'en crois rien.

— Ne perds pas espoir.

— Je ne crois même pas que j'existe ! Putain, pourquoi je suis né ? Et où ça ? Qui m'a mis au monde ? Quand ai-je commencé à vivre dans la rue ? Je n'en sais rien. C'est pourquoi je ne crois à rien. Ni à personne.

Je le laisse exprimer ce qu'il a sur le cœur. Il en veut au monde entier et aux hommes. Soudain il me saisit la main.

— Mais toi, toi je te crois. Je crois à ton amitié.

Les larmes inondent son visage.

— Quant à Dieu et à Bouddha, je m'en fiche. Je me ficherais même de l'homme si je ne t'avais pas rencontré, Vu.

Je m'approche plus près de lui.

— Du calme, Maï. Tout va rentrer dans l'ordre, comme tu me le dis souvent.

Les manches de sa chemise sont trempées de larmes.

— Si je ne t'avais pas connu, je me moquerais bien de la mort. Mais maintenant, j'ai peur d'elle, j'ai peur de tout. Je n'ose plus faire ce que je veux. Pourquoi ça, Vu?

Je passe mon bras autour de son corps.

— Parce que je suis ton ami.

Ses sanglots redoublent.

— Tu es fatigué. Repose-toi, Maï. Tu ne mourras pas.

— Sûr?

— Sûr. Parce que, d'abord, tu devras être quelqu'un de formidable.

Je le recouche doucement. Il se laisse couvrir, docile.

La comédie que nous avons montée était bien jouée. Il aurait pu s'évader plus tôt. Mais il a hésité par amitié pour moi: il a eu trop peur de m'impliquer. Et c'est à ce moment-là qu'il a dû attraper le virus.

Le matin du septième jour, il est fiévreux et comme halluciné. Le bouillon de riz assaisonné de sel n'a pas suffi à le remonter un peu, lui si malmené depuis l'enfance et misérablement nourri ces dernières années. Son teint est verdâtre. Ses yeux enfoncés dans leurs orbites. Pommettes anguleuses. Peau desséchée. Lèvres violettes. Déshabillé, il évoque le squelette du musée d'histoire naturelle. A midi pile, il se raidit. La cruauté de cette nouvelle crise ne le cède en rien à celle des torsades de fils de fer ou des coups de crosse s'abattant sur la chair tendre.

L'accès passé, Maï n'est plus qu'un corps épuisé que peut déserter d'un moment à l'autre une âme malgré tout indomptée. Il me pose une fois encore la même question :

— Est-ce que je vais mourir ?

Et une fois encore, je réponds :

— Non, tu ne mourras pas.

Son regard s'attriste.

— Tu me trompes. Si je meurs, je reviendrai t'étouffer.

— Je te dis la vérité. Ce n'est pas si facile que ça de mourir, tu sais.

— Je ne veux pas mourir, je veux aller vivre chez toi. Mais ton père, ne me chassera-t-il pas s'il apprend que j'ai été un voleur ?

— Bien sûr que non.

— Je ferai une petite croix en inox pour lui et une médaille de la Dame pour ta mère. Tu sais, la Dame qui tient une pastèque sur sa poitrine, devant la cathédrale de Saigon ?

— Ce n'est pas une pastèque, c'est le globe terrestre !

— Ah oui, je me rappelle son beau et doux visage.

A l'entendre parler ainsi, on oublie qu'il a dix-huit ans. Et plus il parle, plus il s'enthousiasme et plus ses yeux jaunis par la fièvre et la quinine étincellent.

— Ta mère est douce, Vu ?

— Oui.

— Ton père boit ?

— Jamais.

— Je déteste les buveurs. Ils sont toujours en train de se disputer. C'est vrai que je ne mourrai pas, hein ?

— Je te le dis. Repose-toi et tu guériras.

— Oui, et je vais rêver de ta maison, à Saigon. Tu crois que je pourrai étudier le dessin ?

— Et même la gravure.

Souriant, il ferme les paupières.

Rien n'est plus atroce que de se croiser les bras, de ne pas pleurer, et de voir, impuissant, la mort approcher à grands pas. Au camp de rééducation, les larmes sont considérées par les hommes du nouveau régime comme la preuve d'un esprit réfractaire.

Le lendemain, huitième jour, à midi, la fièvre le reprend, moins brutale cependant. Mon cœur s'arrête presque lorsque mon ami se met soudain à hurler. Paludisme hurlant : c'est la mort. Il hurle comme un loup, comme un chien sous la lune. Toute la baraque en sursaute d'effroi. La nuit précédente, un hibou a survolé le camp en ululant. Ce matin, l'attention de l'équipe du défrichement a été attirée par un coucou, derrière le hangar. A trois reprises, le malade pousse son hurlement. Sa bouche bave. Ses yeux rougeoient. Ses cheveux se dressent sur sa tête. Un sorcier en transe.

Puis, la crise passée, il se lève.

— Qu'est-ce que j'ai fait ?

Je lui mens :

— Tu viens de crier que tu ne mourrai pas.

— C'est vrai. Ce n'est pas si facile de mourir. Sur le trottoir, un tireur de cartes m'a prédit que je vivrai jusqu'à quatre-vingts ans. Je serai heureux d'aller chez toi, même un seul jour. Je ne sais pas encore ce que c'est que d'avoir une famille.

— Tu vivras chez moi toute ta vie. Mes parents te trouveront une épouse.

— J'épouserai la vendeuse de cigarettes que je connaissais quand j'étais dans la rue. Putain ! Je fumerai à longueur de temps... Mais non, un grand monsieur ne peut pas épouser une marchande ?

— Pourquoi pas ?

— C'est vrai ? C'est possible ?

— Certainement.

— Et...

— Et quoi ?

— Rien. Je vais me reposer. J'ai beaucoup de chance. Je ne mourrai pas si facilement que ça, hein ?

— Sûr !

J'ai recommandé aux camarades de ne pas lui dire qu'il a hurlé.

Le neuvième jour, à la même heure, même scène : accès de fièvre, hurlements, accalmie pendant laquelle il me parle.

— Comment s'appelle ta sœur la plus âgée ?

— Hiên. Nguyên Thanh Hiên.

— Elle va à l'école ?

— Chez les religieuses.

— Elle est belle ?

— Je ne sais pas.

— Et la plus jeune ?

— Hao.

— Elle est sage ?

— Méchante comme une ogresse.

— Alors je la taquinerai toute la journée pour la voir pleurer. Ta maison, elle est grande ?

— Très grande, avec un jardin et des arbres fruitiers autour.

— Nous fabriquerons une table de ping-pong... Et une pour tes sœurs. Je ferai toutes sortes de choses. Tes parents seront obligés de m'aimer... Je prendrai ton nom de famille, je m'appellerai dorénavant Nguyên Huu Mai. C'est possible?

— Je ne demande que ça.

— J'apprendrai la gravure et je nourrirai tes parents...

— *Nos* parents.

— ... Car la vie sur le trottoir, c'est très moche.

— Je sais.

— J'ai envie d'avoir des parents, un père, une mère.

— Tu les auras.

— J'ai envie d'avoir une maison...

Il est comme un enfant. Avec des hauts et des bas, la maladie se prolonge et elle transfigure aussi l'âme du Pickpocket. Comme si les hurlements en avaient chassé toutes les douleurs, toutes les souillures, purifiant son passé. Il retourne à son innocence naturelle. Le voilà sauvé avant même de passer par l'étape du jugement et de l'expiation. Il ferme les yeux et s'endort. Il est heureux, ou plutôt il va entrer dans le royaume du bonheur alors que je vais attendre dans la peine que vienne ma délivrance. Je me déclare malade pour rester auprès de lui.

A midi, crise et hurlements, mais moins effrayants que les deux jours précédents. Il réclame du potage et veut se laver. Je puise de l'eau. Il se change et tire une bouffée de la pipe depuis longtemps négligée.

— Je suis guéri. Je me sens tout à fait bien.

— J'en suis content pour toi.

Il se fait conduire dans la cour, en accomplit plusieurs fois le tour, rend visite à Haye le balayeur. Revenu à notre bâtiment, il s'assoit en bas et plaisante avec ceux qui sont de service sans manifester la moindre fatigue. Je pense à un miracle. Nous grimpons à l'étage.

— Je suis tellement content, je suis guéri, Vu.

— Je t'ai bien dit que tu t'en sortirais.

— Tu as prié pour moi?

— Oui, nous avons tous prié. Petit Haye, moi, les autres, tout le monde.

— Est-ce que je suis digne d'être un fils de tes parents ?

— Tu en es déjà un, Maï.

— Mais je ne resterai pas longtemps chez toi.

— Où iras-tu ?

— Avec la permission de tes parents, j'irai casser du *can bô*. Pour qu'il n'y ait plus de Colline de Fanta.

— J'irai avec toi.

— Et bien d'autres avec nous. Alors la vie aura un sens. (Puis après un moment de réflexion il ajoute :) Tu as prié pour moi ?

— Jour et nuit.

— Tu m'as dit que Dieu aime aussi les va-nu-pieds et les voleurs comme moi ?

— Oui.

— Il m'aime donc ?

— Sans nul doute.

— Tu m'as dit qu'un jour je croirais en Lui ?

— Oui.

— Alors, pardonne-moi, dit-il en me prenant la main. Pardonne-moi de t'avoir dit que je ne croyais pas en Lui. Aujourd'hui, Vu, je crois en toi... Et je crois en... (Il penche la tête :) Je crois en Lui, Vu. (Fermant les yeux, il répète :) Je crois en...

Il s'est tout recroquevillé sur la claie de bambou et il s'agite légèrement, les yeux toujours fermés. Je tressaille. Il ne respire plus. Je pose ma paume sur sa poitrine. Son cœur ne bat plus. Je caresse ses cheveux, ses joues, ses paupières. Mes larmes tombent sur son visage exsangue. Il est mort « dans les délais prévus ». Mon meilleur et unique ami est mort, sans avoir eu le temps de devenir un héros, ni même d'épouser sa marchande de cigarettes. Je m'allonge à son côté. Je lui parle de son rêve de vivre chez moi. Dors en paix, mon frère. Demain, je te porterai sur la Colline.

Je vais chercher un morceau de carton. J'y inscris plusieurs fois l'épitaphe: *Nguyên Huu Mai, surnommé Maï Bim, décédé le 19 novembre 1979 au camp de rééducation de Phu Van.* Avec un couteau rougi au feu, je colle dessus une feuille de nylon puis je découpe le carton.

Au retour de l'équipe, j'informe le chef. Tous mes compagnons le pleurent comme on pleure quelqu'un de bon et de généreux. Le sous-chef va avertir les *can bô*. On dresse un procès-verbal et on ordonne que tout soit achevé la nuit même. J'obtiens l'autorisation d'envelopper de nattes le corps de mon ami. Nous en prenons cinq, dont la mienne, que nous étendons sur le sol. Nous y déposons le corps. Nous attachons l'ensemble avec des lattes de bambou et nous le hissons sur nos épaules, un camarade et moi. Trois autres, munis de pioches et de pelles, suivent.

Le soleil est couché. Sur le bord du chemin, les camphriers tout verdoyants semblent mettre leurs feuilles en berne. Les oiseaux regagnent leurs nids. Ciel et terre se dépeuplent, endeuillés. Nous avançons lentement pour que dure le plus possible cette consolation de porter notre ami à qui on a accordé un traitement de faveur: en général, tous les morts, une corde passée sous les aisselles, sont tirés comme des bêtes crevées, depuis le camp jusqu'à la Colline.

Quand nous arrivons, la nuit est là. Délicatement, nous déposons le corps dans l'herbe. Nous ramassons du bois et allumons un feu comme savent en faire les forestiers, un feu qui illumine la colline. Un coin libre est choisi et préparé. Une fosse de plus de deux mètres est creusée. Puis, à la lueur du bûcher, nous descendons notre ami. Nous comblons le trou, en tassant bien pour éviter le nivellement par la pluie et le vent. Je trouve une grosse branche vigoureuse et la plante à la tête du tumulus. Dans une bouteille de Fanta soigneusement nettoyée, je place les épitaphes. Un bout de bois fait office de bouchon et la bouteille est enfoncée dans la terre. Pour toute oraison funèbre, je m'agenouille et dis :

— Tu ne seras pas seul. Dieu veille sur toi, Maï, mon frère.

Nous rejoignons en silence le camp. A mi-chemin, nous apercevons la flamme qui s'élève encore sur la Colline, ce cimetière désolé où l'on espère dissimuler à jamais des crimes sans témoin.

22

Pour moi, Noël 1979 est d'une très grande tristesse. Je pense à Maï, à ses figurines sculptées dans la patate, à son gâteau au sel, à ses cadeaux. C'est son héritage spirituel. Je le sens rôder autour de moi et de ma déplorable existence comme s'il voulait continuer d'en écarter tout péril. Mais je suis une bête enchaînée à son sort.

Un matin, au début de l'année 1980, tous les garçons âgés de dix-huit ans reçoivent l'ordre de rester au camp pendant la corvée. Ils doivent fournir des renseignements sur leur identité. Les forestiers, qui sont des vétérans, sont donc tous là. Installé au milieu de la cour, le bureau des déclarations voit défiler une flopée de gaillards dépourvus de noms et de parents, sans domicile fixe et sans date de naissance, mais dotés d'un surnom savoureux. Les *can bô* s'esclaffent, pendant un moment la bonne humeur règne. Je suis appelé le dernier, dans la salle de permanence. Très gentiment, on me pose des questions :

— Comment t'appelles-tu ?
— Je m'appelle Nguyên Huu Vu.
— Tu es né en ?
— 1962.
— Lieu ?
— Saigon.
— Adresse au moment de l'arrestation ?
— 405/18, rue Công Ly, Saigon 3.
— Nom du père ?
— Nguyên Huu.

— Profession ?
— Professeur.
— Nom de la mère ?
— Lê Thi Thanh.
— Profession.
— Ménagère.
— Motif de l'arrestation.
— J'allais à la recherche de ma mère.
— Date de l'arrestation.
— Juillet 1975.
— Pourquoi n'as-tu pas réclamé ?
— Parce qu'on ne m'a jamais rien demandé et qu'on a toujours voulu que je sois un voleur.
— Tu as étudié ?
— Oui.
— Quelle classe ?
— Cinquième.
— Va rédiger un rapport détaillé sur tout ça. Tu me le donneras et je ferai une enquête. Gare à toi si tu mens. Si c'est exact, tu seras libéré.

Il me remet une feuille et me prête un crayon à bille. Je m'empresse de m'exécuter et, le soir même, je lui rends le papier et le crayon. Il lit rapidement et me dit :

— Tu as été arrêté par erreur.
— Oui.
— On t'a enfermé trop longtemps.
— Oui.
— Gardes-tu rancune à la Révolution ?
— Non.
— Très bien. Continue à bien travailler et à te réformer en attendant la clémence du gouvernement.

Aussitôt je communique à Haye les nom et adresse de mes parents. Je lui conseille de se déclarer, le moment venu, comme leur fils adoptif.

Cette année, le Têt est fêté solennellement. Les cadres sont enchantés par nos quarante hectares de menthe et nos quatre de citronnelle. Deux rangs de camphriers poussent sur plusieurs kilomètres. L'argent va rentrer! Pour l'heure, ils ont fait construire des magasins. Ils engrangent une récolte que personne ne songerait à voler, à la différence des denrées alimentaires.

Hoa le Noiraud enfui, Maï mort, on me désigne comme chef d'équipe. La volière de la basse-cour est terminée. On commence à entasser le bois de chauffage coupé. Quand viendront les pluies, on se remettra à la cueillette des champignons et des pousses de bambou. Entre eux, les camarades discutent d'une évasion générale. Je n'ai rien à leur proposer, contrairement à ce qu'ils espèrent, si ce n'est de repousser à la saison des pluies l'examen de leur projet. A cette époque, la fuite sera plus facile et la poursuite malaisée. Pour les moins endurcis, l'évocation du châtiment réservé aux évadés repris est plutôt dissuasive. Mais les autres ont grandi, forci. Les coups de crosse les laissent impassibles. Le coin de ciel libre que Maï a fait entrevoir hante toujours les rêves. Oui, ils s'évaderont. Et, leur exploit réussi, on ne les retrouvera pas sur les trottoirs. Ils penseront à la revanche.

Le 4 juin 1980, un événement exceptionnel survient. Au milieu de la cour, on a installé trois tables nappées de nylon, agrémentées d'un vase de fleurs. Celle du centre attend des visiteurs de marque. Nous sommes assis par terre, en rang et en silence. Le soleil n'a pas encore dépassé la cime de la forêt. Nous patientons tranquillement. Nous ne sommes plus des gosses de douze ans tremblant devant la force. Nous ne craignons plus nos gardiens. Nous les ridiculisons entre nous, nous les trompons, nous travaillons le moins possible. Le virus de la rébellion nous a contaminés. Pourtant, nos gardiens sourient. Ils vont même nous féliciter pour nos progrès.

Les visiteurs franchissent l'entrée. Un coup de sifflet nous fait bondir comme un ressort. Affichant une gravité de circonstance, le directeur s'avance ; il conduit les inspecteurs — car ce sont eux — à la table centrale. D'une voix solennelle, il s'écrie :

— Camarade Inspecteur Général, moi, Nguyên Van Lai, directeur du Camp de rééducation de Phu Van, j'ai l'honneur de vous présenter les cadres du camp au complet. Nous attendons vos ordres.

L'Inspecteur Général salue et ordonne :

— Faites-les asseoir.

— Compris. (Se tournant vers nous :) Attention ! Asseyez-vous.

L'autre applaudit. Les *can bô* applaudissent. Nous sommes invités à applaudir. Tirant un papier de sa poche, le directeur se met à lire :

— Chers enfants... Je suis heureux de représenter aujourd'hui l'ensemble du corps d'encadrement du camp de Phu Van. Je m'adresse à vous en toute affection, car ce jour est un jour de gloire et d'insigne honneur... D'abord, sur le plan politique, nous avons totalement libéré le Kampuchéa, chassé les bandes de Pol Pot, de Yeng Seng, qui se sont enfuies en Thaïlande, et maîtrisé la situation au Pays des Phnom [1].

Il pose son papier sur la table et applaudit. Nous l'imitons. Il continue :

— La bande réactionnaire des conseillers et leurs séides de Pékin sont en rage et s'efforcent par tous les moyens d'anéantir l'œuvre grandiose d'émancipation de nos deux peuples, vietnamien et khmer. Mais, soyez-en sûrs, l'impérialisme américain et les traîtres réactionnaires de Pékin seront écrasés sans pitié. Pour saluer le Kampuchéa libre, notre camp de

1. Tours en flèche des pagodes cambodgiennes.

Phu Van consacrera quatre dimanches de suite au travail socialiste. Tous les jeunes s'efforceront d'augmenter le rendement au maximum. (Applaudissements.) Chers enfants... Après examen des résultats de votre rééducation, le corps d'encadrement tout entier affirme qu'ils sont excellents. Vous avez renoncé au mal et adhéré au bien. Vous avez reconnu quels sont vos amis et quels sont vos ennemis. Vous avez reconnu quels sont les impérialistes capitalistes et quels sont les authentiques prolétaires. Vous avez su vous imprégner de la pensée de nos grands maîtres, Marx et Lénine. Vous avez compris en profondeur les enseignements du Grand Oncle Hô qui vivra éternellement dans nos travaux et dans nos cœurs. En un mot, vous avez réalisé de sérieux progrès grâce à la politique de clémence et d'humanité du Parti et de notre Gouvernement ainsi qu'à l'excellent travail des *can bô*. (Applaudissements.) Sur le plan des réalisations, vous avez défriché des forêts et les avez transformées en champs, avec des mains et des bras chétifs, en bravant le soleil et la pluie. Vous avez triomphé de la faim et de la maladie. Vous avez planté quarante hectares de menthe et quatre hectares de citronnelle. Vous avez planté des milliers de camphriers. Vous avez su mesurer votre dignité de personnes libres à l'étalon de votre travail . Pour toutes les réalisations accomplies, la direction du camp a décidé de libérer quelques-uns des plus méritants d'entre vous afin de leur permettre de rejoindre leurs familles. (Applaudissements nourris.) Chers enfants... Que ceux qui ne sont pas libérés cette fois ne soient pas tristes. Au contraire, travaillez avec joie et encore mieux pour réaliser plus de progrès, pour mériter votre libération. A dix-huit ans, vous serez plus capables encore de discerner le bon chemin à prendre, celui de la Révolution. Quant à ceux qui vont nous quitter, qu'ils vivent en vrais citoyens, en vrais travailleurs de notre patrie socialiste. Au revoir, chers enfants.

Les applaudissements deviennent frénétiques. La joie délirante. Dix-huit ans ! Libéré à dix-huit ans... Maï Bim, mon frère Maï en vie, quel bonheur cela aurait été de partir ensemble !

Liste des libérables en main, un *can bô* nous dit :

— Répondez présent à l'appel de votre nom. Et rangez-vous devant moi. Je ne lirai qu'une seule fois.

Silence total. Bien qu'ayant l'âge requis, et persuadé d'être libéré, je suis oppressé.

Le *can bô* tient respectueusement la feuille à deux mains :

— République Socialiste du Viêt-nam. Indépendance. Liberté. Bonheur. Décret de libération... Conformément à la circulaire 966 BCA/TT datée du 31 mai 1961 du ministère de l'Intérieur et en exécution du décret de libération nº 1 du 20 mars 1980... Est accordée la libération aux personnes dont les noms suivent, pour motifs de bonne rééducation et de progrès dans le travail comme dans la mentalité...

Un sourire aux lèvres, il nous regarde.

— Nguyên Van Tu ?

— Présent !

Alors je commence à trembler de tout mon corps, rempli de la crainte d'être oublié... Peu à peu, mes compagnons sortent des rangs. Ils sont déjà plus de trente.

— Nguyên Huu Vu, né en 1962, domicilié au...

Il a peine fini que je hurle : Présent ! De toute mon existence, je n'ai crié ce mot avec autant d'enthousiasme. Je ne vis plus. C'est la joie qui tourbillonne en moi. Je ne me vois pas mais je me sens transfiguré. Mes jambes flageolent. Mes yeux s'embuent. Dieu m'a privé de tant de petites joies. Il vient de m'en donner une immense, une inestimable.

Pendant ce temps, le *can bô* ajoute très vite :

— Les jeunes qui n'ont pas d'adresse parce qu'ils

n'ont pas de famille sont tous volontaires pour rester au service du camp. Nous reconnaissons l'éléva tion de leurs sentiments. Ils bénéficieront de la liberté de se déplacer et d'un salaire mensuel. Ceux qui préfèrent s'enrôler dans la Jeunesse d'Assaut, le camp les présentera pour l'inscription.

Notre équipe entière est libérée. Mais certains, tout à leur bonheur il y a un instant, se rembrunissent. Ils ont très bien entendu le malheureux additif et protestent à voix basse : « Quand est-ce que j'ai été volontaire pour rester ? »

La cérémonie terminée, le camp part en corvée, excepté les « libérés » qui vont « travailler » avec les *can bô.* Mes camarades viennent au bureau apposer leur signature et leurs empreintes digitales sur des feuilles dactylographiées. En me faufilant jusqu'aux premiers rangs, je m'aperçois que ce sont des engagements dits volontaires : volontaires pour servir ici, volontaires pour rejoindre la Jeunesse d'Assaut, volontaires pour l'armée. Ils sont tous habilement piégés. Je suis le seul à n'avoir pas mon nom inscrit d'avance sur ces feuilles. On me promet mon exeat pour demain et l'argent du retour à Saigon.

Petit Haye m'attend à la porte du bureau et m'embrasse, à la fois joyeux et en larmes. Je revois aussitôt cette image du petit crapaud accroupi au pied d'un grand arbre au sommet duquel...

— Toi aussi tu sortiras !

— Oui : dans six ans.

— Tu as douze ans déjà ?

— Oui.

— Rappelle-toi le nom à donner le jour venu : Nguyên Huu Haye, dit Petit Haye, fils adoptif de...

— Oui, oui, je n'oublierai pas !

— On va s'occuper de toi. Ma mère ira te voir et te

ravitailler. Nous ferons tout notre possible pour te délivrer plus tôt.

Je l'emmène chez moi et lui donne toutes mes affaires, sauf le jeu de dominos confectionné par Maï, les premiers temps de notre amitié.

Resté seul, je songe aux cinq années passées ici. J'étais un gamin naïf, geignard, fragile. Je suis plus robuste, énergique. J'en sais davantage sur la vie. Je ne sais si je suis devenu un acier trempé tel que le souhaitait Oncle Tuong mais je me sens comme un lionceau. Un « progrès » que le camp n'a pas noté sur ses tablettes.

Le lendemain, en quittant le camp, je ne me retourne pas. J'avance d'un pas décidé, rapide. Je ne regarde que devant moi.

Les deux rangées de camphriers entre lesquelles la route file, toute droite, ont grandi. Artiste haut perché, le merle de Mandanao lance un chant d'adieu. Je respire avec avidité le parfum de la liberté. Ce qui n'était que rêve hier matin encore, je le découvre, je peux le toucher. Non, non, je ne regarde pas derrière moi.

Voici la Colline, toute proche. Je casse une jeune et longue branche et me dirige vers la tombe où repose Maï, le Pickpocket. L'herbe la recouvre complètement. Dessous, la terre est lisse. De la branche, je fais deux morceaux que j'assemble en croix. Je l'enfonce au milieu. Je détache de mon cou la chaînette en inox avec le Christ. Je les tiens entre mes mains jointes. J'ai juré de ne pas pleurer et mes larmes jaillissent, elles coulent, coulent sur mes joues. J'accroche le Christ et la chaînette à la croix improvisée. Maï, mon frère, le seul ami de ma jeunesse. Mon regard se brouille. Jamais je ne l'oublierai. Jamais je n'oublierai ses dernières paroles, sa dernière pensée. C'est son testament. Peut-être certains hommes, un jour, sauront que tu es là, sur la Colline.

Du bout des doigts, j'effleure la bouteille de Fanta.

Saigon, le 20 août 1982

LITTÉRATURES ÉTRANGÈRES

Allemagne

PETER CHOTJEWITZ
Romans d'amour d'un incendiaire
Ces messieurs du petit matin

ROBERT DACHS
Bonbons viennois

MICHAEL ENDE
Le miroir dans le miroir

LUDWIG HARIG
Manuel de conversation...
Vers l'âge d'or

UNICA ZURN
Sombre printemps

Argentine

ROBERTO ARLT
Les sept fous
Les lance-flammes

ABEL POSSE
Les chiens du Paradis

MANUEL PUIG
Sang de l'amour partagé

Autriche

STEFAN ZWEIG
Ivresse de la métamorphose
Le monde d'hier
Journaux (1912-1940)
Destruction d'un cœur
Trois maîtres

Brésil

MARCIO SOUZA
Mad Maria

Chine

ZHANG XIANLANG
La moitié de l'homme, c'est la femme

Colombie

CEPEDA SAMUDIO
Le maître de la Gabriela

Cuba

NICOLAS GUILLEN
Le chant de Cuba

Espagne

RAFAEL ALBERTI
La futaie perdue

LUIS GOYTISOLO
Sillage du feu qui s'éloigne

ALVARO POMBO
Le héros des mansardes de Mansart

JOSEP MARIA DE SAGARRA
Vies privées

États-Unis

ERSKINE CALDWELL
Le bâtard
Haute tension à Palmetto
Les braves gens du Tennessee
La force de vivre

LESLIE EPSTEIN
Le roi des Juifs

F. SCOTT FITZGERALD
Love boat
Entre trois et quatre
Tendre est la nuit
Fleurs interdites

JOHN HAWKES
Les deux vies de Virginie

WILLIAM KENNEDY
L'herbe de fer
Jack « Legs » Diamond

JAMAICA KINCAID
Annie John

SUSANNA MOORE
La baie des îles

GLORIA NAYLOR
Les femmes de Brewster Place

PADGETT POWELL
Edisto

LOUISE SHIVERS
J'suis venue pour faire sortir mon enfant de prison

GORE VIDAL
Burr
Messiah

Grande-Bretagne

ANITA BROOKNER
Hôtel du lac

Grèce

ARISTOTE NIKOLAIDIS
La machination
La disparition d'Athanase Telekidis

Guyane britannique

WILSON HARRIS
L'échelle secrète
L'ange sur le seuil

Israël

AHARON APPELFELD
Le temps des prodiges
Badenheim 1939

Italie

FRANCESCA DURANTI
La maison sur le lac de la Lune

ALAIN ELKANN
Le plongeon

MARIO SOLDATI
L'épouse américaine
L'architecte

LINA WERTMULLER
La tête d'Alvise

Mexique

JORGE IBARGUENGOITIA
Les mortes

Nouvelle-Zélande

WITI IHIMAERA
Tangi

Nigeria

WOLE SOYINKA
Aké, les années d'enfance
Cet homme est mort
Une saison d'anomie
Que ce passé parle à son présent

AMOS TUTUOLA
Ma vie dans la brousse des fantômes

Paraguay

AUGUSTO ROA BASTOS
Moi le Suprême
Fils d'homme

Pays-Bas

JAN DE HARTOG
Les renégats
L'étoile de la Paix

DIET VERSCHOOR
La danse de l'arlequin

JAN WOLKERS
Les délices de Turquie

Pérou

MANUEL SCORZA
Roulements de tambours pour Rancas
Le cavalier insomniaque
Le chant d'Agapito Roblès
Le tombeau de l'éclair
La danse immobile
Garabombo l'invisible

Portugal

ALMEIDA FARIA
Chevalier errant
La passion

Russie

M. AGUÉEV
Roman avec cocaïne

SCHALOM ASCH
Pétersbourg
Varsovie

Uruguay

MARIO BENEDETTI
La trêve
L'étincelle
Printemps dans un miroir brisé

Viêt-nam

DUYEN ANH
Un Russe à Saigon

Yougoslavie

IVO ANDRIC
Titanic et autres contes juifs

MIODRAG BULATOVIC
Gullo Gullo

MILORAD PAVIC
Le dictionnaire Khazar

Cet ouvrage a été composé par COMP'INFOR.
Saint-Quentin (Aisne)
et imprimé par la S.E.P.C.
à Saint-Amand-Montrond (Cher)
pour le compte des Éditions Belfond

Dépôt légal : décembre 1988.
N° d'Édition : 2280. N° d'Impression : 2601.

Imprimé en France